Sharon York

HexenLust 2

Erotischer Roman

Für meine kleine Hexe.

www.blue-panther-books.de

BLUE PANTHER BOOKS TASCHENBUCH
BAND 2189
1. AUFLAGE: JANUAR 2013

VOLLSTÄNDIGE TASCHENBUCHAUSGABE
ORIGINALAUSGABE

UMSCHLAGGESTALTUNG: WWW.HEUBACH-MEDIA.DE
GESETZT IN DER TRAJAN PRO UND ADOBE GARAMOND PRO
PRINTED IN GERMANY
ISBN 978-3-86277-207-0
WWW.BLUE-PANTHER-BOOKS.DE

Unterdrückte Gefühle

So fühlte sich also ein Date an.

Nachdenklich stocherte ich in meiner Pasta, legte den Rand des Weinglases an meine Lippen und goss den Rest des sündhaft teuren Burgunders in mich hinein. Sofort wies ich den Kellner an, mir nachzufüllen. Der Blick des Mannes auf mein eng anliegendes, schwarzes Abendkleid entging mir nicht.

Maddox allerdings auch nicht.

»Schmeckt es dir?«, wollte er mit fürsorglicher Miene wissen, dabei funkelte er den Kellner an, als würde er ihn am liebsten mit einer Druckwelle aus dem Restaurant pusten. Beruhigende Musik schwirrte durch den Raum und vermischte sich mit dem Gemurmel der anderen Gäste zu einer ganz eigenen Symphonie.

Ich blickte hoch und versuchte, mir ein Lächeln aufzuzwingen.

»Doch, es schmeckt hervorragend. Vielen Dank für die Einladung.«

Plötzlich wirkte er ein wenig nervös. »Ich wusste nicht, was ich dir sonst schenken sollte.« Maddox erhob das Glas. »Alles Gute zum Geburtstag.«

Er war so süß, wenn er versuchte, die Welt der Menschen zu verstehen. Meine Worte waren nicht mehr als ein Flüstern. »Dankeschön.«

Wir stießen an und beugten uns über den Tisch, damit wir uns küssen konnten. Dann nahm ich noch einen Schluck Wein.

»Kannst du dich noch an deinen 24. Geburtstag erinnern?«, wollte ich schließlich wissen.

Maddox lehnte sich zurück und überlegte lang. Schließlich schüttelte er den Kopf. »Nicht wirklich«, seufzte er. »In der Hölle altert man anders als hier.«

Er hatte sich wirklich Mühe gegeben. Die schwarzen Haare waren zu einem lockeren Scheitel gekämmt und seine Uniform hatte er gegen einen Nadelstreifenanzug ausgetauscht. Das schwarze Hemd trug er offen, seine lang gezogene Narbe, ein Andenken aus seiner Zeit in der Hölle, blitzte über dem Hemdkragen hervor und schimmerte rötlich im Kerzenschein. Auch in diesem Outfit war sein wundervoll geschnittenes, vom ewigen Feuer der Hölle braungebranntes Gesicht eine Augenweide.

Als wäre ihm plötzlich etwas ganz Wichtiges eingefallen, trank er hastig einen Schluck Wein und griff schließlich in die Tasche seines Jacketts. »Das hätte ich fast vergessen. Es ist nur eine Kleinigkeit.«

Meine Augen weiteten sich, als er eine kleine, rote Schachtel über den Tisch schob. Behutsam öffnete ich den Deckel und hielt die Halskette vor meine Augen. Die Worte verließen beinahe automatisch meine Lippen. »Höllenfeuer.«

»Du hast deins beim Kampf mit Nikolai verbraucht. Ich wollte dir ein neues schenken.«

Fasziniert fuhr ich mit dem Daumen über die gläserne Träne. Sofort flackerte das Feuer der Hölle im Inneren des Glases, so rot und glühend, dass ich meinte, meine Hand würde im nächsten Moment verbrühen. Ich brachte keinen weiteren Ton heraus, meine Augen hafteten auf der flammenden Träne. Würde ich sie jetzt und hier zerdrücken, würde sich ein Tor zur Hölle öffnen. Die Kette war eine überaus starke Waffe. Ich hatte nicht einmal gewusst, dass noch ein anderes Amulett dieser Art existierte. Eigentlich sollte so etwas in der Hochsicherheitsabteilung für magische Artefakte liegen ... und er schenkte es mir einfach mal so zum Geburtstag.

»Du hasst es, oder?«

»Nein, nein«, stammelte ich. »Es ist ... wunderschön.«

Er lächelte mich an und war sofort auf den Beinen, um mir die Kette anzulegen.

»Maddox, wie geht so etwas? Ich wusste nicht einmal, dass ein zweites Amulett existiert.«

»Beziehungen – wenn man ein Sohn des Teufels ist, bringt

das auch gewisse Vorteile mit sich«, entgegnete er augenzwinkernd, während er sich wieder hinsetzte.

Ich brachte kein Wort mehr heraus und streichelte gedankenverloren über das Amulett. Eigentlich hätte ich glücklich sein müssen. Ein toller Mann hatte mich in eines der exklusivsten Restaurants der Stadt eingeladen, beruflich lief es besser denn je und meine Kräfte als Hexe wuchsen stetig.

»Du wirkst abwesend«, sagte Maddox milde lächelnd, während er sein Steak schnitt.

»Ich musste an das letzte Jahr denken. Unsere Erfolge, unsere Niederlagen.«

Maddox kaute genüsslich und doch spürte ich wieder diese Distanz zwischen uns. Wir trafen uns nun schon seit ein paar Monaten. Es war noch nicht lange her, dass wir seinen Halbbruder Nikolai in die Hölle geschickt hatten, im Zirkel war es ruhig und ausnahmsweise hatte ich mal so etwas wie Freizeit. Dennoch ... irgendetwas zwischen uns stimmte nicht. Und das, obwohl der Sex fantastisch war und ich mit ihm über alles reden konnte. Fast zumindest.

Manche würden das Beziehung nennen, doch wir beschrieben es weiterhin einfach nur als Dating. Zumindest trafen wir uns nicht mit anderen Menschen. Oder Dämonen. Ein stillschweigendes Abkommen zwischen mir und meinem ... ja was eigentlich? Festem Freund? Liebhaber? Irgendwas dazwischen? Immerhin hatten wir gemeinsame Fotos in unseren Geldbörsen. Doch egal, wie sehr ich mich auch bemühte, ihm nahe zu sein, diese unsichtbare Barriere schien allgegenwärtig. Warum müssen Beziehungen eigentlich immer so kompliziert sein?

Ich legte das Besteck auf den Teller, tupfte mir mit der Serviette über meine Lippen und war bereit zum Kampf. Es war Zeit, einige Dinge anzusprechen, bei denen er sonst immer Hals über Kopf die Flucht ergriff. Angriffslustig funkelte ich ihn an und holte anschließend Luft, als müsste ich für diesen Satz meine Kraft sammeln. »Maddox, was ist los mit dir?«

Er zögerte einen Moment, als ob sein Verstand den Satz erst richtig einordnen musste. »Was meinst du?« Er nahm noch einen Schluck, legte das Besteck beiseite und überkreuzte anschließend die Finger auf dem Tisch. Dann schwieg er.

»Du hast immer noch Angst, oder?«, setzte ich erneut an. Mehr eine Feststellung, als eine Frage. Zu oft hatten wir nun darüber geredet.

Kurz lachte er auf. »Wovor sollte ich denn Angst haben? Ich war doch schon in der Hölle. Folter durch meinen Vater, Entbehrungen, ewige Qualen – da kann nicht mehr viel kommen, oder?«

Ja, er hatte recht und immer, wenn er einen Satz dazu verlor, sah ich in seinen Augen etwas blitzen. Nur einen Hauch von Traurigkeit, als würde er sie mit aller Macht herunterkämpfen. Dazu Trauer, Unsicherheit und Angst. Kurzum: Alles Gefühle, die ein stolzer Reaper des Zirkels nicht sein eigen nennen wollte. Und besonders keiner mit seinen magischen Fähigkeiten und Erfahrungen in der Hölle. Er hätte dort alles haben können. Immerhin war mein Date kein geringerer als ein Sohn des Teufels. Bis er sich für einen anderen Weg entschieden hatte. Kurz fiel mein Blick wieder auf die Narbe.

»Vielleicht genau davor? Oder vor deinem Vater? Oder Kontrollverlust? Es gibt viele Sachen, vor denen du Angst haben könntest.«

Maddox lehnte sich nach vorn und nahm meine Hand. Die durchdringenden, dunklen Augen trafen mich und hinterließen ein Gefühlschaos. Als ob meine Emotionen auf Crack wären. Und wenn der goldene Schein der Kerzen in seinen Augen aufloderte, spürte ich es noch heftiger.

»Isabelle, ich habe keine Angst vor der Hölle oder meinem Vater. Ich habe mich für einen anderen Weg entschieden und damit bin ich sehr glücklich. Sonst hätte ich dich nie kennengelernt.«

Für einen Moment schmolz mein Herz bei den Worten,

die seine Lippen verließen. Genüsslich streichelte ich seine Finger. »Und was ist mit ...«

»Dem Kontrollverlust?« Er beugte sich noch ein Stück nach vorn, achtete genau darauf, dass uns keine Menschenseele hören konnte. Obwohl ich bezweifelte, dass sie verstanden hätten, was wir beredeten. Denn er war ein Reaper, ein Soldat des Zirkels und ich eine Hexe. Die Menschen hätten einfach nicht verstanden, dass Vampire, Werwölfe, Magier und der ganze andere Abschaum von Dämonen tatsächlich existierte und dass nur wir zwischen ihnen und einer Armee aus Wesen standen, die sie sich nicht einmal in ihren kühnsten Träumen hätten vorstellen können.

»Kontrollverlust? Du meinst wirklich, dass ich mich meinem Vater zuwende? Dass ich eine Herrschaft des Bösen auf Erden will? Dass ich mich aus diesem Grunde nicht fallen lassen kann, weil ich Angst habe, dass ich von diesem schmalen Grat zwischen Liebe und Wahnsinn stürzen könnte?«

Hatte er wirklich gerade das *L-Wort* gesagt?

Ich räusperte mich und versuchte, seinem Blick standzuhalten. »Um ehrlich zu sein ... ja. Genau das.« Mein Druck auf seine Hand wurde intensiver, mein Blick eindringlicher. »Maddox, ich mache mir einfach Sorgen um dich. Wenn du die Menschen ansiehst, dann habe ich das Gefühl, dass du sie studierst, sie beobachtest, als wüsstest du nicht, mit wem du es zu tun hast.«

Er zog die Hand zurück. Mit einem tiefen Seufzen ließ er sich nach hinten fallen und schloss die Augen. Da war es wieder. Dieses Gefühl, dass ich einfach nicht verstand, was gerade in seinem Kopf vorging.

Seine Stimme war leise und brüchig, als er den Mut fasste, mir in die Augen zu sehen. »Das liegt daran, dass ich sie nicht verstehe.« Er schüttelte den Kopf und ließ seinen Blick über die Gäste schweifen. Maddox war zwar interessiert und doch erkannte ich in seinem träumerischen Blick alles andere, nur keine Zufriedenheit. »Natürlich habe ich Angst davor, mich fallen zu lassen. Es gibt keine Garantie, dass ich nicht auch so werde, wie …«

»Deine Brüder?«

»Mein Vater.« Er stützte sich auf dem Tisch ab und fuhr sich über den dunklen Drei-Tage-Bart. »Immerhin fließt sein Blut durch meine Adern und jedes Mal, wenn die Nacht hereinbricht, ist da dieses Gefühl, dieser Gedanke, dass bald etwas Schreckliches passieren wird.« Jetzt fixierte er mich. Seine Stimme war nur noch ein Flüstern, was mir einen Schauer über den Rücken kriechen ließ. »Dann fürchte ich, genauso zu werden, wie er mich immer haben wollte. Zum Monster, zum Urbösen, zum Teufel, unfähig, Liebe und Güte zu spüren.«

Es war das ehrlichste Gespräch, das wir seit Monaten führten. Zu gern hätte ich ihm seine Angst genommen und sie fortgetragen wie der Westwind, der durch die engen Häuserschluchten Manhattans blies. Doch in den tiefsten Winkeln meiner Seele musste ich ihm recht geben. Es gab keine Garantie. Trotzdem war ich unendlich dankbar für diesen kurzen, klaren Einblick in seine Gedankenwelt.

Nachdem ich den ersten Schauer heruntergekämpft hatte, nahm ich einen Schluck Wein, lehnte mich nach hinten und zwinkerte ihm zu. »Glaub mir, wenn es soweit ist, bin ich die erste, die dich auf den Boden der Tatsachen zurückholt. Ich bin mit dem zweitältesten Sohn des Teufels fertig geworden, dann nehme ich es auch ohne Probleme mit dem Jüngsten auf.«

Es tat so gut, ihn endlich wieder lächeln zu sehen.

»Und du hast mit beiden geschlafen.«

Mit gespielter Empörung öffnete ich den Mund. »Ja, und ich weiß nicht, wer von euch beiden besser war.«

Wir lachten gemeinsam. Ein ehrliches, gelöstes Lachen. So, wie es sein sollte.

Langsam streifte ich meinen schwarzen Versace-Schuh vom Fuß. Ein leichtes Zucken durchfuhr seinen Körper, als ich seine Innenschenkel zu streicheln begann. Glücklicherweise war die Tischdecke lang genug. Genüsslich zurückgelehnt und das Weinglas noch in der Hand haltend, formte ich mit den Lippen einen Kussmund und warf ihm diesen zu.

»Isabelle«, hauchte er. »Bitte nicht hier.«

Ich glitt ein Stück tiefer und begann, seinen Schritt mit hauchzarten Bewegungen zu streicheln. Er blickte nach unten, konnte nun die lackierten Fußnägel sehen.

»Warum nicht«, säuselte ich und erhöhte den Druck. »Ein wenig Ablenkung wird dir guttun.«

Ich spielte mit seinem Penis, fühlte durch die Stoffhose, wie immer mehr Blut in ihn hineingepumpt wurde. Maddox' Blick wurde glasig. Er versuchte, sich zu konzentrieren und stützte sich mit dem Ellenbogen auf der Tischkante ab. Mit einer gewissen Genugtuung nahm ich genau wahr, wie er versuchte, dagegen anzukämpfen. Er wehrte sich.

»Isabelle ... bitte«, flehte er erneut.

Doch als ich mit geschickten Bewegungen sein bestes Stück weitermassierte, hielt er es nicht mehr aus. Seine Atmung wurde gepresster, ein kaum merkliches, dunkles Stöhnen entrang sich seiner Kehle.

»Shh. Wir wollen doch nicht, dass die anderen Gäste beim Essen gestört werden«, flüsterte ich. Manchmal konnte ich so gemein sein!

Maddox rutschte nach hinten, wollte sich meinem Spiel entziehen.

So nicht, mein Lieber! Schnell hatte ich den anderen Schuh abgestreift, umhakte sein Bein und zog ihn wieder zu mir heran. »Na, wo wollen wir denn hin?« Ein diabolisches Lächeln umspielte meine Lippen, als ich den Druck erneut erhöhte und mit den Zehen seinen Penis entlangfuhr. Es dauerte nicht lange, bis er voll in seiner Hose lag. Maddox ballte seine Hände zu Fäusten und schloss die Augen. Ich konnte mir vorstellen, wie eng seine Hose nun sein musste. Ruhig, als wäre es das

Normalste der Welt, ließ ich nun auch den anderen Fuß über seine Schenkel gleiten. Ich wanderte weiter. Zwischen beiden Sohlen rieb ich seinen Penis in langsamen, langen Zügen, dabei beobachtete ich ihn genau und konnte erkennen, wie er um Fassung rang.

Als sein gebräuntes Gesicht eine Nuance tiefer ins Rot abgeglitten war und seine Atmung schwerer wurde, zog ich beide Füße unvermittelt zurück und ließ sie wieder in meine Schuhe gleiten. »Entschuldige mich. Ich möchte mich ein wenig frisch machen.«

Aus seinen Augen sprach unbändiges Verlangen, als ich meine Handtasche ergriff und ihn mit zusammengebissenen Zähnen zurückließ.

Schnell überprüfte ich die einzelnen Toiletten-Kabinen und stellte zufrieden fest, dass ich allein war. Es dauerte keine halbe Minute, bis die Tür aufgerissen wurde und Maddox mit feurigen Augen auf mich zuschritt. Lässig lehnte ich an der letzten Kabinentür, drückte diese mit meinem Rücken auf und ging hinein. Sein fester Griff an meinem Hals ließ mich aufstöhnen. Einige Sekunden starrten wir uns wie Feinde in die Augen. Das Licht auf der Toilette flackerte gewaltig. Die magische Entladung unserer Kraft ließ wahrscheinlich den ganzen Häuserblock für Momente erzittern. Dann drang seine Zunge in mich ein. Genau so heftig erwiderte ich den Kuss, biss ihm in die Lippen. Er packte meine Hochsteckfrisur, zog sie nach hinten und küsste mich erneut. Dann wanderten seine Lippen und ich spürte, wie er mir in den Nacken biss. Ich drängte ihn zurück, fasste nun auch in seine Haare. Sein Gesichtsausdruck lag zwischen Gier und Aggression. Eine gefährliche Mischung – doch eine, die mich schrecklich anmachte und das Feuer in mir weiter entfesselte. Mit Gewalt presste er mich gegen die Wand. Das volle Ausmaß seiner Lust spürte ich durch den Seidenslip, als er mir den Rock hochzog und seine Finger sich in meinem Arsch verkrallten. Vor Schmerz und Lust stöhnte ich in sein Ohr. Auch seine Stimme war tief und durchzogen von Verlangen. Maddox Haut schien zu lodern und ich glaubte zu verbrennen, als er seine Wange an meine legte.

»Wir sollten das nicht ...«, stieß ich hervor.

»Wir sollten so Vieles nicht.«

Dann küssten wir uns stürmisch, seine Hände schoben mein Kleid höher und zogen den Slip herab. Ich hielt die Luft an, als er mit den Fingern über meinen empfindlichsten Punkt strich. Mit der anderen Hand drehte er meinen Arm auf den Rücken, hielt mich in seinem Griff fest. Seine Augen brannten auf mir, als er mich mit langen Zügen weiter reizte. Mehr und mehr glitt ich ab, in die Welt aus Wollust. Die Umrisse verschwammen, heiser stöhnte ich, als seine Finger in mich eindrangen. Getrieben drückte ich meine Stirn auf seine Schulter, nahm nichts mehr wahr, außer dem Glühen meines Körpers, als er immer tiefer in mich hineinglitt. Mein Seufzen wurde lauter.

Durch den Schleier aus Verlangen nahm ich ein kaum merkliches Geräusch wahr. Jemand hatte den Raum betreten. Das Klackern der Absätze hallte laut wider. Maddox Griff an meinem Körper wurde fester. Ich war nicht mehr imstande, mich zu bewegen, während seine Finger in rhythmischen Bewegungen weiter in mich hineinfuhren.

»Shh. Wir wollen doch nicht, dass die anderen Gäste gestört werden«, flüsterte er mit tiefer Stimme. Ich biss die Lippen aufeinander und presste die Lider zusammen. Er setzte mich dieser unglaublichen Tortur aus, genau wie ich es eben mit ihm gemacht hatte. Meine Sinne verschärften sich und waren gleichzeitig gelähmt. Ich hörte, wie die Kappe eines Lippenstiftes abgezogen wurde. Sekunden wurden zu Minuten. In einem kurzen Moment des Blinzelns, des Flehens, konnte ich erkennen, dass er mich ansah wie eine Kostbarkeit und gleichzeitig doch genoss, wie er mich quälte. Seine Finger schienen zu lodern, als er die sensibelsten Stellen weiter reizte und sie in mich stieß. Ich wusste, ich musste still sein, aber ich konnte nicht mehr länger an mich halten – es war einfach zu viel. Er trieb mich mit groben Stößen seiner Finger weiter auf die Explosion zu. Leicht öffnete ich den Mund, wollte meine Lust herausstöhnen, doch anstatt dass ein Laut meine Lippen verließ, erstickte er jeden Ton mit einem heißblütigen Kuss.

Endlich vernahm ich das erlösende Geräusch der Tür und Maddox' Griff löste sich. Die Toilette gehörte wieder uns. Als hätte ich stundenlang die Luft anhalten müssen, sackte ich laut stöhnend in seine Arme und verzog das Gesicht zu einer Maske aus Begierde.

»Das war ... das war gemein von dir«, keuchte ich und versuchte, mich aufzurichten. Noch immer brannte das Feuer in meinem Körper und nun wollte ich es ihn ebenfalls spüren lassen. Mit geschickten Griffen öffnete ich seinen Gürtel, streifte die Hose und die eng anliegenden Shorts ab. Nun konnte auch er sich nicht mehr zurückhalten. Binnen Sekunden drang er in mich ein und presste mich gegen die Wand. Im nächsten Moment verlor ich den Boden unter meinen Füßen und schwang meine Beine um seinen muskulösen Körper. Sein Atem glühte auf meiner Haut. Immer weiter trieben wir uns, gezwungen, so leise wie möglich zu sein. Seine Lippen brannten auf meinen. Ich glaubte, den Verstand zu verlieren, als er mich noch ein Stück weiter anhob und den Winkel so änderte, dass er alle Punkte auf einmal mit seinem Schwanz zu treffen schien. Einige Strähnen aus meiner Frisur lösten sich und flogen wie wild um meinen Kopf. Ich vergrub mein Gesicht in seiner Schulter und biss in sein Jackett, um jeden Laut zu ersticken. Weitere Wellen der Lust umspülten uns, bis wir schließlich gemeinsam explodierten.

Es dauerte bis zum Dessert, bis sich unsere Atmung wieder normalisiert hatte. Vielleicht war einigen Gästen unser kleiner Ausflug aufgefallen. Ich hätte es überprüfen können, wenn ich in ihre Gedanken eingedrungen wäre. Doch je stärker der Mensch war, desto mehr Kraft kostete es mich, und meinem körperlichen Zustand nach zu urteilen, war es in diesem Moment keine gute Idee.

»Ich freue mich auf unseren gemeinsamen Urlaub. Hast du schon alles gepackt?«, wollte Maddox freudestrahlend wissen, als unsere Crème brûlée flambiert wurde.

Das hatte ich beinahe vergessen. Urlaub!

Ich konnte mich gar nicht mehr erinnern, wie das war, ein paar Wochen nicht zu arbeiten. Nach der Senior High School war ich direkt auf die Akademie des Zirkels gegangen. Natürlich. Etwas anderes wäre für mich nie in Frage gekommen. Vom Waisenheim wurde ich direkt in den Zirkel geholt. Dort begann mein Leben. Alles davor gehörte nicht dazu und war kein Teil meiner Erinnerungen. Nach drei Jahren unterschrieb ich den ewigen Vertrag mit meinem Blut, der mich für immer an das Beschützen der Menschen binden sollte. Jetzt, mit vierundzwanzig Jahren, war ich Sicherheitsoffizier des Zirkels Ost. Dies bedeutete viel Arbeit und wenig Zeit für die schönen Dinge im Leben.

»Um ehrlich zu sein – eigentlich noch gar nichts. Ich werde es diese Nacht noch ...«

Ein helles Piepen riss mich aus diesem Gedanken.

So ein Mist! Heute war unser freier Abend, verdammt.

Sofort holten wir unsere Handys heraus und starrten auf die Displays.

Maddox lehnte sich nach vorn, seine Stimme war gedämpft, die Stirn lag in Falten. »Ich habe ein paar Vampire, die sich in Spanish Harlem in einem Wohnblock verschanzt haben. Und du?«

Meine Finger flogen über das Display. »Eine Vilja.«

Er grunzte abfällig. »Dann hast du den mieseren Auftrag.«

Mit einem Augenaufschlag stimmte ich ihm zu und begann auf meiner Unterlippe zu kauen. Ausgerechnet eine Vilja. Ein weiblicher Nachtgeist, der irgendwann mal von einem Mann ermordet wurde, und aufgrund all seines Hasses und der Schmerzen nicht sterben wollte. Bis in alle Ewigkeit würde sie nun nachts auf der Suche nach Männern sein. Meist tarnten sich diese Wesen als Hostessen, oder sie arbeiteten direkt auf dem Straßenstrich. Doch anstatt körperlicher Zuwendung würden ihre Opfer nichts anderes finden als den Tod.

Maddox hob den Finger, wies den Kellner an, dass er nun bezahlen wollte und ließ das Handy in die Innentasche seines Jacketts gleiten. »Und es war so verdammt ruhig in den letzten Monaten. Anscheinend hat deine Chefin de la Crox zu vielen Hexen Urlaub gegeben.«

Mit einem kurzen Knurren bejahte ich auch diese Aussage, während ich weiter auf dem Handy rumhackte.

»Dein Chef Myrs war anscheinend nicht besser.« Ich zwinkerte ihm zu, was seine Mundwinkel nach oben schnellen ließ.

Auf dem Display leuchteten Adresse, Gefahreneinstufung und die effektivsten Bannsprüche und Flüche zur Bekämpfung von dieser Art von Geist. Es lebe die moderne Technik!

Wie konnten meine Schwestern vor 1000 Jahren diese Kreaturen der Nacht besiegt haben, als sie diese Mittel noch nicht zur Verfügung hatten?

Händchenhaltend, wie zwei verliebte Teenager, verließen wir das Restaurant. Sofort schlug uns der beruhigende Hauch des Abends entgegen. Eigentlich viel zu warm für eine Aprilnacht, trotzdem genoss ich das hauchzarte Streicheln über meine Haut.

Maddox und ich blickten uns tief in die Augen. Für diesen einen Moment gab es keine Untoten, Magier oder Golems, die Nacht für Nacht aus den hintersten Winkeln Manhattans krochen. New York spielte sein immer währendes Lied aus

Stimmgewirr und Autohupen für uns.

»Danke für den schönen Abend«, sagte ich und streichelte dabei seinen Nacken. Maddox Arme umschlangen meine Hüften, sofort spürte ich, wie die Glut erneut angestachelt wurde.

Zu gern hätte ich ihn mit zu mir genommen. Wir hätten uns ein heißes Bad gegönnt und würden uns die ganze Nacht lieben. Verdammt, der Abend war ganz anders geplant gewesen!

»Es war mir ein Vergnügen«, sagte er. An seiner Stimmlage konnte ich erkennen, dass auch ihm nichts mehr widerstrebte, als jetzt zu seinem klapprigen Wagen zu gehen, Anzug gegen Uniform auszutauschen und Vampire zu jagen. Das automatische Gewehr ruhte in seinem Kofferraum, genau wie haufenweise Magazine voll magischer und konventioneller Munition.

Nur schwerlich konnten wir beide uns losreißen. Immer wieder legte er seine Lippen auf die meinen. Mit jedem Zungenschlag stachelte er weiter in der Glut, bis die Flammen erneut aufloderten. Dann nahm er meine Hand und hauchte einen Kuss auf die Innenfläche.

»Bis morgen, mein Engel.«

***

Es dauerte ein paar Sekunden, bis ich die aufkommende Lust heruntergekämpft hatte. Meinen Mercedes hatte ich nur eine Seitenstraße weiter geparkt. Ich öffnete den Kofferraum, nahm meine Notfalltasche heraus und blickte mich um. Kein Mensch war zu sehen. Und was noch besser war, kein Halbwesen beobachtete mich.

Als Hexe dritten Grades waren solche Aufträge leider eher die Regel, als eine Seltenheit. Wenigstens hatte ich es geschafft, innerhalb von wenigen Jahren in den dritten von sechs Rängen aufzusteigen. Und dieser spezielle sechste Grad war nur absoluten Hexen vorbehalten. Selbst die Chefin des Zirkels Ost hatte nur den fünften Grad und war damit eine überaus mächtige Hexe. Was das Umziehen in meinem SLK betraf, hatte ich schon eine gewisse Übung. Schnell tauschte ich mein atemberaubend schönes Abendkleid gegen den schwarzen Einheitsrock, die flachen Schuhe und die einfache, weiße Bluse. Kurz überlegte ich, ob ich mir den langen Umhang mit all den nützlichen Utensilien in den Innentaschen, überwerfen sollte, entschied mich aber dagegen. Eine Wald- und Wiesen-Vilja sollte ich mit einem einfachen Kraftzauber außer Gefecht setzen können.

Ohne Hast steuerte ich meinen Wagen durch die engen New Yorker Häuserschluchten, bis ich die angegebenen Koordinaten erreichte. Gemeldet wurden sie von einer Hexe, die gerade ihre Ausbildung begonnen hatte und noch nicht für solche Operationen bereit war. Als ich den Mercedes zum Stehen brachte, nickte ich der jungen Hexe zu, die unterwürfig ihren Kopf senkte. Sie ließ den Motor ihres Wagens aufheulen und war innerhalb von Sekunden verschwunden. Ich ließ meinen Blick über die schlecht beleuchtete Straße schweifen.

Dort standen die beiden. Ein Mann und eine Frau. Die bleiche Haut der Frau, diese toten, riesigen Augen, alles deutete darauf hin, dass sie eine Vilja war. Die Städte waren voll mit solchen Geschöpfen. Ihr langer Rock spannte bei jedem Schritt und das schwarze, bauchfreie Top passte hervorragend zu der attraktiven Frau. Ihre schwarze Mähne war zu zwei Zöpfen geflochten, die sie über ihre Schultern warf. Sie umgarnte den Mann, streichelte seine Wangen und hauchte ihm einen Kuss auf den Mund. Eine zufällige Berührung an seinem Schritt, ein Augenaufschlag, ein viel zu lautes Lachen – die typischen Merkmale einer Verführung.

Ich musste in mich hineinschmunzeln, beobachtete die Szenerie und parkte meinen Wagen etwas abseits. Zu Fuß verfolgte ich die beiden. Er trug einen Anzug, war ein sehr attraktiver, blonder Mann, der wahrscheinlich eine Freundin hatte, oder vielleicht sogar schon verheiratet war und sich ein wenig Abwechslung vom Eheleben versprach. Leider war er nicht an eine der unzähligen New Yorker Prostituierten geraten, sondern ausgerechnet an sie – einen Nachtgeist, der sich von den Seelen der Menschen ernährte. Nach dieser Nacht würde er nie wieder fremdgehen, dessen war ich mir sicher.

Händchenhaltend schlenderten die beiden durch die Nacht. Der Mond zauberte sein trübes Licht auf die Straße, als sie innehielten und in ein exklusives Wohnhaus schritten. Der rote Backstein war gerade erneuert worden und ein eleganter Portier, daneben zwei Securitymänner, öffnete den beiden die Tür.

Ich runzelte die Stirn, wartete, bis die beiden eingetreten waren und pfiff schließlich anerkennend. Nur weil man nicht mehr lebte, hieß das nicht, dass man keinen Stil besaß. Wie oft musste die Vilja schon mit fremden Männern diese Wohnung betreten haben? Bestimmt waren ihre Seelen nicht das Einzige, was sie von den gut betuchten Freiern nahm. Ob der Portier sich nie gewundert hatte, warum sie niemals die Wohnung verließen?

In Gedanken machte ich mir eine Notiz, ihn ebenfalls mal überprüfen zu lassen, als ich an dem dicklichen Mann mit den roten Wangen vorbeischritt und ihn höflich anlächelte. Leider machte er keine Anstalten, mir die Tür zu öffnen.

»Sie wünschen?« Seine Stimme war freundlich, aber bestimmt. Natürlich – er kannte die Bewohner.

Ich versuchte, Unschuld in meinen Blick zu legen. »Meine Freundin hat mich angerufen, einer unserer Klienten wünscht eine Doppelbehandlung.«

Einen Herzschlag lang konnte ich sehen, wie sein Kopf arbeitete, dann erhellte sich seine Miene und er verstand. Sofort hielt er mir die Tür auf und deutete eine Verbeugung an. »Dritter Stock. Ich wünsche bestes Gelingen.«

Das Wohnhaus strotzte nur so vor Exklusivität. Alte Gemälde, traumhafte Sitzgelegenheiten und verspielte Wandteppiche präsentierten sich meinem Auge. Ich fuhr direkt in den dritten Stock, entschied mich für die linke der beiden Türen und legte mein Ohr an das Holz. Erneut drang das schrille

Lachen der Schönheit an mich heran. Es war definitiv die richtige Tür. Dann entfernte das Lachen sich. Sie mussten nun im Schlafzimmer sein. Mit einem Entriegelungszauber, den man bereits im ersten Jahr lernt, öffnete ich die Tür und trat auf den weißen Teppich. Stöhnende Geräusche wurden durch die weitläufige Wohnung getragen. Ich hielt den Atem an, während ich mich den beiden näherte. Ein kurzer Blick in das Schlafzimmer genügte, um die Situation richtig einzuordnen. Die Gliedmaßen des Mannes waren mit mehreren Seilen gefesselt und an alle vier Bettpfosten geknotet. Er war gut gebaut, hatte einige wenige Narben auf der Brust und sein kurzes, blondes Haar wurde mit Gel in Form gehalten. Obwohl seine Hand- und Fußgelenke schmerzen mussten, brannte in seinen Augen ein unendliches Verlagen, als die Schönheit ihr Top abstreifte. Sie wiegte sich in einer Melodie, die nur sie hören konnte, ihr Busen wippte mit jeder Bewegung. Als sie sich über ihn lehnte, hatte sein Penis bereits die volle Größe erreicht. Rötlich schimmerte die Eichel im fahlen Licht der abgedunkelten Lampen, während ihre Knospen über seine Brust streichelten. Sie deutete einen Kuss an, zog den Kopf jedoch immer wieder zurück. Dann leckte sie über seine Lippen, zog ihn an den Haaren zurück und drückte ihr Becken auf seine Taille. Ich konnte den schwarzen Slip unter ihrem Rock blitzen sehen. Einer Katze gleich richtete sie sich auf. Die Gier des Mannes wuchs mit jeder Sekunde, als sie den Reißverschluss ihres Rockes öffnete und ihn langsam runtergleiten ließ. Sie thronte nun über dem Mann, nur bekleidet mit Slip und den schwarzen Stiefeln. Mit wissendem Lächeln schmiegte sie sich an seinen Körper, streichelte seine Haare und drückte einen Kuss auf seine Wangen, während ihre Stiefel über seinen Penis rieben. Ein lustvolles Seufzen entrang sich seiner Kehle. Auch ich bemerkte, wie mir ihr Spiel gefiel und machte mir eine weitere Gedankennotiz – diesmal allerdings privater Natur.

Dann fasste die Schönheit sein Gesicht mit beiden Händen,

küsste ihn tief und holte anschließend eine Mundfessel aus dem Nachttisch. Sie drückte den Ball zwischen seine Lippen, und zog das Lederband hinter seinem Kopf fest.

»Entspann dich«, flüsterte sie verführerisch, während ihre Hand herabglitt. Die Finger streichelten über die empfindliche Eichel, es waren leichte Bewegungen um den Schaft, um ihn weiter zu reizen. Erbarmungslos streichelte sie das dünne Bändchen, flüsterte ihm dabei Worte ins Ohr, die zu leise gehaucht waren, als dass ich sie hätte verstehen können. Immer wenn der Mann sein Becken durchdrückte, stoppte sie und wartete, bis er sich beruhigt hatte. Dann begann die Tortur von Neuem. Ihre Fingernägel kratzten über seine Brust, die Seiten seines Körpers, die Innenschenkel, bis sie wieder seinen Penis erreicht hatten.

Sie war talentiert – ohne Frage. Warum mit den Männern um ihre Seele kämpfen, wenn diese sie freiwillig hergaben ... Geschickte kleine Vilja. Aber es dauerte auch einige Zeit, bis sie die Seele, seinen Willen, ja die gesamte Lebenskraft aus ihm herausgezogen hatte. Und wann konnte man das besser, als wenn das Opfer wehrlos vor einem lag.

Gerade, als ich diesen Gedanken beendet hatte, setzte sie sich auf ihn, legte die Hände flach auf seine Brust und begann in einer zischenden Sprache mit dem Ritual. Ihre Augen waren geschlossen, die beiden Zöpfe wiegten in leichten Bewegungen vor ihrem üppigen Busen. Es dauerte interessanterweise nur ein paar Wimpernschläge, bis der Mann erkannt hatte, dass etwas nicht stimmte. Sein Körper wand sich, jeder Muskel spannte, als er versuchte, sie von sich zu stoßen. Doch es war zwecklos. Die Fesseln waren so eng, dass er keinen Zentimeter gewann und durch ein paar wippende Bewegungen war die Vilja nicht von ihrem Vorhaben abzubringen. Die gezischte Sprache wurde lauter, sie war nun tief in Trance – der Augenblick, auf den ich gewartet hatte. Doch als ich auf die Vilja zuschritt, in meiner rechten Hand formte ich bereits eine

Druckwelle, passierte etwas, womit ich nicht gerechnet hatte: Eine leichte Erschütterung durchzog den Raum, ich ging in die Knie, beobachtete, wie eine Vase einige Zoll vom Boden abhob und auf die Vilja geschleudert wurde. Das Porzellan zerbrach an ihrer Schulter, sie hielt kurz inne, machte dann jedoch mit dem Ritual weiter, bis die Erschütterung des Raumes schließlich nachließ, genau, wie das Zappeln des Mannes. Ich erhob mich wieder und blickte zu meinem Entsetzen in die geöffneten Augen der Frau. Sie verstummte augenblicklich und schoss auf mich zu. Noch bevor ich die Druckwelle schleudern konnte, hatte sie mich erreicht. Ihr Tritt saß genau in meiner Magengrube. Ein dumpfer Schmerz presste mir die Luft aus den Lungen. Mit schmerzverzerrtem Gesicht ging ich in die Knie. Ich spürte, wie sie meine Haare ergriff und meinen Kopf gegen die Wand schleuderte. Meine Kopfhaut schien zu brennen. Wieder ein dumpfer Schmerz. Ihre helle Stimme schrie Flüche, als sie mein Gesicht erneut gegen die Wand donnern wollte. Doch diesmal stützte ich mich ab und kämpfte den Schmerz in meinem Kopf herunter. Ich legte so viel Energie in die Druckwelle, wie ich nur konnte.

»Robur!«

Sofort wurde die Schönheit auf die andere Seite des Raumes geschleudert. Es dauerte keine Sekunde, da war sie wieder auf den Beinen und starrte mich aus hasserfüllten Augen an. Dies war keine Wald- und Wiesen-Vilja. Sie war mächtig und hatte sich bereits viele Seelen einverleibt. Wieder schoss sie auf mich zu. Mit übermenschlicher Geschwindigkeit holte sie aus, doch diesmal konnte ich mich wegducken. Eine weitere Druckwelle schleuderte sie an die Decke – und wieder stand sie auf. Ohne auch nur einen Kratzer an ihrem bleichen Körper zu haben, hechtete sie zum Nachttisch. Ich erkannte den Lauf der Pistole zu spät, um noch ein Schutzschild zu formen. Es kostete mich beinahe alle Kraft, um die Patronen abzuwehren. Die Querschläger pfiffen durch den Raum. Sie verschoss ihr ganzes Magazin und als ich das erlösende Klicken hörte, versagten meine Beine ihren Dienst. So würde ich diesen Kampf verlieren und sie hatte die Möglichkeit, sich heute Nacht noch zwei neue Seelen einverleiben zu können. Ihr Blick brannte auf mir, als sie mit langen Schritten auf mich zustampfte. In letzter Sekunde bekam ich einen Bilderrahmen in die Hand und schlug ihn gegen ihren Kopf. Sie taumelte und verdrehte die Augen. Ich konzentrierte mich noch einmal, legte all die mir verbliebene Energie in den Kraftzauber und zog diesem Geist alle Macht aus dem Körper. Sie schrie, wand sich, klappte schließlich zusammen, als der Zauber meine Finger verließ und sich weißlich über ihren Körper legte. Noch einige Sekunden hielt ich die Magie aufrecht, ging ein paar Schritte auf sie zu.

Auf einmal wurde ihr Blick fest.

»Es wird kommen«, zischte sie mit hoher Stimme. »Es rumort bereits, es brodelt.«

Ich konnte nicht glauben, dass jetzt noch Worte ihren Mund verließen. Angestrengt verstärkte ich den Zauber und die weißen Strahlen aus meinen Fingern wurden breiter.

Doch sie lachte nur. »Eine neue Macht wird sich erheben. Die Welle baut sich bald schon auf, türmt sich langsam zu einer Woge, die alles Gekannte wegspülen wird!« Ein schmerzdurchzogenes Lachen folgte. Wieder verstärkte ich den Zauber, stand nun über ihr, meine Zähne mahlten aufeinander.

»Die Umwälzung wird kommen. Bald ist es soweit. Bald!«

Endlich waren die Schreie verstummt und dort, wo eben noch die Vilja gelegen hatte, war ein dunkler Fleck auf dem Teppich. Der Nachtgeist war verschwunden. Ihre Seele hatte endlich Ruhe. Tief atmend sackte ich auf das Bett und versuchte, meine Gedanken zu ordnen. Die Einrichtung lag wild zerstört im Raum, Einschusslöcher waren überall, die vormals schöne Wohnung, ein stummer Zeuge des Kampfes um die Freiheit der Menschen.

Ich hatte noch nie eine so starke Vilja gesehen – und vor

allem gespürt. Mit einer Hand löste ich den Mundknebel des unversehrten Mannes, nahm mit der anderen einen Handspiegel vom Boden und betrachtete mein blaues Auge. Es passte gar nicht zu meinen blassen Teint.

»Vielen Dank, Hexe.«

Mein Blick schoss zum Bett. Die Augen des Mannes waren ruhig, er zitterte nicht, musterte mich kühl. Ich brauchte ein paar Sekunden, um zu verstehen.

»Du bist ein Reaper.«

Voller Scham senkte er den Kopf.

Jetzt wurde mir alles klar. »Die Vase eben, das warst du. Es war dein letzter, verzweifelter Versuch, dich zu wehren.«

Obwohl das Duell mich viel Kraft gekostet hatte, drehte ich mein Handgelenk und seine Fesseln lösten sich magisch. Augenblicklich zog er sich Hose und Hemd an und wählte mit seinem Handy die Notrufnummer des Zirkels. In wenigen Minuten würde es hier vor Hexen und Reapern nur so wimmeln. Hätten sie gewusst, dass es sich um eine starke Vilja mit außerordentlichen Kräften gehandelt hatte, hätten sie mich nie allein losgeschickt. Doch was ich nicht verstand, war, warum ein Soldat des Zirkels auf so etwas hereinfallen konnte. Und warum trug er seine Ritterlilie nicht. Sie hätte ihn vor solch magischer Intervention geschützt.

Die Reaper waren groß gewachsene Kerle mit mürrischen Blicken. Wenn man ein Problem hatte, das mit Waffengewalt gelöst werden musste, dann sollte man sie anfordern. Wenn es allerdings um Barrieren, Schutzzauber oder magische Wesen ging, denen konventionelle Waffen nichts anhaben konnten, kamen sie genervt aus den Untergeschossen in die oberen Büros geschlichen und forderten jemanden wie uns an.

Ich legte mich aufs Bett und atmete mehrmals tief durch.

»Wo ist deine Lilie?«

Als ob er meinen Gedankengang bestätigten wollte, fasste er sich an die Brust. Die Reaper trugen Amulette in Form einer

Ritterlilie, die alle magischen Einflüsse verhindern sollten. Eigentlich.

»Sie muss sie mir abgenommen haben«, stammelte er peinlich berührt und ließ seinen Kopf wieder aufs Bett zurücksinken.

»Du hättest merken müssen, dass sie eine Vilja ist.« Langsam kam die Kraft in meine Stimme zurück. »Selbst wenn ihr nur wenig magische Begabung habt, müsst ihr so was erkennen.«

Er schwieg, eine größere Schmach gab es für die stolzen Soldaten des Zirkels nicht, als von einer Hexe gerettet zu werden. Das Donnerwetter von seinem Chef Myrs würde wahrscheinlich Tage dauern. Wir waren ihnen in Magie überlegen, zumindest sollten wir es sein. Haushoch. Ein Grund, warum wir keine Lilien trugen. Ganz davon abgesehen, dass der magische Schutz der Amulette nicht bei Hexen funktionierte.

Wortlos warteten wir auf die Einheiten des Zirkels. In bester Militärmanier stürmten nach wenigen Minuten die Reaper das Haus. Als Myrs den Raum betrat, sich das Protokoll durchlas und die Vene an seiner rechten Schläfe gefährlich zu pochen begann, verließ ich das Gebäude.

***

Dumpf hämmerte der Schmerz in meinem Kopf, als ich im Fahrstuhl stand. Ich schloss die Augen. Die Worte der Vilja ließen mich nicht mehr los. Eine Umwälzung? Zugegeben, es war nicht die erste Drohung, die ein Geist, Dämon oder Halbwesen vor seinem Dahinscheiden ausstieß. Allerdings hinterließ diese einen faden Beigeschmack in meinem Verstand, als würde sich der Gedanke in mir festbeißen.

»Entschuldigen Sie«, sprach mich der Portier mit unsicherem Blick an, als ich aus dem Fahrstuhl gestiegen war und an ihm vorbeiging. »Wann wird dieser ... Einsatz beendet sein? Es verstört die anderen Gäste.«

»Es wird nicht mehr lange dauern«, versicherte ich. Eigentlich hätte ich in seinen Geist eindringen und seine Gedanken lesen können. Zumindest, wenn er ein Mensch gewesen wäre. Doch dafür war ich jetzt zu schwach und außerdem gab es Spezialisten für derlei Aufgaben. Trotzdem wurde ich das Gefühl nicht los, dass hier etwas nicht stimmte. Ich entfernte mich einige Schritte, holte mein Handy raus und berichtete von meinen Beobachtungen. Wenn die Reaper schon mal da waren, konnten sie den Typen auch direkt mal überprüfen. Dann stieg ich in meinen Benz und fuhr langsam an dem Gebäude vorbei.

Vielleicht war es eine Vorahnung, doch ich war nicht allzu überrascht, zuckte nicht zusammen, als sich Schüsse in der Nacht brachen und eine Staubwolke für einige Sekunden mein Fahrzeug umwehte. Dachte ich es mir doch – Vampire! Gut, dass ich mich auf meinen Instinkt verlassen konnte. Nachdenklich auf meiner Unterlippe kauend, lenkte ich das Fahrzeug in Richtung Downtown, in den Financial District, wo das Hochhaus des Zirkels in die Wolken ragte. Getarnt als eine Investmentbank, taten die Schutz- und Gleichgültigkeitszauber ihr Übriges, damit keine dummen Fragen gestellt wurden. Von den meisten Menschen wurde das Gebäude einfach nicht wahrgenommen. Und diejenigen, die genau wussten, wer hier eigentlich residierte, machten einen großen Bogen um den Komplex. Zu ihrer eigenen Sicherheit natürlich.

Ich atmete tief. Unbehagen kroch in mir hoch und nistete sich in meinem Verstand ein. Ich hatte das Gefühl, dass mein eigentlich freier Tag noch nicht beendet sein würde. Noch lange nicht.

Blick in die Vergangenheit

Das Hauptquartier des Zirkels Ost protzte mit seiner glänzenden Pracht, als hätte es schon immer hier gestanden und würde noch Jahrhunderte hier verweilen.

Ich steuerte meinen Wagen in die Tiefgarage und nahm den Aufzug direkt ins oberste Geschoss, in der Hoffnung, dass sie noch arbeiten würde ... Flirrend legte sich das Licht in den Flur und meine Schritte wurden weit voraus getragen. Meine Vermutung bestätigte sich. In ihrem sterilen, gläsernen Palast starrte sie auf die Einsatzmonitore. Der Plan zeigte eine digitalisierte Form der Ostküste. Normalerweise strotzte das Gebiet vor leuchtenden roten Punkten, dazwischen immer mal wieder blaue für die Einheiten der Hexen und Reaper. Doch nur ein Dutzend Lichter konnte ich ausmachen. Viel zu wenig.

»Guten Abend, Madame de la Crox.«

Die offizielle Anrede riss sie aus ihrer Lethargie. Einladend lächelte sie mich an, als wäre sie dankbar, wieder im Hier und Jetzt zu sein. »Isabelle, tritt doch näher.«

Auch meine Mundwinkel zogen sich nach oben, als ich in das schmale Gesicht meiner Chefin blickte. Ihre zierliche Gestalt und die langen, zu einem strengen Zopf gebundenen tiefschwarzen Haare täuschten einen über die eigentliche Macht dieser Frau hinweg.

»Es ist wenig los in den letzten Monaten«, sagte sie wie zur Bestätigung und blickte erneut auf die riesigen Monitore. »Tatsächlich gab es uns Gelegenheit, ein paar längst fällige Urlaubsversprechungen endlich einzulösen. Vielleicht ein paar zu viele.« Unsere Blicke trafen sich. »Es tut mir leid, dass du deinen freien Tag abbrechen musstest. Ich hoffe, dass ihr beiden den Abend trotzdem genießen konntet.«

In diesem Moment war sie nicht meine Chefin, die sich bei einer Mitarbeiterin entschuldigte, sondern eine besorgte Ziehmutter.

»Es war ein sehr schöner Abend, Marie. Dankeschön.«

Als Anrede wählte ich ihren Vornamen nur, wenn wir allein waren. Obwohl sie so viel mehr für mich war als ein Name. Doch es hatte mir immer an Mut gefehlt, die Anrede zu benutzen, die sie eigentlich verdient hätte. Für den Bruchteil einer Sekunde brachen meine Erinnerungen durch. Ich war noch klein, fünf Jahre, als Marie de la Crox, die mächtigste

Hexe der Ostküste, mich höchstpersönlich im Heim abgeholt hatte. Alles vor dieser Zeit war grau, nicht mehr Teil meiner Erinnerung oder vergraben unter dicken Staubschichten im hintersten Winkel meiner Seele. Seit dieser Zeit lebte ich im Wohnbereich des Zirkels und ging auf eine normale Schule. Alles unter der Obhut der Hexen, allen voran meiner Lehrerin, Mentorin, Ziehmutter. Es war die logische Konsequenz, dass ich an meinem achtzehnten Geburtstag den ewigen Vertrag mit meinem Blut unterschrieb, der mich für immer an den Zirkel binden sollte. Dies hier war mein Zuhause und würde es immer bleiben.

»Du hast etwas auf dem Herzen, Kind?«

Ich überkreuzte die Beine und legte die Stirn in Falten. Sie kannte mich einfach zu gut. Ein paar Sekunden der Ruhe gingen voran, bevor ich mit der Sprache rausrückte. »Diese Vilja war unglaublich stark. Es schien, als hätte sie Dutzende Seelen gefressen.«

Marie de la Crox nickte und faltete die Hände auf dem teuren Glastisch. »Das kommt vor. Ich habe gerade erfahren, dass in diesem Wohnhaus ein wahres Nest von Vampiren und Dämonen war. Die Reaper haben sich darum gekümmert und alles kurz und klein geschossen.«

Sie versuchte, ruhig zu klingen, mich mit ihrer Stimme zu beruhigen, doch etwas bedrückte sie noch. »Erinnerst du dich an die vier jungen Hexen und die zehn Reaper, die in den letzten Monaten verschwunden sind?«

Eine Gänsehaut lief meinen Rücken herunter und bestätigte die vage Vermutung, die ich nicht aussprechen wollte.

»Wir nehmen an, dass einige auf Kosten der Vampire und Dämonen gingen.« Sie seufzte, lehnte sich zurück. »Leider nicht die einzigen unserer Schwestern, die in den letzten Monaten den Tod fanden.«

Mit einer Handbewegung von de la Crox änderte sich das Bild auf einem der Monitore. Sofort brannten mir die Gesichter der getöteten Hexen und Reaper ins Auge. Vier Hexen in New York, sieben in Chicago, acht in Phoenix. Bei den Reapern sah es noch schlimmer aus.

»Anscheinend macht irgendjemand gezielt Jagd auf uns. Und das leider sehr erfolgreich. Was fällt dir auf, Isabelle?«

Ich zählte laut. »Zwölf tote Hexen in San Josè, vierzehn in San Francisco, vierundzwanzig in Los Angeles.« Augenblicklich wurde mir speiübel. »Den Westzirkel hat es am härtesten getroffen.«

Ihre Augen verengten sich zu Schlitzen. »Die Statistik der Reaper zeige ich dir erst gar nicht.« Sie atmete tief. »Isabelle, egal was du tust, bitte sei in Zukunft vorsichtig.«

Ein Moment der Ruhe folgte. Ich entschied mich, meine Gedanken offen auszusprechen. »Diese Vilja sprach von einer Umwälzung. Einer Welle, die über das Land hereinbrechen wird.«

»Es ist immer eine Umwälzung, ein Apokalypse, ein Inferno, von dem sie in ihren letzten Minuten sprechen. Große Reden, um Hexen Angst zu machen. Wie oft habe ich das schon erlebt ...«

Endlich schafften ihre Worte es, mich zu beruhigen.

»Solltest du nicht zu Hause sein und packen? Immerhin ist es dein erster Urlaub seit Jahren. Und wie ich dich kenne, hast du nicht mal deine Koffer rausgesucht, oder?«

Schon wieder traf sie ins Schwarze. Während man auf ihrem Schreibtisch Operationen am offenen Herzen hätte durchführen können, war meiner vollbeladen mit Dokumenten. Während sie akkurat und bis ins letzte Detail alles plante, war ich impulsiv und ließ mich von meinen Gefühlen leiten.

»Wenn so viel zu tun ist, kann ich auch hier bleiben. Wie kann ich in den Urlaub fahren, wenn an der Westküste meine Schwestern sterben.«

Sie lächelte matt. »Darum werden wir uns kümmern. Fahr in den Urlaub und sieh es einfach als einen Befehl an.«

Ich erhob mich und ging zur Tür, als noch einmal ihre helle Stimme meinen Schritt innehalten ließ. »Und Isabelle?«

»Ja?«

»Viel Spaß.«

***

Mein Gemüt hatte sich langsam beruhigt, als ich in den Fahrstuhl stieg und auf Tiefgarage drückte. Maries Worte waren wie Balsam für meine Seele gewesen. In diesem Moment empfand ich unendliche Dankbarkeit für alles, was sie für mich getan hatte.

Und trotzdem wühlte in mir ein Gefühl der Unzufriedenheit. Die Augen der Vilja, dieser stechende Blick und das wissende Lächeln in ihren letzten Sekunden gingen mir nicht mehr aus dem Kopf.

Als die Tür sich zur Seite schob und den Blick in die Tiefgarage freigab, erhob sich meine Hand beinahe automatisch. Ich wählte das vierte Untergeschoss. Das Archiv.

Ich musste mehrmals blinzeln, als sich die Tür öffnete. Hier roch es muffig, als würde man über die Seiten eines antiquarischen Buches streichen und den Geruch einatmen, der sich dutzende Jahre dort festgesetzt hatte.

Mit Magie ließ ich die Neonröhren aufblitzen. Vor mir präsentierten sich unzählige breite Aktenschränke. Kleine Gassen ließen mich weit blicken – es mussten Millionen von Dokumenten sein, die hier lagerten. Viele aus unserer Zeit, aber auch etliche, die hunderte von Jahren überdauert hatten. Die Chroniken des Zirkels, zusammengefügt in einem stickigen, stillen Raum.

Unbehagen kroch in mir hoch, als ich zu den Computern schritt, die ihr flimmerndes Licht in den Raum warfen. Damit die Stille mich nicht verschlang, pfiff ich ein Lied, während ich das interne Suchsystem öffnete.

Das Suchwort »Umwälzung« ergab eine überschaubare Anzahl von lächerlichen dreißig Millionen Treffern. Aus purem Interesse klickte ich die ersten Protokolle an und – tatsächlich

– so ziemlich jeder Provinzvampir schrie diese Worte kurz bevor er zu Staub wurde. Und das auf jedem Kontinent. So kam ich nicht weiter. Also ergänzte ich den Begriff »Hexenjagd« und beschränkte mich dabei auf die Neuzeit. Nur noch Dreitausend Treffer. Die meisten erst in den letzten Monaten archiviert. Jeder Zirkel auf der ganzen Welt meldete das gezielte Töten von Hexen. Frankreich, Russland, Deutschland ... überall schienen meine Schwestern in letzter Zeit Opfer von Überfällen zu sein. Irgendwas stimmte hier nicht.

Geprägt vom letzten Jahr und der Auseinandersetzung mit Nikolai, nahm ich die Zeitbeschränkung aus meiner Suche und ergänzte weitere Begriffe: »Sohn des Teufels«.

Jackpot! Nur ein Treffer. Diesmal ein altes Dokument – ein sehr altes. »Nicht online verfügbar«, konnte ich auf dem Bildschirm lesen.

Sollte es in den Archiven unserer europäischen oder russischen Schwestern liegen, würde es Wochen dauern, darin Einblick zu erhalten. Kurz davor auf die Tastatur zu schlagen, erkannte ich den Standort dieses Dokuments. Es war hier hinterlegt, in diesem Archiv, über Umwege nach New York gekommen. Sofort merkte ich mir die Nummer des Schranks und schritt durch die unzähligen Gänge. Nach wenigen Minuten in diesem Irrgarten zog ich mir die Schuhe aus und schlich über den weißen Teppich. Endlich erreichte ich den Schrank. Das Quietschen durchzog die Stille, als ich ein paar vergilbte Seiten, geschützt in Folie, aus der Ordnerkladde zog. Vorsichtig befreite ich das antike Pergament. Ich hatte erhebliche Mühe, das Geschriebene zu entziffern, die Tinte war kaum mehr zu lesen und bei jeder Bewegung hatte ich Angst, dass das Papier in meiner Hand zerbröseln könnte.

»Niederschrift des Tagebuchs von Jasmin, Dienerin der Walpurga.«

Ich traute meinen Augen nicht. Die Walpurga? Die einzige bekannte Hexe sechsten Grades, die vor 1.500 Jahren den

Grundstein für den Zirkel legte? Ein Kloß verfestigte sich in meinem Hals. Ich musste mich schütteln, versuchte Märchen von Realität zu trennen. Zuviel war verwoben in der Welt der Magie.

Noch heute feierten wir Hexen die Walpurgisnacht am ersten Mai. Natürlich nicht mehr auf irgendwelchen Bergen mit Feuer, sondern in schicken Bars mit Cocktails. Trotzdem thronte die Statue der Walpurga in jeder Eingangshalle eines jeden Zirkels weltweit.Dies war also die Übersetzung des Tagebuchs ihrer Dienerin. Es umfasste nur einen Tag, der Rest musste zerstört worden sein. Nur diese wenigen, vergilbten Seiten waren übrig. Die Last dieser Schrift schien nun Tonnen zu wiegen. Meine Beine gaben unter dem Gewicht nach und ich setzte mich mitten in den Gang, den Rücken an den Aktenordner gelehnt. Dann begann ich zu lesen ...

30. April 770

Die Nacht ist hereingebrochen.

Angst macht sich breit. Die Bewohner des Dorfes haben bereits früh die Fensterläden geschlossen und kauern zusammen vor winzigen Feuern. Nebelschwaden schließen das Dorf in einer weißen Umarmung ein, als würden sie das drohende Unheil ankündigen wollen.

In vielen Nächten ist der Nebel nun gekommen. Immer nahm er eine arme Seele mit. Meist junge Mädchen, denen außergewöhnliche Kräfte nachgesagt werden. Ihre Schreie sind erst hell, werden dann vom Wald in die Gemeinde getragen und verlieren sich schließlich.

Doch nicht nur Nebel wütet Nacht für Nacht im Land, auch Krankheiten raffen die Seelen nieder. Es scheint, als würde die Hölle sich langsam ausbreiten, als würde die Unterwelt bald auch hier auf Erden regieren. Die Menschen dahingerafft, die Hölle auf Erden – eine Umwälzung. Der kalte Hauch ist überall zu spüren.

Auch hier bei der Abtei ist das Licht gedämmt. Walpurga sitzt am Feuer und starrt hinaus in die Finsternis. Ihren Stab hat sie fest umklammert, ihr Blick ist ungebrochen, als ob sie dem Nebel trotzen möchte.

»Hab keine Angst, mein Kind«, sagt sie zu mir, streicht eine Strähne aus meinem Gesicht und richtet den Blick erneut gegen die weiße Wand. »Es endet. Heute Nacht.«

So steht sie vor dem Fenster der Abtei. Wartend, lauernd. Als ob sie das Schicksal herausfordern möchte. Die Stunden vergehen, als in der Mitte der Nacht die Hunde zu bellen beginnen. Erst vereinzelt, dann jaulen sie schließlich alle auf. Ohrenbetäubend ist ihr helles Lied, bis einer nach dem anderen in dieser Wand aus Nebel erst ängstlich schreit und schließlich verstummt.

Mein Atem scheint zu gefrieren, meine Hände sind eiskalt. Doch Walpurga mahnt mich erneut zur Ruhe.

Ein Schrei entfährt mir, als es an der Tür zur Abtei klopft. Walpurgas Blick geht in den Innenhof. Sie dreht ihr Handgelenk und das Tor öffnet sich quietschend. »Tritt ein, Sohn des Teufels.«

Der Nebel wabert nun auch vor den Toren der Abtei. Heraus sticht eine Gestalt, sein Gesicht ist vom langen Umhang bedeckt. Mein Herz scheint auszusetzen, als er mit großen Schritten auf unseren Turm zugeht. Er ist da.

Tränen verlassen meine Augen und laufen warm über meine Wangen. Ich höre seine Schritte auf der Treppe lauter werden, bis er an unserer Tür steht. Für einen kurzen Moment ist es still, dann bricht die Tür und vom weißen Nebel umhüllt schreitet ein Mann in den Raum. Er stoppt erst wenige Fuß vor mir, als Walpurgas Stimme ertönt.

»Vielen meiner Schwestern hast du das Leben entrissen. Unheil und Tod über das Land gebracht.« Ihre Stimme ist ruhig, erst langsam wendet sie sich ihm zu. »Die Zeit der Dunkelheit ist nun vorbei. Keiner Hexe wirst du mehr habhaft werden. Bartolomé, der Dieb.«

Ein Lachen durchzieht den Raum. Dunkel, furchteinflößend, wissend. In einer Bewegung legt der Mann seinen Umhang ab. Ich bereite mich darauf vor, dass nun meine letzte Stunde anbricht. Doch was ich sehe, lässt mein Blut gefrieren.

Ich starre nicht in die flammende Fratze des Teufels, sondern in ein fein geschnittenes Gesicht. Von der Sonne gegerbt, seine Züge sind exotisch. Er hat nicht die Farbe eines Einheimischen. Seine Haut ist dunkler, fast bronzefarben. Das kurze, pechschwarze Haar steht in alle Richtungen ab und geben seiner gut gebauten Statur etwas Verwegenes. Nur seine Augen sind weich wie Seide. Ein Mann, wie ich ihn mir in meinen Träumen ausgemalt habe. Doch ihn umgibt die Aura des Todes. Er zieht die dunklen Augenbrauen zusammen und stemmt die Hände in die Hüften. »Keiner Hexe mehr etwas antun? Das wäre aber schade.« Seine Stimme ist durchzogen von Spott. Sein Blick haftet an mir, an meinem Körper, meinen Rundungen. »Sie sind so süß, wie verbotene Früchte. Ihre Haut so samten, die Augen so tief und voller Angst. Nur eine Berührungen, ein Streicheln, ein Kuss und ihre Furcht wandelt sich in Lust. Ihre Seelen zu entwenden, ist meine Essenz, mein Lebenselixier.«

Ich spüre, dass er tief auf meine Seele blickt. Mein Atem beschleunigt sich.

»Jetzt weißt du auch, warum man mich den Dieb nennt. Es wird dir gefallen«, haucht er verführerisch in meine Richtung.

Der Nebel, den er mit sich trägt, dringt mir in die Nase und erweckt etwas in mir, dass ich nicht imstande bin zu erklären. Beim nächsten Herzschlag scheinen meine Sinne wie betäubt. Dann geht ein Ruck durch meinen Körper, zieht sich in meiner empfindlichsten Stelle zusammen und lässt mich schwer atmen. Als würde der weiße Nebel mich betäuben, öffne ich meine Beine, löse die ersten Schnüre meines Kleides. Mein Busen hebt sich mit jedem Atemzug, mein Fleisch scheint jeden Herzschlag williger zu werden.

Lächelnd zieht der Blick des Teufelssohnes zu Walpurga.

»Krankheit und Tod regieren die Welt. Bald schon ist es soweit. Die Umwälzung ist nicht mehr aufzuhalten. Du wirst mir nicht im Wege stehen, Hexe. Du nicht!«

Als er diese Worte spricht, löst sich ein Feuerball aus ihrer Hand. So mächtig und voller Kraft, wie ich ihn bei ihr noch nie gesehen hatte. Doch sein Körper scheint ihn zu schlucken. Nicht die Spur einer Verletzung weist er auf. Sein Mundwinkel zieht sich nach oben, dann poltert er auf sie zu. Der Griff Bartolomés schnellt an ihre Kehle, doch sie kann ihn mit einer Druckwelle zurückstoßen. Ihr Erfolg währt nur von kurzer Dauer. Wieder prescht er heran, schneller als alles, was ich bisher gesehen habe. Diesmal schafft er es, ihre Kehle zu ergreifen. Mit gefletschten Zähnen hebt er sie in die Höhe. Sofort scheint es überall zu brennen. Die Möbel, der Raum, ja selbst die Luft fackelt im hellen Schein. Ich höre mich, wie ich ihren Namen schreie. Walpurgas Finger versuchen nicht, seinen Griff zu lösen, als wolle sie von ihm gewürgt werden. Ihre Hand wandert unter die Robe. Zwischen Nebel und Rauch erkenne ich einen Dolch blitzen, dann rammt sie ihn in seine Brust. Er taumelt kurz, lacht erneut. Seine Hände fassen den Griff. Ein tiefer Schrei durchdringt die Stille der Nacht, als er ihn aus seiner Brust herauszieht. Feurig brennt die Wunde, dann verschließt sie sich wieder.

»Denkst du wirklich, dass du mich so besiegen kannst?« Er fasst ihren Leib, wirft sie gegen die Wand. Walpurga bleibt regungslos liegen. Dann wendet er sich mir zu. Das Feuer erlischt und der Nebel dringt mir erneut in die Nase.

Er scheint meine Sinne zu betäuben, mir alles zu nehmen und nur noch Lust und Begierde zu lassen. Sofort ist er da, sieht mich aus großen, dunklen Augen an, streicht eine blonde Strähne aus meinem Gesicht. Mit jeder Bewegung, die er vollführt, dringt mir mehr Nebel in die Nase. Ich verdrehe die Augen, kann nicht mehr klar denken.

»Hab keine Angst«, flüstert er mir ins Ohr. Seine Haut lodert auf meiner. »Genieße es.«

Besonnen und voller Leidenschaft küsst er mich und mein Verstand löst sich auf. Ich streife meinen Rock herab und stehe nun völlig nackt vor ihm. Er fasst meinen Nacken, küsst mich tief. So innig und voller Verlangen, dass allein seine Zunge ausreicht, um mich auf den Höhepunkt zu treiben. Auch er ist nun nackt. Sein Anblick lässt mich glühen. Groß und stattlich ragt er aus dem Nebel heraus. Ich berühre seine muskulöse Brust und wehre mich nicht mehr, als er mich auf einen Tisch bettet. Sein Glied ruht an meinen Schenkeln und ich wünsche mir in diesem Moment nichts mehr, als dass er in mich eindringt. Noch ein weiterer Hauch des Nebels lässt mich aufschreien. Es ist zu viel. Ich will ihn, ich muss ihn haben! Meine Hände wollen ihn zu mir herabziehen, doch er kniet sich vor mich hin. Als seine Zunge meine intimsten Stellen leckt, entringt sich mir ein Keuchen. In langen Zügen gleitet seine Zunge über meinen reizbarsten Punkt. So lange, bis ich meinen Körper nicht mehr unter Kontrolle habe und die Feuchtigkeit aus mir herausströmt. Doch er macht weiter mit seiner Tortur. Bartolomé beugt sich über mich, fasst meine Haare und dringt mit der Spitze seines Penis' in mich ein. Ich halte die Luft an und presse ihm mein Becken entgegen, doch er zieht sich zurück. Wieder und wieder macht er dieses Spiel, bis ich ihm völlig ausgeliefert bin. Ich möchte mich ihm schenken. Er kann nun alles mit mir machen, was er begehrt. Wenn der Preis meine Seele ist, so kann er sie haben.

Als hätte er meinen Gedanken erhört, dringt er in mich ein. Tief und stark spüre ich ihn in mir. Nur wenige Male muss er seine Taille vorstoßen, bis ich kurz vor der Explosion bin. Ein Schrei verlässt meine Lippen, als er sich wieder zurückzieht.

Nein, bitte nicht, bitte ... Wieder erreicht mich Nebel, den ich gehorsam in mich aufnehme. Ich werde mit jedem Atemzug schwächer, meine Arme, die ich eben noch um ihn geschlungen hatte, gleiten an seinem Körper herab, verlieren an Kraft. Noch einmal dringt er in mich ein. In langen, harten Zügen treibt er mich erneut bis an den Rand des Zusammenbruchs. Dabei fasst er meine Haare, blickt mir tief in die Augen. Ich spüre nur noch ihn, will ihm alles geben, was ich habe. Er stößt mich nun mit Kraft und magischer Energie. Die Lust baut sich rasend schnell in mir auf und verlässt schließlich schreiend meine Kehle. Kurz bevor ich den Höhepunkt erreiche, zieht er sich zurück. Mein Körper beginnt zu zittern. Als der Nebel erneut in meine Nase dringt, ist das Leben aus meinem Körper fast verschwunden. Ich kann mich keinen Zoll mehr bewegen, meine Beine sind gespreizt, mein Busen wippt, als er flach die Hände auf meine Brust legt.

»Las dich fallen und gib mir deine Seele!«

Mein Mund kann keine Worte mehr sprechen, doch meine Augen sind geöffnet, als er erneut in mich eindringt.

Plötzlich zerreißt ein Schrei den Nebel. Der Sohn des Teufels wirft sich zurück, landet kurz auf den Knien, bäumt sich dann auf.

Walpurga! Blutend strotzt sie vor Hass, als sie auf ihn zuschreitet und Druckwellen gegen seinen Körper wirft. Nur für einen Moment scheint er aus der Fassung gebracht, dann brennt der Raum erneut. Sein Groll scheint allgegenwärtig, der Zorn erfüllt den Raum mit Glut.

»Meinst du wirklich, Hexe, dass du mich besiegen kannst?«

Ihr Dolch blitzt auf. Während er hasserfüllt auf sie zumarschiert, kniet sie sich hin. In ihren offenen Händen ruht der Dolch und ihre Lippen bewegen sich wortlos, während alle Kraft und Macht in die Waffe fließen.

Bartolomé holt zum vernichtenden Schlag aus, doch diesmal ist sie schneller. Mit ganzer Kraft rammt sie den Dolch in seine Brust. Die Flammen lodern auf, meine Lungen füllen sich mit heißer Luft. Er taumelt, scheint angeschlagen, fällt auf die Knie. Mit letztem Willen kann er den Dolch aus seiner Brust ziehen, muss sich schwer atmend am Boden abstützen. Diesmal verschließt sich die Wunde nicht.

»Es ist nicht möglich«, stammelt er keuchend. »Wie konnte das passieren?«

Durch die Wunde höre ich Schreie. Es müssen Hunderte, Tausende sein .... Sie alle strömen aus ihm heraus und mit ihnen verlässt Bartolomé die Kraft.

Auch Walpurga ist geschwächt, kann ihn nicht in die Hölle

zurückschicken, aus der er gekommen ist. Erschöpft liegt sie am Boden, atmet hastig, den Blick nicht von der Gestalt nehmend. Mehr und mehr verschwinden der Nebel und die Flammen. Unter Aufwendung seiner letzten Kraft, schafft er es aufzustehen. Er torkelt zum Fenster.

»Ich werde wiederkommen. Und wenn es tausend Jahre dauert, ich werde wiederkommen.« Seine Stimme ist voller Hass und Pein. Dann stürzt er sich hinaus.

Nebel und Flammen sind verschwunden, als ich meinen Körper notdürftig bedecke und zu Walpurga eile. Meine Sinne sind wieder beisammen, das Geschehene scheint mir nun wie ein dunkler Traum aus vergangenen Nächten. Meine Beine zittern, meine Kehle ist staubtrocken.

»Wie geht es Euch? Was ist geschehen?«

Walpurga kann sich an ihrem Stab aufrichten. Sie wirkt müde, aber erleichtert. »Er hat beinahe alle seine Macht verloren«, sagt sie leise, stützt sich am Fenster ab und blickt in die Dunkelheit. »Doch er wird wiedergekommen … irgendwann.«

***

Nachdem ich die Übersetzung der Dienerin gelesen hatte, verstaute ich alles wieder an seinem Platz, verließ den Zirkel und fuhr nachdenklich in Richtung Queens. Erschöpft öffnete ich die Tür zu meinem Appartement und stolperte laut fluchend über eins von Maddox automatischen Gewehren.

Warum lassen Männer ihre Sachen einfach auf dem Boden liegen?

Mein Groll verflog, als ich die glühenden Runensteine in jedem Zimmer vorfand. Dass sie so hell glühten, hieß nichts anderes, als dass er die Schutzsteine ausgewechselt hatte. Je heller sie mir entgegenfunkelten, desto aufgeladener waren sie. Ein Großteil der Halbwesen und Dämonen konnte dadurch die Wohnung nicht mehr betreten. Wie süß er doch war, wenn er sich um meine Sicherheit sorgte. Dass meine magischen Fähigkeiten weit stärker ausgeprägt waren, als die seinen, vergaß er dabei. Obwohl er für einen Reaper ein paar ganz passable Zauber drauf hatte.

Tief in Gedanken legte ich so ziemlich jedes Kleidungsstück, für jeden Anlass in meinen Reisekoffer und musste am Ende feststellen, dass ich eigentlich einen zweiten gebraucht hätte. Obwohl ich seit gefühlten fünf Jahren keinen Urlaub mehr gehabt hatte, wollte bei mir keine Reisestimmung aufkommen. Zu tief wogen die Überlegungen über die Aufzeichnungen der Dienerin Walpurgas. Eine Gänsehaut zog sich über meinen Körper, als ich daran dachte, dass ich gerade ein Schriftstück gelesen hatte, das kurz nach der Gründung des Zirkels entstanden sein musste, denn Walpurga war die erste und mächtigste Hexe. Nur deshalb konnte sie den Sohn des Teufels besiegen – sie muss alle Macht in diesen einen Dolch gelegt haben, als sie ihn traf.

Als ich mich tief in der Nacht endlich in die seidene Bettwäsche fallen ließ, drängte ich diese Gedanken beiseite. Vielleicht war es wirklich Zeit für ein wenig Abstand. Morgen Nacht würde ich mich in einem Luxushotel an meinen Freund kuscheln können, in einer Welt ohne Dämonen und Vampire, ohne Viljas, die mir nach dem Leben trachteten und ohne Prophezeiungen über den Weltuntergang. Hatte ich ihn gerade wirklich als meinen Freund bezeichnet?

Gefährliche Gedanken

Die Nacht hatte einen faden Beigeschmack, den ich nicht imstande war zu deuten. Übermüdet duschte ich, legte ein dezentes Make-Up auf und wollte in meinem begehbaren Kleiderschrank gerade nach einer Arbeitsuniform greifen, als ich innehielt. Nein, heute war kein Arbeitstag! Ich musste nicht in den Zirkel und war gerade auch keine Hexe. Ich war einfach nur eine junge Frau, die mit ihrem Freund – ja, Freund! – in den Urlaub flog. Sofort fiel mir eine Last von den Schultern und ein Lächeln huschte über meine Lippen. Für den Anlass wählte ich einen modischen Jeansrock und ein schwarzes Top, steckte die Tickets ein und bestellte mir ein Taxi.

»Du wirst ein paar Tage ohne mich auskommen müssen«, sagte ich zu meinem Kaninchen Lemi und gab ihm eine Karotte. Als Lemi sie genüsslich kaute, musste ich kurz zurückdenken an Creepy, diesen widerlichen Schlangendämon. Es war nun schon ein paar Monate her, seitdem ich Lemi aus seinen Fängen befreit hatte. Maddox hatte ihn so getauft, weil er von oben bis unten mit Lehm bedeckt war, nachdem ich mit zwei Golems gekämpft hatte. Irgendwie war mir der Kleine ans Herz gewachsen, also hatte ich ihn kurzerhand adoptiert. Für diese Urlaubs-Woche brachte ich ihn zur Nachbarin, bedankte mich herzlich und stieg ins Taxi.

Nach einem nervenaufreibenden Gespräch mit dem plappernden Fahrer, stand ich nun vor dem Terminal des Flughafens »La Guardia«. Die Gedanken an das vergangene Jahr zwangen sich schmerzhaft auf. Nikolai, der Verführer, die beinahe geglückte Unterwerfung des Zirkels und der Anschlag auf meine beste Freundin flirrten vor meinem geistigen Auge.

Nur Schatten der Vergangenheit, Isabelle, versuchte ich mich zu beruhigen. Zielstrebig schritt ich zum verabredeten Treffpunkt im »Starbucks«.

Nach einem großen, fettarmen Latte Macchiato fühlte ich mich augenblicklich wohler, dies sollte sich jedoch schlagartig ändern, als ich eine dunkle Gestalt erblickte, die schlurfend und mit hängenden Schultern auf mich zuschritt. War das etwa mein Freund? Der stolze Reaper mit dem sonnengebräunten Gesicht und den träumerischen Augen? Ich musste meinen Blick mehrmals verschärfen, bis ich mir sicher war.

Seine Uniform war an einigen Stellen aufgerissen. Dass die schusssichere Weste unter seinem Shirt herauslugte, schien ihm genauso egal zu sein, wie das beschädigte Gewehr, das unter seinem dicken Wintermantel zu sehen war. Augenringe prägten sein Gesicht. Er wirkte kraftlos, sein Blick war matt, die Haut kalkweiß. Doch das schlimmste war ... Er trug weder Koffer noch Tasche.

Sofort stellte ich den Kaffee ab und eilte auf ihn zu. Als ich ihn mit einem Kuss und einer Umarmung begrüßen wollte, drehte er sich zur Seite und mein Unwohlsein erreichte einen gefährlichen Höhepunkt. »Maddox, was ist passiert?«

Seine Stimme zitterte, war nur ein Schatten des sonst so festen und wohltuenden Klanges. »Isabelle, wir müssen reden.«

Meine Augen verengten sich zu Schlitzen.

***

»Er hat was?!« Iras Stimme überschlug sich beinahe. Ich musste das Handy etwas weiter von meinem Ohr weghalten und kam erst danach zu einer Antwort.

»Schluss gemacht! Einfach so ...«

Ein paar Sekunden herrschte Stille am anderen Ende der Leitung. Ich orderte den dritten, überteuerten Cappuccino im Flughafencafé. In diesem Moment hatte ich Lust, wieder mit dem Rauchen anzufangen. Zu gern hätte ich jetzt an einer Zigarette gezogen ... oder gleich an einer Crackpfeife.

»Er kam mit zerrissener Uniform, sah absolut Scheiße aus und machte dann eben mal so Schluss?«, vergewisserte sich Bianca.

»Das bringt nichts mehr mit uns beiden«, äffte ich ihn nach.

Meine beiden Freundinnen stießen einen Fluch nach dem anderen aus.

»Das ist der beschissenste Schluss-mach-Spruch aller Zeiten«, giftete Ira. »Was für ein Vollidiot und ich sage das, obwohl er mich gerettet hat!«

Die Nacht in der Flughafenhalle hatte meine Freundin Ira nicht vergessen. Damals war sie im Bann von Nikolai gewesen, als sie mich in die Falle gelockt hatte und sie schließlich von Maddox und mir gerettet wurde. Der magische Zauber, dem sie ausgesetzt gewesen war, war mächtig gewesen, eine Verführung des Teufels. Sie hatte etliche Monate bei den Heilerinnen verbringen müssen und war erst vor ein paar Wochen wieder in den Dienst eingestiegen. Von ihrem schlechten Gewissen geplagt, hatte sie sich hunderte Male bei mir entschuldigt, obwohl das Ganze für meinen Teil bereits an diesem einen Abend erledigt gewesen war. Ich war froh, als sie endlich wieder arbeiten konnte.

»Tja, versteh einer die Männer«, antwortete ich und orderte noch ein großes Stück Kuchen. Mir war nach Heulen zumute. Wut und Unverständnis vermischten sich mit Trauer zu einem ganz eigenen, schmerzhaften Gefühlschaos. Nachdem Maddox und ich zehn Minuten geredet hatten und ich langsam, aber sicher damit begonnen hatte, ihn anzuschreien, war er einfach gegangen. Er hatte mich in der lichtdurchfluteten Wartehalle des »La Guardia« einfach so stehenlassen. Nur zu gern hätte ich ihm mit einem Feuerzauber sein bestes Stück versengt oder ihn mit einer hasserfüllten Druckwelle aus der Halle gepustet. Doch ich war wie erstarrt. Ich hatte dem Typen, den ich wirklich als meinen ersten, festen Freund betrachtet hatte, hinterher gesehen, bis er verschwunden war. Schließlich hatte ich ein paar Minuten gebraucht, um mich aus meiner Lethargie zu lösen und mich in ein Café zu setzen. Sofort hatte ich mein Handy herausgeholt, Ira und Bianca angerufen und schaufelte mir seitdem Unmengen von Kaffee und Kuchen in den Leib. Gift für meine Bikinifigur, aber an so einem Tag wie heute ist sowieso alles Mist.

»Was hast du jetzt vor?«, wollte Bianca wissen.

Die junge Heilerin war in meinem Alter und arbeitete ebenfalls im Zirkel. Sie hatte zur selben Zeit den ewigen Vertrag mit ihrem Blut unterschrieben und war mir über die Jahre eine gute Freundin geworden.

»Keine Ahnung«, erwiderte ich mit vollem Mund, während ich weiter Kuchen in mich hineinstopfte. Ich spülte mit Cappuccino nach. »Ich habe eine Woche Urlaub, die Honeymoon-

Suite in einem mexikanischen 5-Sterne Hotel und entwickele gerade einen überaus tiefgreifenden Hass auf alle Männer. Also werde ich mich zu Hause einschließen und mich unter der Bettdecke verkriechen.«

»Mach das nicht!«, forderten meine Freundinnen im Chor und zum zweiten Mal musste ich das Handy vom Ohr nehmen.

»Deine Reisedaten liegen dem Zirkel vor?«

»Natürlich. Es ist Vorschrift.«

Und gerade für mich, als Sicherheitsoffizier, war es wichtig, dass ich mit gutem Beispiel voran ging. Es war eine Vorsichtsmaßnahme des Zirkels, um ihre Mitarbeiter zu schützen. Oder zu kontrollieren, kam drauf an, von welcher Seite man es betrachtete.

»Okay, Mädels«, seufzte ich und richtete meine brünetten Haare. »Ich muss hier weg, habe keine Lust mit anzusehen, wie mein Flieger abhebt. Das muss ich mir echt nicht geben. Wir telefonieren heute Abend.«

»Klink dich mal kurz aus und bleib, wo du bist«, schoss es aus Ira hervor. »Wir rufen dich gleich wieder an.«

Ich ließ mich an die Lehne des Stuhls zurückfallen. Da saß ich nun mit gepackten Koffern und beobachtete, wie der Boardingschalter meines Flugs nach Mexico immer leerer wurde. Eigentlich sollte ich in das Flugzeug steigen und mit meinem Freund einen wundervollen Urlaub am Meer verbringen. Gestern war doch noch alles in Ordnung und plötzlich kam Mistkerl Maddox auf die Idee, die Beziehung zu beenden ...

Natürlich wollte er mir nicht verraten, warum er so aussah. Der gestrige Auftrag musste hart gewesen sein. Gut so! Ich hoffte, dass ihn die Vampire richtig rangenommen hatten.

Mein Klingelton riss mich aus meinen Gedanken.

»Hör zu, Isabelle«, begann Ira energisch. »Du wirst in das Flugzeug steigen und auch im Hotel einchecken. Bianca und ich haben gerade Urlaub genommen und werden heute Abend nachkommen. Und verdammt noch mal, wir werden einen geilen Urlaub haben, Party machen und dieses Arschloch vergessen, hast du verstanden?!«

Von der Intensität ihrer Stimme war ich fast erschlagen. Faktisch gesehen war ich ihre Vorgesetzte, da ich immerhin zwei Jahre früher im Zirkel begonnen hatte und meine magischen Fähigkeiten die ihren bei weitem übertrafen. Doch wenn Ira etwas wollte, dann schien sie zu brennen und ließ nicht locker, bis sie es bekam. Ein Dickkopf, wie er im Buch stand.

»Hört mal Mädels, das ist wirklich nett, aber ...«

»Keine Widerrede«, setzte Ira nach und ihre Stimme wurde um einige Nuancen höher. »Du schwingst jetzt deinen Knackarsch in das Flugzeug und kippst schon mal ein paar Tequilas. Wir werden den Teufel tun und den von ihm bezahlten Urlaub einfach so verstreichen lassen.«

Ich zögerte einen Moment. Widerstand war zwecklos. Das Gespräch könnte noch ewig so weitergehen und wenn ich einfach auflegen würde, dann wäre Ira innerhalb von wenigen Minuten hier und würde mich an den Haaren ins Flugzeug zerren. Wie die beiden es geschafft hatten, Urlaub zu bekommen, fragte ich erst gar nicht. Wie alle im Zirkel schoben sie wahrscheinlich Hunderte von Überstunden vor sich her.

»Hör mir auf mit dem Teufel, von dem hab ich in letzter Zeit echt genug.«

»Dann ist es also fest? Du steigst in den Flieger nach Mexico?«

»Ja«, antwortete ich langezogen und stand auf.

»Mach dir keinen Kopf«, sagte Bianca mit milder Stimme. »Das wird großartig, es ist die richtige Entscheidung.«

Ich klemmte das Handy zwischen Ohr und Schulter, als ich meine Koffer fasste. »Wollen wir es hoffen. Und Mädels ...« Kurz stoppte ich. »Dankeschön.«

***

Als Ruhe sich über das Flugzeug legte und die Menschen in ihren Zeitschriften versunken waren, kamen auch meine Gedanken zurück. Vor mir stand ein vierstündiger Flug, den es irgendwie zu überbrücken galt, ohne mir dabei die ganze Zeit das Gehirn zu zermartern, wie mein Ex auf einmal so ein Arschloch geworden war. Lag es an mir? Hatte ich gestern Abend irgendetwas gesagt, was ihn gekränkt hatte? Die Selbstzweifel legten sich um meinen Brustkorb, wie eine eiserne Klammer. Hätte ich ihn nicht auf seine Vergangenheit in der Hölle ansprechen sollen? Wie tief waren die Wunden, die die glühende Peitsche seines Vaters hinterlassen hatte?

Genau wie die Narbe, die sich von seinem Brustkorb, bis hin zu seinem Gesicht zog, die ich immer unheimlich sexy fand, schienen auch die inneren Spuren dieser Tortur nie ganz verheilt zu sein. Sicher, er war der Sohn des Teufels, stellte sich gegen den Vater und seine Brüder auf die Seite seiner menschlichen Mutter, um an unserer Seite gegen die Schattenwesen zu kämpfen. Ein sehr ehrenhafter Wesenszug. Dabei hätte er in der Hölle herrschen können. Früher hielt ich diese Geschichten für Märchen, die man den jungen Hexen erzählte, damit sie keine Dummheiten machten. Jeder kannte die Story.

Alle hundert Jahre darf der Teufel für eine Nacht auf Erden wandeln und ohne seine Kräfte versuchen, eine menschliche Frau zu verführen. Viermal hat es geklappt. Mit dem jüngsten Sohn war ich zusammen, gegen seinen Bruder hatte ich gekämpft und über den anderen gestern noch einen sehr interessanten Bericht gelesen. Über den ältesten, Baal, gab es nur wenige Aufzeichnungen. Zum Ausgleich für die Geburt eines Teufelskindes wird in derselben Zeitspanne eine absolute Hexe geboren – eine Hexe sechsten Grades. Walpurga war so eine. Doch danach wurde nie wieder eine gesehen. Es war eine Sache, dass die Hexen tatsächlich geboren wurden, die weitaus schwierige Angelegenheit war, sie auch zu finden und für den Zirkel auszubilden. Wir waren ein Geheimbund, von dem nicht einmal die Regierung wusste, eine Schattenarmee, die in allen Ländern der Welt existierte und trotzdem ungesehen von den Menschen agierte. Hexen besaßen keine Webseite, auf der man sich einfach so bewerben konnte, sondern sie suchten sich ihre Mitarbeiter selbst aus. Meistens war es Zufall. Es gab eine ganze Abteilung im Zirkel, die sich nur mit Nachwuchsgewinnung beschäftigte. Sobald in einer Schulakte ein Bericht über ein junges Mädchen auftauchte, das angeblich ihren Bleistift zum Schweben gebracht hatte oder einen Mitschüler, ohne ihn zu berühren, durch das Fenster geschleudert hatte, schickten wir ein Team raus, um es zu überprüfen. Am 18. Geburtstag hatte man die Wahl: Ein normales Leben oder die Berufung zur Hexe. Unterschrieben wurde dieses Abkommen mit Blut.

Bei mir war es damals keine große Zeremonie gewesen. Nur de la Crox und wir Mädchen waren in ihrem Büro. Es folgte eine Ansprache, Küsse auf die Wangen und der stolze Blick meiner Ziehmutter. Zumindest gingen die Cocktails in der Bar an diesem Abend auf die Kosten des Zirkels. Ein starker Jahrgang, wie de la Crox mir später gestand. Ich erinnerte mich an Biancas Gesicht. Sie hatte sich wenige Tage vor mir entschieden. Ihre schwarzen, lockigen Haare hatte sie mit einem Band zu einem lockeren Pferdeschwanz zusammengebunden und schon damals wirkte sie erwachsener, als man es von einer achtzehnjährigen erwartete. Doch eine absolute Hexe war nicht dabei. Wie die letzten Jahrhunderte auch. Mittlerweile fragte ich mich, ob die Geschichten wirklich stimmten oder ob sie nur dafür da waren, um uns Hexen Mut zu machen und weiterhin gegen die Übermacht aus Vampiren, Dämonen und Formwandlern anzukämpfen, denn jede Nacht setzten wir unser Leben aufs Spiel, damit die Menschen in süßer Ungewissheit weiterleben konnten.

Es war angeblich ein Pakt zwischen dem Teufel und Gott, als die Menschheit selbst ihren Anfang nahm. Wenn es nach mir ginge, wurde es langsam Zeit, dass der da oben seinen Teil der Abmachung einhielt und uns eine Hexe sechsten Grades sandte.

»Tee oder Kaffee?«, riss mich der Flugbegleiter aus meinen Gedanken.

»Whiskey!«

Er stockte in seiner Bewegung, stellte die Kaffeekanne zur Seite und lächelte. Aufmerksam musterte ich den Mann. Seine kurzen, dunklen Haare hatte er mit Gel in Form gebracht. Er war perfekt rasiert, hatte schöne Hände und gepflegte Fingernägel, dazu eine ruhige, tiefe Stimme. Kurzum: Die frühere Isabelle hätte nicht lange gezögert, dem Mann einen Seducción-Zauber auf den Hals gehetzt und ihn so lange geritten, bis er Wundsalbe für seinen Schwanz gebraucht hätte. Ganz davon abgesehen, dass er bestimmt schwul war. Obwohl ich überhaupt nicht für Stereotypen war, schien es mir die einzig logische Betrachtungsweise. Solche Männer sind immer schwul oder vergeben, meistens beides zusammen.

Ohne eine weitere Sekunde zu zögern, nickte er kurz, stellte mir einen Becher vor die Nase und eine kleine Flasche Whiskey.

»Schlechten Morgen gehabt?«, wollte er wissen und blieb eine Sekunde stehen.

»Sie haben ja keine Ahnung«, war meine einzige Antwort, als ich die Flasche aufschraubte und den ersten Schluck nahm.

»Wenn ich etwas für Sie tun kann, lassen Sie es mich wissen.«

Für den Bruchteil einer Sekunde huschten seine Augen über den leeren Platz neben mir, dann verirrte sich sein Blick in mein weites Dekolleté. War er etwa doch nicht schwul?

Als der Flugbegleiter gegangen war, legte ich den Becher an meine Lippen und dachte nach. Ich war Single, verdammt! Wenn auch noch nicht lange. Somit konnte ich tun und lassen, was ich wollte. Ich musste niemandem Rechenschaft ablegen und war auch noch im Urlaub.

Mehrmals überlegte ich, ob ich wirklich einen Versuch starten sollte. Dabei war nicht wirklich Lust meine Intention, sondern nur die Gelegenheit, Maddox eins reinzudrücken. Im Café war mir nur nach Heulen zumute gewesen, doch jetzt empfand ich Wut. Warum ließ ich mir von so einem Idioten mein Leben diktieren?

Die Menschen gingen mit ihrer Trauer unterschiedlich um. Viele warfen sich aufs Bett und weinten Bäche aus Tränen, andere joggten den Schmerz weg, viele stürzten sich in die Arbeit. Und es gab welche, die sich mit Partys und flüchtigen Bekanntschaften selbst bewiesen, dass die Beziehung keinen großen Stellenwert in ihrem Leben eingenommen hatte. Und da ich gerade kein Bett zur Verfügung hatte und meine Lust, jetzt vor allen Menschen loszuheulen, sich auf ein Minimum beschränkte, lehnte ich meinen Ellenbogen auf die Armlehne und blickte dem Flugbegleiter hinterher.

Ich wollte ihn mit einem Hauch des Verführungsbannes belegen, damit er seine sowieso schon kippende Meinung änderte und die Waage zu meinen Gunsten fiel. Zumindest wäre es gut für mein Ego. Wieder und wieder murmelte ich im Geist die Worte aus dem dicken Buch mit dem rötlich-violetten Umschlag, das eigentlich Unterrichtsstoff für das sechste Jahr war.

Tatsächlich. Er schien immer fahriger und unsicherer zu werden, als er die letzte Reihe des Flugzeugs bedient hatte. Dann drehte er sich um. Mein Blick fesselte ihn förmlich an meine stechenden grünen Augen. Sofort wurde sein Ausdruck glasiger, seine Lider flatterten, bis er die Augen ganz schloss und zu schwanken begann. Dabei hatte ich doch nur eine kleine Variante des Zaubers gewählt. Eigentlich war dieser Zauber nur für Ermittlungszwecke gedacht und in privaten Situationen natürlich strikt verboten. Andererseits war gegen so eine kleine magische Intervention nichts einzuwenden. Vor allem in so einer Situation. Ich hielt seinem Blick stand – mehr noch, ich bohrte meine Gedanken in ihn hinein. Er stockte in seiner Bewegung, musste schlucken und plötzlich erkannte ich in seinen Augen eine nicht zu fassende Gier. Das Blut musste nun in seinen Adern pumpen, als ob er von einer Welle der Lust überrollt würde.

Das musste fürs Erste genügen. Zufrieden drehte ich mich wieder um und nippte an meinem Whisky. Es dauerte über eine Stunde, bis er allen Mut zusammennahm und schließlich wieder neben mir stand. Anscheinend war ich etwas aus der Übung. Zu lange hatte ich diese Art von Magie nicht mehr angewendet.

»Haben Sie noch irgendeinen Wunsch?«, wollte er wissen. Dabei beugte er sich tief zu mir herab, sodass ich sein süßliches Parfüm riechen konnte.

Ich wartete ein paar Herzschläge, blickte in meinen Becher und schenkte ihm einen wundervollen Augenaufschlag. »Ich nehme ein Wasser«, hauchte ich leise und öffnete unmerklich meine Beine.

Als er in den Servierwagen griff und eine Flasche herausholte, konnte ich genau sehen, wie er mit sich kämpfe, damit sein Blick nicht allzu auffällig herabglitt. Ich beugte mich nach vorn und tat so, als würde ich an meinen Schuhen herumfummeln, um ihm einen tieferen Einblick in mein Dekolleté zu geben. Aus dem Augenwinkel erkannte ich, wie seine Bewegungen stockten. Natürlich hatte er jetzt den besten Blick auf meinen schwarzen Spitzen-BH. Gleichzeitig setzte ich erneut den Seducción-Zauber ein.

Der Mann räusperte sich, hatte sichtlich Probleme, das Wasser in den Becher zu schütten. Ich beobachtete ihn ruhig, ließ meinen Sitz nach hinten fahren und überkreuzte die Beine. Dabei rutschte wie zufällig mein Jeansrock nach oben. Die Sonne spiegelte sich auf meinen Oberschenkeln und ich stöhnte auf, als ob ich mich gerade herrlich entspannen würde. Dann blickte ich dem Flugbegleiter tief in die Augen.

»Wie ist Ihr Name?«, fragte ich.

»Jason«, hauchte er erst kraftlos, nach einem erneuten Räuspern etwas kräftiger.

»Ich bin Isabelle«, sagte ich lächelnd und erhöhte den Druck des Zaubers.

Ich liebte es, in die Gedankenwelt der Männer einzudringen. Natürlich konnten wir sie nicht klar lesen, aber für eine trainierte Hexe waren Emotionen, Befürchtungen und vor allem Begierden klar zu erkennen. Ein herrlicher Vorteil, wenn man jemanden verhören musste.

Jason wollte nicht gehen. Warum auch. Ich erhöhte den Zauber mit jeder Sekunde, stachelte seine Lust weiter an und ließ meinen Rock noch ein Stückchen höher rutschen. Natürlich war den zwei Geschäftsmännern neben mir auch aufgefallen, dass mein Po mittlerweile bereits auf dem Sitz auflag. Doch was mich viel mehr interessierte, war, dass sich in Jasons Hose bereits eine dicke Beule abzeichnete.

»Können Sie mir einen Gefallen tun?«, flüsterte ich leise, sodass er sich herunterbeugen musste.

»Natürlich.« Unsere Gesichter trennten nur wenige Zentimeter.

Ich stützte mich auf den Unterarm, ließ den Träger meines Tops herunterrutschen und gewährte ihm einen noch tieferen Einblick. »Würden Sie mir erklären, wie die Toiletten funktionieren?« Eine schrecklich unoriginelle Aufforderung. Aber in diesem Moment war mir einfach nicht nach einem langen Gespräch und einer perfekten Verführung. Ich verstärkte den Zauber noch einmal und erkannte, dass dies gar nicht nötig war. Er hatte keine Freundin und das einzige, was ihn jetzt davon abhielt über mich herzufallen, war sein Job, an dem er so hing.

»Sehr gern«, sagte er lächelnd.

In seinen Augen blitzte der Hauch von Hoffnung. Sofort erhob er sich und deutete mit einer Hand in Richtung Toiletten. Ich ging vor und wiegte meinen Arsch dabei im Takt. Nur wenige Plätze waren im hinteren Teil des Flugzeugs noch belegt. Gut so, das spielte mir in die Karten. Ich öffnete die Tür der Toilette und ging hinein. Etwas unsicher blieb er draußen stehen. Mein Blick war eindringlich, als ich den Zauber von neuem im Geist aufsagte und mich in der engen Kabine an die Wand lehnte.

»Passt das für zwei Personen?«, wollte ich wissen.

Sein Blick wechselte zwischen der Toilette und dem Rest des Flugzeugs. Es war nicht schwer zu erraten, welche Gedanken jetzt seinen Verstand beherrschten.

»Entschuldigen Sie, aber zwei Personen sind nicht in der Kabine gestattet.«

Genug gespielt. Ich fasste mir an den Jeansrock, zog ihn langsam hoch und legte in den Seducción-Zauber viel mehr Macht, als es eigentlich nötig war. Jason kam langsam auf mich zu. Unsere Körper schmiegten sich aneinander. Noch hatte ich ihn nicht, aber das würde sich gleich ändern. Ich fasste seinen Nacken, streichelte die Haare. Dann küsste ich seinen Hals und rieb mein Becken an seiner Taille.

»Isabelle, ich weiß nicht, ob …«

»Shh«, hauchte ich und berührte zärtlich seine Lippen. Es war nur ein gehauchter Kuss, doch er reichte aus, um seine Lust in ungeahnte Höhen zu treiben.

Behutsam fuhr ich mit den Fingernägeln seinen Rücken herab, küsste erneut seinen Hals und schloss die Augen. Damit drang ich in seinen Geist ein und entfachte unbändiges Verlangen.

Als hätte ihm jemand Adrenalin ins Herz gespritzt, drückte er mich gegen die Wand der Kabine und durchbrach mit der Zunge meine Lippen. Plötzlich war er nicht mehr zu halten, sein Widerstand war gebrochen. Anscheinend hatte ich zu viel Macht in den Zauber gelegt. Jason biss mir in den Hals, griff mit der Hand unter meinen Rock und streichelte rau meine intimste Stelle.

»Langsam, nicht so schnell«, hauchte ich, doch meine Worte verhallten unter seinen heftigen Küssen.

Mit beiden Händen griff er nun unter meinen Rock und versuchte, den Slip herunterzuziehen. Er war gefangen in der Lust, die ich ihm aufgezwungen hatte. Doch seine Bewegungen waren mir entschieden zu grob. Energisch stieß ich ihn gegen die Wand und packte ihn am Hals. Dann trafen sich unsere Blicke.

»Wenn du nicht lieb bist, schreie ich.«

Meine Drohung zeigte Wirkung. Sofort ließ er von mir ab. Seine Atmung war beschleunigt, eine Schweißperle war auf seiner Stirn zu sehen. Das gefiel mir schon besser. Langsam streichelte ich Jasons Kinn, küsste ihn zärtlich und ohne Zunge, während ich seine Krawatte löste. Mit ihr verband ich seine Hände hinter dem Rücken. Schon wieder war Unsicherheit aus seinen Augen zu lesen, als ich seinen Gürtel löste und auch seine Hose zu Boden gleiten ließ. Mehrmals streichelte ich über seine Shorts. Sein Penis war bereits zu voller Größe aufgerichtet, als ich ihn mit meinen Fingern abfuhr. Ich ließ mir Zeit, fesselte ihn mit meinen Blicken und musste jetzt auch meine Lust drosseln. Er war seit ein paar Monaten der erste Mann, den ich mir einfach so nahm. Meine Gefühle schwankten zwischen Beklommenheit und Begierde, als ich die Shorts herabzog und sein Penis mir entgegenragte. Langsam streichelte ich mit den Fingernägeln seine Hoden. Er zuckte kurz zusammen, öffnete die Lippen, doch als ich einen Finger an meinen Mund legte, war er sofort wieder ruhig.

Ich hatte Probleme, mich in der engen Kabine hinzuknien, doch dann gelang es mir. Nur mit der Zungenspitze fuhr ich seinen Penis ab. An der Eichel stoppte ich. Noch einmal sah ich Jason an, dann befeuchtete ich Daumen und Zeigefinger und übte Druck auf seine empfindlichste Stelle aus. Ich ließ ihn dabei zusehen, wartete, bis er erneut nach hinten wollte und nahm seinen Schwanz schließlich in den Mund. Sofort begann ich kräftig zu saugen, streichelte dabei seine Hoden. Dann zog ich mich wieder zurück und fuhr mit den Fingern weiter über seinen Penis. Immer wieder reizte ich dabei die rötliche Eichel, streichelte über das Bändchen und fuhr mit den Lippen über sein bestes Stück.

Jetzt fühlte auch ich, wie die Feuchtigkeit sich langsam sammelte. Ruckartig stand ich auf, drückte meinen Rücken gegen die Kabine und zog mir das Top aus. Er stand immer noch gefesselt vor mir. Nachdem ich meinen BH gelöst hatte, streichelte ich erneut über seine Eichel, zog mit den Fingernägeln die Haut entlang und wartete, bis er sich auf die Lippen beißen musste.

Dann griff ich seinen Nacken und zog ihn herab. Sofort nahm er meine Brustwarze zwischen seine Lippen und begann zu saugen. Ich liebte es, ihn zu kontrollieren, hatte seinen Schwanz noch in der Hand und rieb mit der Handfläche über seinen Schaft. Dabei variierte ich den Druck, drückte meine Fingernägel in das pulsierende Fleisch und genoss es, wenn er schmerzverzerrt aufstöhnte. Mit gehöriger Kraft presste ich ihn wieder nach hinten und schwang ein Bein auf die Toilette. Seine Augen waren wie gebannt, als ich über meinen Slip streichelte. Immer wieder ließ ich meine Finger über meine Klit kreisen. Mit jeder Sekunde baute sich mehr Verlangen in seinem Körper auf, bis er zu zittern begann. Als ich mich umdrehte und meinen Körper an den seinen rieb, bedeckte er meinen Nacken mit Küssen. Dabei streichelte ich weiter mit der Hand über seinen Penis. Ich hatte sichtlich Mühe, meinen Slip in der engen Kabine auszuziehen, doch der Hautkontakt schien ihn nur noch heißer zu machen. Endlich hatte ich es geschafft und er konnte dabei zusehen, wie ich meinen Kitzler reizte.

»Willst du mich?«, flüsterte ich leise.

Er nickte.

Ich lächelte, setzte mich auf die Toilette und spreizte die Beine. Er verstand sofort und versuchte, mit gefesselten Händen auf die Knie zu gehen. Natürlich musste er sich dabei an die Wand lehnen, doch schließlich schaffte er es, mit dem Gesicht herabzukommen und meine Schenkel zu küssen. Erst waren Jasons Bewegungen grob, doch als ich seine Haare packte und ihn etwas zurückhielt, verstand er, was ich wollte. Zärtlich küsste er die Innenschenkel meiner Beine und wanderte mit seinem Mund weiter herab, bis er meine Pussy erreicht hatte. Dieselben Zärtlichkeiten ließ er meinem anderen Bein zukommen. Meine eigene Lust ließ ich langsam wachsen, während ich immer noch seine Haare fest im Griff hatte. Erst nach einiger Zeit erlaubte ich ihm, meine intimste Stelle zu küssen. Behutsam umfuhr er mit der Zunge meine Schamlippen, berührte dann mit der Spitze meinen Kitzler. Sofort bemerkte ich, dass er das nicht zum ersten Mal machte. Mit ruhigen Bewegungen liebkoste er meine Klitoris, erhöhte langsam den Druck. Nach wenigen Lidschlägen ließ ich mich fallen. Ich hörte, wie er stöhnte und mit seiner eigenen Wollust kämpfte. Und obwohl unsere Gliedmaßen in der Kabine übereinander lagen, genoss ich jeden Moment.

Irgendwann hatte ich mich so angeheizt, dass ich mehr wollte. Ich drehte mein Handgelenk, ließ die Krawatte hinter seinem Rücken aufgehen und zog ihn zu mir. Gemeinsam standen wir auf. Ich stellte einen Fuß auf die Toilette und drehte mich um. Augenblicklich spürte ich seine pulsierende Eichel an meinen Schamlippen. Ich drückte mein Kreuz durch und veränderte den Winkel. Jason packte meine Schulter und zog mich zu sich. Ich schloss die Augen, als er in mich eindrang. Seine Stöße waren zaghaft, beinahe vorsichtig. Er füllte mich vollends aus, als er sein Becken durchdrückte und ohne Probleme in mich glitt. Schnell hatten wir einen gemeinsamen Takt gefunden. Ich weiß nicht, ob es die Situation war, aber schon bald spürte ich die ersten Wellen des Höhepunkts über meinen Körper rauschen. Mir blieb keine andere Möglichkeit, als mir auf die Lippen zu beißen und die Lust herunterzukämpfen. Jasons Hände glitten herab, von hinten befühlte er meine Nippel, nahm sie zwischen seine Finger und erhöhte den Druck. Ein Lustschmerz durchfuhr meinen Körper. Beinahe hätte ich mein Verlangen herausgeschrien, konnte mich aber im letzten Moment noch beherrschen. Mein Verstand spielte verrückt, ich warf meinen Kopf nach hinten und wieder wurde mein Nacken mit heißen Küssen übersät. Er trieb mich weiter auf den Orgasmus zu. Nur noch wenige Stöße und ich würde kommen. Dabei wollte ich diese süße Tortur noch ein paar Minuten länger erleben. Schnell glitt ich nach vorn, drehte mich und drückte meinen Rücken gegen die Wand. Jason nahm meine Beine, winkelte sie an und schob sich in mich hinein. Ich spürte die Eichel so tief in mir, dass ich kurz davor war loszuschreien. Seine Stöße waren jetzt um einiges tiefer. Meine Füße und Arme waren um seinen Körper geschlungen, mein Gesicht auf seine Schulter gelegt. Plötzlich meinte ich zu spüren, dass die Erde sich schneller drehte. Doch nicht nur ich schien diese Vermutung zu haben. Auch Jason hielt inne.

»Turbulenzen«, flüsterte er und sah sich um. »Wir sollten aufhören.«

Ich spürte, wie sein Penis aus mir herausglitt. Ich musste meine Beine ausstrecken und an der gegenüberliegenden Wand anlehnen, damit er in mir blieb.

»Oh nein«, keuchte ich, »das sollten wir nicht.«

Meine Augen funkelten vor Gier, als ich meine Schenkel zusammenpresste und ihn nicht mehr weg ließ. Dann spannte ich alle Muskeln an und gab den Takt vor. Jasons Augen weiteten sich. Für eine Sekunde hatte ich das Gefühl, als würde er in die Knie gehen. Schließlich drückte er seinen Penis wieder tief in mich hinein. Das Flugzeug begann leicht zu vibrieren und mit ihm mein ganzer Körper. Ein unbeschreibliches Gefühl stachelte meine Leidenschaft an. Sein Schwanz arbeitete in mir, während alles um mich herum wackelte. Vielleicht war es die Gefahr, die mir diesen Kick gab, doch ich konnte gar nicht anders, als laut in sein Ohr zu stöhnen. Auch seine Bewegungen wurden heftiger. Immer schneller ließ er nun sein Becken vorstoßen, immer heftiger wurden die Vibrationen um mich herum. Mir war, als würden mehrere Punkte gleichzeitig gereizt werden. Nach wenigen Augenblicken schon spürte ich, wie der Orgasmus meinen Körper durchschüttelte. Ich biss Jason in den Hals, als auch er kam und wir gemeinsam in einem rüttelnden Flugzeug auf den Boden der Toilette sanken.

***

»Wir hätten das nicht tun sollen«, flüsterte er erschöpft nach einigen Minuten.

Die Turbulenzen hatten nachgelassen und immer noch war er in mir drin.

Schwer atmend versuchte ich aufzustehen. »Wieso nicht?«

Die Wirkung des Zaubers ließ bei einem Orgasmus schlagartig nach. Anscheinend schien er nun wieder klar denken zu können und sich Sorgen darüber zu machen, ob unser kleiner Ausflug unbemerkt geblieben war.

»Das war gefährlich, man hätte uns hören können und im Falle eines Absturzes ...«

»Ist aber alles nicht passiert«, fiel ich ihm ins Wort, während ich mich wieder anzog. »Hat es dir nicht gefallen?«

»Doch, doch«, entgegnete Jason hastig. Unbeholfen versuchte er, seine Hose wieder anzuziehen.

Beim Binden seiner Krawatte half ich ihm. »Na siehst du. Hin und wieder sollte man das Leben genießen und nicht an die Konsequenzen denken.«

Als wir beide wieder angezogen waren, trafen sich unsere Blicke.

»Isabelle, ich bin noch ein paar Tage in Mexiko. Mein Rückflug geht erst in drei Tagen, also wenn du dich noch einmal mit mir treffen möchtest. Vielleicht auf einen Kaffee oder so.«

Wie süß er war. Und dazu noch dieser Hundeblick. Kurz schaute ich zu Boden, dann wieder in seine Augen. Er war bestimmt kein übler Kerl, sah gut aus und hatte tolle dunkle Augen. In diesem Moment fühlte ich mich schuldig, denn ich hatte ihn mit Methoden verführt, die er nicht begreifen konnte und die bestimmt nicht fair waren. Ganz davon abgesehen, dass er seinen Job verlieren konnte, den er wirklich mochte. Die alte Isabelle wäre einfach gegangen oder hätte den Sex einfach mitgenommen. Dass er für eine groteske Art von Rachesex herhalten musste, tat mir auf einmal leid. Aber leider erwischte er mich in einer ganz schwierigen Phase.

»Sorry, Jason«, sagte ich und hauchte ihm einen Kuss auf die Wange. »Aber das suche ich derzeit nicht.«

»Ich meine nur so, zum Quatschen.«

Ich wartete ein paar Sekunden, dann schüttelte ich den Kopf. »Tut mir leid.«

Schließlich verließ ich die Toilette und ging zurück auf meinen Platz. Natürlich bemerkte ich die verstohlenen Blicke der anderen Fluggäste. Es war mir egal. Gedankenverloren setzte ich mich hin und blickte aus dem Fenster. Ich hatte nie über meine Handlungen nachgedacht, nahm mir früher immer von den Männern, was ich wollte. Doch seitdem ich Maddox kannte, war irgendwie alles anders. Waren meine Handlungen richtig? Grenzte es nicht schon fast an Vergewaltigung?

Andererseits hatte ich nie einen Mann mit einem so harten Seducción-Zauber belegt, dass er mit mir schlief, obwohl er es gar nicht wollte. Es war nur der kleine Stupser an der Waage seines Gewissens, die sie zu meinen Gunsten kippen ließ. Warum hatte ich plötzlich diese Reuegedanken? War ich so unsicher geworden?

Meine Überlegungen wanderten zu Bashir, meiner langjährigen Affäre. Er war ein überaus charmanter und gutaussehender Spiegeldämon, der mich seit meinem ersten Auftrag fasziniert hatte. Doch seitdem Ira und ich letztes Jahr auf gemeinste Weise Informationen aus ihm herauskitzeln mussten, hatte er sich zurückgezogen. Ich wusste ja nicht einmal, ob er noch in New York lebte. Auch sein Vertrauen hatte ich missbraucht. Und das, obwohl er mich in die Welt der Dämonen und Halbwesen eingeführt hatte.

»Möchten Sie noch etwas trinken?« Etwas außer Atem stand Jason neben mir. Er sah sich um und beugte sich zu mir herunter. »Vielen Dank, dass ich dich kennenlernen durfte.«

***

Das Hotel war ein Traum. Vor dem azurblauen Meer und dem Privatstrand schmiegte sich der Komplex zwischen einer kleinen

Bergkette in den Schoß eines Wäldchens. Es hatte nicht viele Zimmer, die dafür aber umso exklusiver waren.

Nachdem meine Koffer im Zimmer waren, stand ich auf dem Balkon und genoss das Rauschen des Meeres in vollen Zügen. Doch als sich mein Blick auf dem großen, mit Rosenblüten bedeckten Doppelbett fing, wurde mein Herz schwer. Eine eisgekühlte Champagnerflasche wartete darauf, geköpft zu werden, die beiden Gläser brannten sich in meine Augen, als wären sie stumme Zeugen meiner gescheiterten Beziehung.

Ein Anruf beim Portier und die Rosenblüten, sowie die Champagnerflasche, waren entfernt. Augenblicklich fühlte ich mich wohler. Nach einer entspannenden Dusche erkundete ich das Hotel. Was mich am meisten störte, waren die vielen Pärchen, die Hand in Hand über den weißen Strand flanierten und sich keck in die Seite stießen, während sie lachten. Auch beim Essen war ich allein. Da ich keine weitere Lust verspürte, die zufriedenen Paare bei ihrem Urlaub zu beobachten, beschloss ich, ins Bett zu gehen, bis meine Freundinnen das Hotel erreichten.

Durch den ewigen Nachtdienst hatte ich keine Probleme, bei Tageslicht zu schlafen. Das Meer rauschte, alles um mich herum war warm und wohlig, ruhig und idyllisch, doch die Gedanken hämmerten in meinem Kopf und ich starrte mit offenen Augen an die Decke. Obwohl ich mir fest vorgenommen hatte, nicht zu weinen, zog ich mir die Decke über den Kopf und weinte bitterliche Tränen in mein Kissen.

Zufällige Begegnungen

Am nächsten Tag wachte ich mit einem Kater auf. Es hatte so gut getan, dass Ira und Bianca am gestrigen Abend zu mir gestoßen waren. Sie hatten sich kurz frisch gemacht und schließlich verbrachten wir die halbe Nacht auf der wunderschön arrangierten Terrasse, wo wir meinen Geburtstag nachfeierten. Bianca schenkte mir ein Wellnesswochenende für uns drei in New York, Ira mir einen Privat-Dance eines Strippers, wenn wir wieder zu Hause waren. Beides konnte ich derzeit gut gebrauchen. Die Kellner kamen am Ende gar nicht mehr nach, uns Shots und Drinks zu holen.

Wir lästerten über Maddox, die Männerwelt an sich und besonders diejenigen, die in irgendeiner Form mit Magie zu tun hatten. Ich hatte geheult, gelacht, geflucht und mich herrlich betrunken. Meine Freundinnen standen dem in nichts nach. Um drei Uhr morgens bekamen wir Besuch vom Hoteldirektor, der uns beinahe schon unterwürfig bat, ein wenig leiser zu sein, weil die anderen Gäste schlafen wollten. Stark alkoholisiert war Ira kurz davor, ihn mit einer Druckwelle ins Meer zu schleudern. Nur Bianca konnte sie davon abhalten. Mir persönlich hätte es nichts ausgemacht. Was für ein Einstand!

Als ich gegen zehn Uhr morgens das Frühstücksbuffet erreichte, stellte ich fest, dass der Abend auch an Ira und Bianca nicht spurlos vorübergezogen war. Genau wie ich trug Ira einen kurzen Rock und ein Top, Bianca hatte sich für ein geblümtes Sommerkleid entschieden. Unsere Augen wurden von dicken Sonnenbrillen verdeckt.

»Morgen, Mädels«, begrüßte ich die beiden und ließ mich auf einen der ausladenden Stühle auf der Terrasse sinken.

Der Wind blies eine kühle Brise vom Meer herüber, während das Wasser unter uns rauschte und die Palmen sich leicht bogen. Obwohl wir noch nicht einmal Mittagszeit hatten, brannte die Sonne bereits.

»Na, auch wach?«, wollte Bianca wissen und strich sich die schwarzen Locken aus dem Gesicht.

Nach zwei Croissants und drei Kaffee ging es mir entschieden besser. »Und, wie wäre es heute mit faul-am-Strand-liegen?«, schlug ich vor. »Anschließend gönnen wir uns eine lange Dusche, genießen das Mittagsessen, gehen shoppen und heute Abend in die Stadt zum Feiern?«

»Du willst es wirklich wissen, oder?«, fragte Bianca und nippte an ihrem Kaffee.

»Klar, wenn wir schon einmal hier sind.«

***

Als es Abend wurde, bestellten wir uns ein Taxi in die Innenstadt. Der Hoteldirekter war so nett uns die besten Adressen der örtlichen Clubs aufzuschreiben. Wahrscheinlich war er froh, dass wir in dieser Nacht nicht auf der Terrasse lärmen würden.

Schon die erste Location erwies sich als Volltreffer. Die Musik war gut, die Männer nicht zu aufdringlich und die Cocktails schmeckten. Besonders Ira schien den Urlaub in vollen Zügen genießen zu wollen. Sie ging sogar hoch, bis an die Stange und legte einen ziemlich heißen Tanz aufs Parkett. Dabei blitzte immer wieder die tätowierte Blumenranke auf der braungebrannten Haut, die einmal über ihren Körper lief. Ihre kurzen, blonden Haare standen in alle Richtungen ab, während sie ihren Arsch herausstreckte und die Männer heiß machte. Auch Bianca schien hier richtig aufzublühen. Die sonst etwas unterkühlte Heilerin ließ sich von gleich zwei Typen Drinks ausgeben und redete mit ihnen angeregt. Ich für meinen Teil war nicht in der Stimmung für Flirts. Zumindest nicht auf diese Art und Weise und das zeigte ich den tanzenden Jungs auch sehr deutlich. Wir hatten ausgemacht, dass wir uns niemanden mit ins Hotel nahmen. Obwohl Ira mit dem ein oder anderen heiß tanzte, beließ sie es tatsächlich dabei und wir drei verließen tief in der Nacht gemeinsam den Club.

»Das war mal eine heiße Nacht«, sagte Ira noch völlig außer Atem, während sie sich die Schuhe auszog. »Der eine da war ganz schnuckelig. Wie hieß er noch? Marcelo?« Dann wandte sie sich zu Bianca. »Wie hießen die zwei bei dir? Für mich sah es fast so aus, als würdest du mit beiden rumknutschen?«

»Jose und Michael«, antwortete sie schnell und band sich die schwarzen Locken nach hinten. »Beides Ärzte. Ich weiß gar nicht, was ihr wollt. Wir haben uns die ganze Zeit nur über Medizin unterhalten.«

»Ja, klar«, lachten Ira und ich im Chor.

»Wirklich.« Bianca setzte eine Unschuldsmiene auf. »Es war faszinierend zu hören, wie die Menschen ohne Magie große Wunden schließen. Wusstet ihr, dass es dafür mehrere Tage braucht, bis so eine Fleischwunde verheilt ist?«

Natürlich zogen wir sie damit noch ein wenig auf. Die Heilerinnen des Zirkels waren auch Hexen, die sich jedoch der weißen Magie verschrieben hatten. Ich persönlich war nie gut darin. Mein Spezialgebiet lag in den Angriffs- und Verteidigungszaubern. Vor der Heilkunst hatte ich größten Respekt. Knochenbrüche waren innerhalb von Stunden geheilt, für eine tiefe Schnittwunde brauchte eine erfahrende Heilerin gerade mal ein paar Minuten. Leider war es mit den Bissen der Vampire etwas schwieriger. Genau wie die meisten magischen Flüche oder Substanzen, die von unseren Gegnern verwendet wurden, enthielten sie Gift, das nicht so einfach zu behandeln war. Bianca war eine der besten Heilerinnen des Zirkels Amerika-Ost. Ich hatte keine Zweifel, dass sie die medizinische Abteilung irgendwann einmal übernehmen würde.

»Was machen wir jetzt?«, wollte Ira wissen, während wir in unseren Kleidern durch die Stadt schlenderten und ein Taxi suchten. »Noch einen kleinen Drink auf der Terrasse nehmen und den Direktor um den Verstand bringen?«

»Bist du sicher, dass du den Direktor wiedersehen möchtest und nicht den schnuckligen Barkeeper?«

Mit gespielter Entrüstung schüttelte Ira den Kopf. »Ich habe nur nett mit Pablo geredet.«

Bianca winkte ab. »Ach, hättest du den Bikini noch mehr zusammengedrückt, wären deine Dinger fast rausgefallen.«

Wieder hallte unser Lachen durch die engen Gassen der Stadt und meine finsteren Gedanken waren für einen Augenblick verflogen.

»Also, was ist jetzt?«, hakte Ira nach. »Ab ins Hotel und

noch ein wenig Spaß haben?«

»Den könnt ihr auch hier haben!«

Sofort schossen unsere Gesichter herum und wir blieben wie angewurzelt stehen. Wir befanden uns in einer schlecht beleuchteten Gasse, als sich plötzlich fünf Typen näherten. Der Anführer der Gruppe kam mit festem Schritt auf uns zu, ihm folgten zwei großgewachsene Kerle mit strohblonden Haaren, die wahrscheinlich Zwillinge waren. Dazu noch ein Typ mit südländischem Aussehen und ein dunkelhäutiger Mann mit Irokesenschnitt. Die Lust, die von ihnen ausging, sprang uns förmlich an.

Sofort blickten wir uns an und ich war mir sicher, dass die Mädels in diesem Moment dasselbe dachten. Magie gegen Menschen war nur im Notfall gestattet oder für Ermittlungszwecke.

Der Anführer, ein junger Mann mit hohen Wangenknochen und wild durcheinander gegelten Haaren, griff sich an den Hosenbund. Zum Vorschein kam eine Pistole, die er wild fuchtelnd vor unsere Augen hielt. Die riesigen Zwillinge taten es ihm gleich, die beiden anderen zogen lediglich Messer. Mehrmals sah der Anführer sich um. Hinter seiner Stirn kochte die Gier.

»Los! Da rein!«, rief er und deutete mit dem Lauf der Waffe auf das offene Tor eines Fabrikgebäudes.

Ich schüttelte amüsiert mit dem Kopf. »Jungs, ihr habt euch da einen ganz schlechten Tag ausgesucht. Ich bin auf Typen wie euch gerade wirklich nicht gut zu sprechen. Tut euch selber einen Gefallen und haut einfach ab.«

Es dauerte einen Moment, bis meine Worte sackten, dann fing die Gruppe laut an zu lachen. Natürlich ... welche Reaktion hatte ich erwartet?

»Glaub mir, Süße, wenn ihr nett zu uns seid, dann sind wir es auch zu euch.« Rote Flecken waren auf seinen Wangen zu sehen, er atmete tief ein und fixierte mich.

Unschwer zu erraten, was mit uns passiert wäre, wenn wir nur drei Mädchen gewesen wären, die von einer Party nach

Hause gewollt hätten. Dass die Gang es mit gestandenen Hexen zu tun hatte, die viel größeren Gefahren ins Auge geblickt hatten, als ein paar großgewachsene Menschen mit zu engen Hosen und Testosteronschüben, konnten sie ja nicht wissen. Dabei glaubte ich ihm sogar, dass er uns gehen lassen würde. Zumindest nachdem die Gruppe uns mehrmals vergewaltigt und ausgeraubt hatte.

»Also, was ist jetzt!«, sagte der Anführer lauernd. »Wir werden euch eine Welt zeigen, die ihr noch nie gesehen habt.«

»Wir euch auch«, flüsterte ich zu meinen Schwestern. Sie mussten sich ein Lachen verkneifen.

Im fahlen Schein des Mondes sah ich sein Grinsen. Seine Augen brannten, als die Fangzähne immer deutlicher zum Vorschein kamen. Mit jeder Sekunde wurden seine Fänge länger und die Augen der Männer verfärbten sich in ein dunkles Rot.

Unglaublich! Wurde man diese Blutsauger denn selbst im Urlaub nicht los?! Es reichte ja schon, dass sie in der Popkultur einen festen Platz hatten und einen von jedem Plakat angrinsten.

»Vampire«, flüsterte ich kaum hörbar.

Bianca und Ira standen dicht neben mir. Fünf Menschen hätte ich ganz einfach mit einer Druckwelle unschädlich machen können, bei Vampiren sah es schon anders aus ...

Der Anführer kam einen Schritt näher und deutete mit dem Lauf der Pistole zur Industriehalle. »Ich an eurer Stelle würde mich beeilen, wir können nämlich auch ganz anders.«

Plötzlich spürte ich eine nicht gekannte Wut in mir aufsteigen. Es war, als hätten die gierigen Blicke der fünf etwas in mir entfacht, was ich eigentlich unter Kontrolle geglaubt hatte. Diese Art von Männern machte mich krank. Es gab unendlich viele tolle Jungs auf diesem Planeten. Und ich musste an diese fünf Idioten geraten, die meinten, wehrlose Mädchen vergewaltigen zu können. Ich hielt dem Blick des Anführers mühelos stand, während meine Zähne aufeinander mahlten.

Es war Bianca, die als erstes das Wort ergriff und das Naheliegenste aussprach: »Sollen wir sie durch die Wand pusten?«

Doch der Zorn hatte die Oberhand über mich gewonnen. Unter normalen Umständen wäre ich nach Protokoll vorgegangen: Die Gefahr eliminieren, Meldung machen und anschließend Spuren beseitigen. Doch diese fünf hatten mich einfach auf dem falschen Fuß erwischt.

»Tun wir ihnen den Gefallen«, flüsterte ich. »Sie werden uns nicht angreifen, bis sie ihren Spaß hatten. Lasst sie sich ein wenig ausleben, im richtigen Moment schlagen wir zu und erfahren so, ob die fünf die einzigen Vampire hier in der Gegend sind.« Kurz blickte ich zu Ira herüber, dann zu Bianca.

»Du willst die Hintermänner ...«, stellte Bianca kühl berechnend fest.

Beide Frauen nickten zustimmend. Ich ging als erste auf die Doppelschwingtür des Industriegebäudes zu.

»Wie weit sollen wir gehen?«, hauchte Ira mir ins Ohr. »Ich bin ziemlich angeheizt.«

Dabei erkannte ich den schmachtenden Unterton in ihrer Stimme. Es musste sie große Überwindung gekostet haben, sich den ganzen Abend von Typen anmachen zu lassen und niemanden mit nach Hause zu nehmen. Umso besser, dass sie jetzt eine unverhoffte Gelegenheit zum Sex bekam.

»Soweit wie du möchtest«, erwiderte ich genau so leise. »Wenn sie am verwundbarsten sind, schlagen wir los.«

Durch die Fensterscheiben des Gebäudes legte sich das Mondlicht in den Raum. Ich erkannte mehrere Werkbänke, dazu etliche Maschinen, die ihre beste Zeit hinter sich hatten.

»Okay Jungs«, sagte ich und drehte mich um. »Wie wäre es, wenn wir ein wenig Spaß haben? Aber dann nach unseren Regeln.«

Der Anführer blickte mir mit beinahe brennendem Interesse in die Augen. »Und die wären?«

Ich bedachte den Mann mit einem umwerfenden Lächeln. »Das werdet ihr noch herausfinden ...«

Die Gruppe nickte, dann schoss der dunkelhäutige auf Bianca zu. »Du gehörst mir«, sagte er leise und packte sie am Handgelenk.

Bianca wehrte sich nicht. Zumindest noch nicht. In ihren Augen jedoch erkannte ich die Ruhe der Wissenden, eine Flamme, die nur darauf wartete, entzündet zu werden.

Ira ging ein Stückchen weiter nach hinten und lehnte sich gegen einen Tisch. Lächelnd strich sie sich über das Sommerkleid und schien die Zwillinge mit ihren Blicken verbrennen zu wollen. Beide gingen auf Ira zu. Während der eine sie am Hinterkopf packte, strich der andere bereits über ihren Busen.

»Na dann zeigt mal, was ihr könnt«, hauchte sie den beiden zu und schloss die Augen.

»Dann gehörst du wohl mir«, wisperte der Anführer und schon im nächsten Moment spürte ich seinen heißen Atem auf meiner Haut. Schließlich steckte er die Pistole in seinen Gürtel und auch die anderen Waffen waren verschwunden. Natürlich, wer würde schon denken, dass von drei hilflosen Mädchen eine größere Gefahr ausging, als von fünf dunklen Gestalten. Auch der Südländer näherte sich und drückte seine Hand zwischen meine Beine.

Eine ungewohnte Mischung aus Hass, Vorsicht und Begierde rauschte plötzlich durch mein Blut. Eigentlich war es Wahnsinn, Vampire so nahe an mich herankommen zu lassen. Doch ich wollte sie nicht nur vernichten, ich wollte wissen, wer hinter dieser Gruppe steckte, um die Gefahr ein für alle Mal auszumerzen. Innerlich kochte ich vor Wut, als der Anführer mich gegen eine Werkbank drückte. Die Beule in seiner Hose spürte ich bereits pochen. Der Südländer fasste mir an den Busen und drückte meine Knospen durch den Stoff des Kleides. Es waren grobe Bewegungen, die meine Begierde auf groteske Weise anstachelten. Was war mit meinen Gefühlen los, verdammt? Der Plan war, dass die Jungs ihre Waffen sinken ließen, sich auszogen und wir zum Angriff übergingen. Doch als der Anführer mich mit dem Arsch auf das blanke Holz der Werkbank hievte und mir am Hals knabberte, schloss ich die Augen und ließ ihn gewähren. Die Männer verloren keine Zeit. Sofort wurden mir von dem Südländer die Träger meines Kleides heruntergestreift und der BH gelöst. An der anderen Seite meines Halses spürte ich nun auch seine hitzigen Küsse. Der Anführer drückte meine Schenkel auseinander. Sofort presste er sich näher an mich heran und drückte sein Becken nach vorn. Ich rutschte ihm ein Stück entgegen, damit ich seinen Schwanz an meinem Venushügel spüren konnte. Die Begierde pochte in meinen Adern, als ich es schaffte, die Augen zu öffnen.

Die Zwillinge hatten sich noch weniger Zeit gelassen. Das lag wahrscheinlich daran, weil Ira sie mit ihren Worten ziemlich anheizte.

»Na los, macht schon, ihr Schlappschwänze«, sagte sie immer wieder und provozierte die Jungs.

Auch die Träger von ihrem Kleid waren herabgestreift. Der größere von den beiden nahm sie von hinten, während sie vornübergebeugt war und dem anderen einen blies. Er hielt ihre kurzen Haare dabei fest im Griff. Mit harten Stößen wurde sie mit jedem Mal nach vorn getrieben, sodass der Penis des Mannes tief in ihrem Rachen verschwand.

Bianca schien sich noch ein wenig zu wehren. Sie drückte den dunkelhäutigen Mann ein Stück nach hinten, woraufhin er ihre Handgelenke packte und sie gegen die Wand drückte. Auch seine Lippen liebkosten ihren Hals. Seine Hand griff unter ihr Sommerkleid. Erst jetzt schloss auch sie die Augen und ein leichtes Stöhnen war aus ihrer Kehle zu vernehmen. Das zierliche Mädchen war beinahe unter den Muskelbergen des Mannes verschwunden. Er hatte keine Mühe, ihr den Slip herunterzureißen und mit seinen Fingern ihre intimste Stelle zu streicheln. Langsam begann Biancas Blick zu flattern und ihr Widerstand brach.

Genau wie bei ihr wuchs auch meine Lust stetig. Von dem Südländer wurden meine Arme auf den Rücken gedreht. Ich hatte nun keine Möglichkeit mehr, den Anführer davon abzuhalten meinen Tanga herunterzustreifen. Sein Gesicht war eine Maske aus Leidenschaft, als er die Innenseiten meiner Schenkel zu küssen begann. Immer höher wanderte sein Gesicht, bis er mit seiner Zunge mehrmals über meinen Kitzler fuhr. Es war wie ein Stromstoß, der mir durch die Glieder peitschte. Dieses Gefühl der Gefahr und gleichzeitig der Begierde ließen meine Lust explodieren. Ich versuchte, mich zu drehen, doch in den starken Armen des Mannes hatte ich keine Gelegenheit, um meine Position zu verändern. Als er gleich mit zwei Fingern meine Schamlippen durchbrach und in schnellen Bewegungen seine Hand vor und zurück schnellen ließ, musste ich mir auf die Lippen beißen, um nicht laut zu schreien. Nur heisere Laute drangen aus meinem Mund. Schnell wurden auch diese unterbunden, als ich von hinten die Hand des Südländers auf meinen Lippen spürte. Der Anführer war mit seinen Fingern tief in mir. In langen Zügen reizte er mich. Schon nach wenigen Sekunden spürte ich meine eigene Feuchtigkeit. Nur schwerlich konnte ich jetzt noch die Augen offen halten.

Mittlerweile hatten sich die Zwillinge entkleidet. Einer der beiden setzte sich auf die Tischkante und zog Ira zu sich hin. Ihre tätowierte Blumenkranke schimmerte im Schein des Mondes, als sie von den beiden nach oben gezogen wurde, damit sie ihre Beine um den einen schwingen konnte. Lustschreie entfuhren ihr, während die riesigen Hände des Mannes auf ihren Schultern lagen und sie auf den Penis seines Bruders schoben. Iras Arme wurden auf den Rücken gedreht und einen Lidschlag später, drückte sich die Eichel des Zwillings an ihren Arsch. Seine flache Hand sauste auf ihre kleinen Pobacken. Das klatschende Geräusch hallte im Komplex wieder. Die Schwänze der beiden waren riesig. Die zierliche Ira musste den Druck kaum ausgehalten haben können, als beide Löcher gefüllt wurden und die Männer im Takt in sie glitten. Dabei wurde ihr Gesicht auf die Brust des Zwillings gedrückt. Es waren vier starke Arme, die sie nun hielten und die Hexe zum Spielball der beiden Vampire machten.

Bianca ließ sich ebenfalls fallen. Der Dunkelhäutige presste sie an die Wand und drang von hinten in sie ein. Dabei hatte er ihre schwarzen Locken in der Hand und gab so den Takt beim Ficken vor. Bianca stützte sich mit der einen Hand ab und hatte die andere um den Po des Mannes geschlungen, dabei stöhnte sie ihre Lust heraus. Mit jedem Stoß wurde ihre Stimme heiserer. Es musste nicht mehr lange dauern, bis er sie auf den Orgasmus zugetrieben hatte.

Die Zungenschläge des Anführers glitten heftig über meinen Kitzler. Ich stöhnte. Für eine Sekunde trafen sich unsere Blicke, seine Augen funkelten mir entgegen. Dann fummelte er an seiner Hose herum und setzte sich auf den Boden. Als hätten die beiden sich abgesprochen, drückte mich der andere Vampir auf den Schoß des Anführers. Ich musste die Luft anhalten, als sein Schwanz in mich glitt. Die Gefahr feuerte meine Emotionen zusätzlich an. Noch immer kniffen die Finger des Südländers in meinen Busen, zeitgleich spürte ich, wie mein Hals gefasst wurde. Der Anführer zog mich zu sich herab, hatte die andere Hand auf meiner Taille liegen. Seine Stöße waren hart und schnell, als ob er wochenlang keine Frau mehr gehabt hatte. Jetzt hielt es auch der Vampir hinter mir nicht mehr aus. Mein Rock wurde hochgehoben und wenige Herzschläge später drückte sich die Eichel an meinen Po. Erst waren die Bewegungen langsam, doch mit jedem Atemzug wurde mehr Druck auf meinen Unterleib ausgeübt. Obwohl ich es nicht wollte, schien die Lust meinen Körper nun fest im Griff zu haben. Auf meiner Haut spürte ich vier Hände, die mich gnadenlos auf meinen Höhepunkt zutrieben.

An dieser Stelle sollte ich eigentlich alle meine magischen Kräfte sammeln und losschlagen. Doch Begierde und Lust vernebelten meine Sinne. Ich schaffte es mit Mühe, meine Freundinnen anzublicken.

Ira war von den Zwillingen eingeschlossen. Ihr braungebrannter Körper schien von den beiden beinahe zerdrückt zu werden. Sie machte sich nicht die Mühe, ihre Lust zu unterdrücken und schrie sie frei heraus. Die Jungs stießen ohne Erbarmen in sie rein. Abwechselnd reizten sie ihre intimsten Stellen und hielten sie fest im Griff, damit sie sich nicht wehren konnte.

Bianca wurde auf die Tischplatte gedrückt. Der Vampir liebkoste ihren Busen und biss in ihre Knospen, während er seinen Schwanz in sie stieß. Ihre Augen waren geschlossen und sie wand ihren Kopf in der schwarzen Lockenpracht, als würde sie diese Tortur herrlich genießen. Dabei hatte sie beide Hände an die Brust des Mannes gelegt. Anscheinend war er so gut gebaut, dass sie die Größe seines Penis nicht vollends aufnehmen konnte. Mit zittrigen Händen gab sie nach und legte ihre Arme nach oben. Sie war ruhig und stöhnte im Takt, wie er in sie stieß.

Mittlerweile waren es zwei Schwänze, die sich in mich pressten. Auch ich war eine Gefangene meiner Lust, konnte nur schwerlich meine Nerven behalten. Behutsam wurde ich nach unten gedrückt. Wieder spürte ich heiße Küsse von den zwei Vampiren an meinem Hals und im Nacken. Die Haut der beiden schien zu brennen und ich zwischen ihnen zu verglühen, als die Schwänze der Männer zeitgleich in mich stießen. In dem leeren Fabrikgebäude hallten nun auch meine Schreie wider, als der Orgasmus mich wie ein Blitz traf und die heißen Vampirkörper mich noch mehr in die Zange nahmen. Willenlos ließ ich mich von ihnen ficken, mein Körper hatte die Gegenwehr aufgegeben, bestand nur noch aus Lust und Begehren. Mein Busen wippte vor den Augen des Anführers. Er biss mir in die Nippel, klatschte mit seiner Hand auf meine geröteten Pobacken und drückte sein Becken nach oben.

Immer wenn ich meinte, dass auch sie jetzt kommen würden, holten sie kurz Luft und zogen ihre Schwänze aus mir heraus, nur um im nächsten Moment ihre dicken Eicheln wieder in mich zu treiben. Es passierte genau das, was ich nicht wollte: Ich verlor die Kontrolle über die Situation, ließ die Vampire mit mir spielen und machte mich zur willigen Sklavin ihrer Fantasien. Die Ausdauer dieser Geschöpfte war unglaublich! Ich hatte es noch nie mit einem Vampir getrieben und wollte es auch nicht, doch jetzt konnte ich verstehen, dass es im Zirkel Gerüchte von der Standfestigkeit dieser Wesen gab. Ein gefährliches Spiel, das leider mit unendlich viel Lust verbunden war. Hatte ich nun vollends den Verstand verloren oder war es genau diese Tatsache, die mich schrecklich anmachte. Der Reiz des Verbotenen glühte in mir ...

Ein weiteres Mal spürte ich die Hand des Vampirs an meiner Kehle. Vom Höhepunkt geschüttelt, konnte ich beiden Männern keine Gegenwehr entgegenbringen, wollte es auch nicht. Die Vampire waren nun so tief in mir, dass ich das Gefühl hatte, erneut zu explodieren. Als auch ihre Schreie lauter wurden, war ich dem Höhepunkt nahe. Ich zitterte, als die Schwänze der Männer zu zucken begannen und ich meine Lider aufeinander presste, weil ich es nicht mehr aushielt. Ein weiterer Schrei löste sich aus mir und mein zweiter Orgasmus überrollte mich. Ich vergaß alles um mich herum und ließ nur die Lust meine Gedankenwelt bestimmen.

***

Schweißgebadet lag ich auf der Brust des Anführers. Es dauerte etwas, bis sich mein Blick wieder verfestigte und ich imstande war, einen klaren Gedanken zu fassen. Das hier waren Vampire!

Hatte die Sache mit Maddox mich so aus der Bahn geworfen, dass ich meine Prinzipien auf diese Weise über Bord geworfen hatte? Nicht schwer zu erraten, was als nächstes passieren würde. Ich war zu weit gegangen, viel zu weit. Die Gefahr und die Lust hatten mich einfach zu sehr angemacht, als dass ich hätte widerstehen können. Auch Ira und Bianca schienen ähnliche Gedanken durch den Kopf zu gehen. Erschöpft, aber glücklich, nickte mir erst Ira, dann Bianca zu, nachdem sie sich aufgerichtet und die Träger auf die Schulter gestreift hatten.

Hastig, noch zwischen den beiden liegend, sammelte ich meinen BH auf, zog mich notdürftig an und lehnte mich schließlich an den Anführer. Ich dachte immer, dass die Haut der Vampire kühl sei, doch bei diesem Mann war sie erhitzt, sogar wärmer, als bei den Menschen.

Er drückte mich nach oben und strich mir über die Wange.

»Das war Wahnsinn!« Er leckte sich über die Lippen. »Weißt du, was ich nach dem Sex immer habe? Hunger ...«

Ich nickte. Meine Stimme war leise und herausfordernd. »Das kenne ich. Ich kriege dann immer Lust auf Schokolade.«

Nachdem ich die letzte Silbe gesprochen hatte, formte ich blitzschnell einen Feuerball. Noch bevor einer der beiden reagieren konnte, drückte ich das glühende Geschoss dem südländischen Vampir auf die Brust und rollte mich vom Anführer. Der Südländer schrie auf, torkelte zurück und versuchte, die Flammen zu ersticken, doch der Vampir hatte keine Chance. Panisch sah er, wie die Flammen immer größer wurden und seinen Körper verzehrten. Die Industriehalle wurde in ein oranges Licht getaucht, das zuckend das wahre Gesicht der Blutsauger preisgab. Nach wenigen Sekunden wurde die Haut des Mannes rissig und ging anschließend ins Schwarz über. Dann zerfiel er zu Staub.

Dem Anführer gab ich einen Tritt gegen den Kopf, dann versuchte ich, mir einen Überblick zu verschaffen. Ein kurzer Seitenblick genügte, um zu erkennen, dass Ira gleichzeitig losgeschlagen hatte. Den Zwilling vor ihr hatte sie mit einer Druckwelle mehrere Meter weit geschleudert, dem Vampir hinter sich trat sie mit dem Fuß in die Weichteile. Als er auf die Knie ging, ballte sie ihre Hände zu Fäusten. Im nächsten Moment hörte ich, wie Metall kreischte. Eine der schweren

Maschinen erhob sich wie von Geisterhand in die Luft und wurde mit voller Wucht auf den Vampir geschleudert. Er hatte keine Zeit mehr, zu reagieren, als das Metall ihn traf und unterhalb des Kinns vom Körper trennte. Seine glühend roten Augen leuchteten noch einmal auf, dann zerfiel er zu Staub.

Plötzlich bewahrheitete sich das, was ich zuvor schon befürchtet hatte. Diese Vampire waren erfahren und schnell. Der andere Zwilling schoss in einem atemberaubenden Tempo auf Ira zu. Seine blonden Haare wehten um ihn herum, als er zum Schlag ausholte. Sie konnte den Mann nicht sehen, es ging einfach zu schnell. Geistesgegenwärtig formten meine Hände einen Kreis, ich legte so viel Magie in die Barriere, dass mir kurz schwarz vor Augen wurde, als ich sie abfeuerte. Vor meiner Freundin formte sich eine unsichtbare Wand, die zwar nur wenige Sekunden halten würde, aber währenddessen den Vampir von seinem Vorhaben abhielt. Ein tiefes Donnern erfüllte den Raum, als der Blutsauger mit voller Wucht gegen die Barriere knallte und rücklings umkippte. Das verschaffte Ira einen kurzen Vorteil, um sich zu sammeln und ihrerseits einen Feuerball zu formen. Das am Boden liegende Ziel konnte sie leicht treffen. Auch der letzte der Zwillinge schrie wie am Spieß, als ihn das Geschoss traf. Ira ging ein paar Schritte zurück, formte bereits einen zweiten Feuerball und beobachtete aufmerksam, wie der Mann um sich schlug. Endlich verstummten die Schreie, er sank auf die Knie und auch seine Haut bekam schwarze Risse. Dieser Vampir war erledigt.

Sofort schoss mein Gesicht zu Bianca. Im Gesicht des Mädchens spiegelte sich wahres Interesse, ja beinahe Neugierde. Sie war ganz ruhig, hatte eine Hand nachdenklich ans Kinn gelegt, während die andere flach vor ihrem Körper ruhte. Aus ihren Fingerspitzen floss weiße Magie. Sie bildete eine Art Hülle, in der der Vampir eingeschlossen vor ihr schwebte. Diesen alten Zauber benutzen die Heilerinnen, um Reaper oder Hexen zu fixieren. Zu schade, dass ich nie in den Künsten der weißen Magie ausgebildet worden war.

Seine Arme und Beine waren straff ausgebreitet, er war nackt und atmete schwer. Bianca und den Vampir trennten nur wenige Fuß. Die Finger auf ihr Kinn trommelnd, ging sie mit fast akademischem Wissensdurst um den Nackten herum. Dabei hielt sie ihre rechte Hand weiter aufrecht, mit der linken streichelte sie zärtlich über die Muskelpartien des Mannes. Erst jetzt erkannte ich, dass sie ein Tischbein in die Brust des Vampirs geschlagen hatte. Was für eine geschickte Hexe Bianca doch war! Würde sie diesen Fixierungszauber auflösen, war er nur noch Asche.

»Ich habe selten einen Vampir aus dieser Entfernung studieren können«, sagte sie, den Blick nicht von dem kräftigen Exemplar nehmend. »Zu gern würde ich ein paar Stunden allein mit ihm verbringen und …«

»Ihr kleinen Schlampen seid Hexen?!«

Wieder wurde mir schwarz vor Augen, als ich die Pranke des Anführers von hinten an meiner Kehle spürte. Ich hatte gedacht, dass er viel länger brauchen würde, um sich von meinem Tritt zu erholen. Eine gefährliche Fehleinschätzung.

Sofort löste Bianca den Fixierzauber und der Vampir vor ihr zerfiel zu Staub. Meine Freundinnen formierten sich mit hasserfülltem Blick vor mir, während der Anführer immer noch hinter mir stand und mit seiner Hand meine Kehle zudrückte.

»Lass sie los«, spie Ira und formte einen Feuerball.

»Wenn du den Feuerball auf uns loslässt, verbrennen wir beide«, fauchte der Vampir. »Was ist dir mehr wert? Ein weiterer Vampir auf deiner Abschussliste oder das Leben deiner Freundin?«

Iras Wut fackelte, schließlich öffnete sie die Hände und der Feuerball löste sich in Luft auf. Ich zuckte zusammen, als sich seine Zähne an meinem Hals rieben. Obwohl das Adrenalin in meinen Adern kochte, spürte ich den Schmerz an der Stelle. Nicht auszudenken, wie es sich anfühlen musste, wenn er seine Fänge vollends in mich rammte.

Ein abfälliges Lachen war hinter mir zu hören.

»Ich hätte es wissen müssen«, giftete der Vampir. »Nur drei Hexen sind so arrogant und selbstverliebt, dass sie meinen, sich mit Vampiren anlegen zu können. Meint ihr, dass ihr uns mal eben flachlegen und dann fertigmachen könnt?«

»Bei deinen Kumpels hat es ganz gut geklappt«, keuchte ich.

»Sei still!« Der Griff um meinen Hals wurde enger. Zuckende Sterne tanzten vor meinen Augen und ich spürte, wie meine Beine mein Gewicht nicht mehr tragen konnten.

»Wir machen das jetzt folgendermaßen«, zischte der Anführer der Vampire und zog mich bereits zur Tür. »Ich nehme diese kleine Hexe hier mit und ihr bleibt, wo ihr seid. Wenn wir genug Abstand zwischen euch und uns gebracht haben, werde ich sie frei lassen und alle gehen ihres Weges.«

Ein gutes Angebot, ohne Frage. Nur leider wussten alle vier in diesem Raum, dass er mir das Genick brechen würde, wenn die Gefahr für ihn nicht mehr bestand.

Umso überraschter war ich über Iras Worte. »Einverstanden. Du ziehst dich an, verlässt mit ihr das Gebäude und lässt sie frei.«

War sie wieder von einem Fluch belegt? Ich meinte, meinen Ohren nicht zu trauen.

Der Vampir nickte, presste sein Gesicht ganz nahe an meine Wange und gab mir einen Kuss. »Wir sehen uns wieder, Hexen.«

Als sich sein Griff lockerte, verstand ich Iras Plan. Der Vampir war zwar geschickt, jedoch hatte auch er Probleme, sich die Hose überzustreifen, während er mich im Griff hielt. Das war meine Chance. Mit letzter, verbliebener Kraft, donnerte ich ihm meinen Ellenbogen ins Gesicht und duckte mich. Augenblicklich drückten Ira und Bianca ihre Hände nach vorn und der Vampir wurde von der Druckwelle gegen eine Maschine geschleudert.

Hastig zog ich Luft in meine Lungen und sackte zu Boden. Sofort schoss Bianca auf mich zu. Fachmännisch hörte ich sie

Zauber murmeln, dabei lagen ihre Finger auf der Wunde meines Halses. Plötzlich wurde es hell und Biancas Hände begannen zu glühen, dabei schloss sie ihre Augen und konzentrierte sich darauf, meine Wunden zu schließen. Im Hintergrund hörte ich, wie Ira wie von Sinnen auf den Vampir eintrat. Augenblicklich fühlte ich mich wohler.

»Du hattest Glück. Kein Gift ist in deine Wunde gelangt. Dein Hals ist ein wenig gequetscht, aber die Wunde ist verschlossen und morgen bist du wieder fit.«

Sie half mir auf die Beine. Noch etwas wackelig ließ ich meinen Blick durch den Raum wandern. Vier Aschehäufchen lagen auf dem Boden zerstreut. Dazu thronte der Geruch von verbranntem Fleisch in der Luft und legte sich beißend in meine Kehle. Industriemaschinen lagen umgekippt auf dem Boden und allmählich kundete die Dämmerung von der Rückkehr des Tageslichts. Mit diesem Ausgang der Nacht hatte ich nicht gerechnet, als ich heute Morgen am Frühstückstisch gesessen hatte.

»Dankeschön«, sagte ich erst in Biancas, dann in Iras Richtung.

Der Vampir lag blutend und nackt auf dem Boden. Iras hochhackige Schuhe hatten ganze Arbeit geleistet. Sein Auge war zugeschwollen und mehrere blaue Stellen kündeten von der Druckwelle, die ihn erfasst hatte. Ich hatte kein Mitleid mit ihm. Wären wir nicht Hexen, sondern drei normale Mädchen gewesen, die den Heimweg angetreten hätten, lägen wir nun vergewaltigt und ausgeraubt in dieser Halle.

Ich ging zu dem Vampir, trat mit meinen Ballerinas auf sein bestes Stück und verlagerte mein Gewicht nach vorn.

»Operiert ihr allein?«, wollte ich unter seinen Schmerzensschreien wissen. »Wer ist euer Anführer?«

Erst wollte er meinen Fuß wegdrücken, doch auch hier tat Biancas Fixierzauber gute Dienste. Seine Arme und Beine wurden weit auseinandergestreckt. Wieder hallten Schreie durch die Halle, die nach wenigen Herzschlägen in ein düsteres Lachen mündeten.

»Ihr werdet ihn nie kriegen!«

»Wen nicht kriegen?«

Keine Antwort, nur Lachen. Ich legte mein gesamtes Gewicht auf meinen rechten Fuß. Der Vampir schrie, dann vernahm ich nur heiseres Gurgeln. Die Heilungskräfte der Vampire waren außerordentlich. Ein weiterer Grund, warum sie von den anderen Schattenwesen gern als Fußvolk eingesetzt wurden. Einer der anderen Wesenszüge war jedoch, dass sie unglaublich illoyal waren und nur ihre nächste Beute im Kopf hatten.

»Wen?«, schrie ich den Vampir an und erhöhte den Druck ein weiteres Mal.

»BATTS!«, keuchte er.

Wir drei Hexen wechselten fragende Blicke. Keiner von uns hatte den Namen jemals zuvor gehört. Zumindest war er kein Mitglied der altbekannten Vampirfamilien, die hier in der Gegend ihr Unwesen trieben.

»Wer ist dieser Batts und wo finden wir ihn?«

Seine Gesichtszüge glühten vor Hass, als er mich anblickte. »Ja, geh ruhig zu ihm, kleine Hexe. Finde deinen Tod. Er ist so viel mehr, als du es je sein wirst«, röchelte der Vampir. Unendliche Schmerzen mussten durch seinen Körper fahren, als er sich auflehnte und Bianca alle ihre Kraft aufwenden musste, um den Fixierzauber aufrechtzuerhalten. »Er wird dich und deine zwei Schlampen zerquetschen, wie Maden. Drogen, Waffen, Politik – er hat überall seine Finger drin. Du findest ihn im Valley, nicht weit von hier.«

Der Vampir kam noch ein Stücken näher. »Sie wird kommen, die Umwälzung und dann werdet ihr Hexen von der Bildfläche verschwunden sein. Nur noch wenige Tage ... Er wird euch töten, euch alle töten!«

»Isabelle«, stöhnte Bianca. »Ich kann den Zauber nicht mehr lange halten.«

Eine Sekunde lang überlegte ich und kaute auf meiner Unterlippe. »Wir haben genug gehört.«

Energisch griff ich mir das Tischbein und bohrte dem Vampir das Holz in die Brust. Sekunden später war er nur noch Asche.

Noch immer das Tischbein in der Hand haltend, setzte ich mich auf den Boden.

»Wie geht es dir, Bianca?«

Auch die junge Heilerin konnte kaum noch stehen. Sie nickte, setzte sich auf eine der Maschinen und fuhr sich durch das schweißgebadete Gesicht.

»Geht schon.«

»Bei dir alles in Ordnung?«, wollte Ira wissen und streichelte über meine Schulter.

Ich nickte.

»Was meint er damit? Eine Umwälzung steht bevor, und wer ist dieser Batts?«

Hunderte Gedanken schossen auf einmal durch meinen Kopf. Ich hatte keine Ahnung. War er ein Vampir? Ein Werwolf oder ein anderer unsterblicher Dämon? Als Hexe dritten Grades sollte man die Oberhäupter der Vampirfamilien eigentlich kennen. Es waren alte Clans, die Jahrhunderte überdauert hatten. Einige führten offen Krieg gegen uns, andere agierten im Hintergrund. In Amerika hatten wir ihre Reihen ziemlich ausgedünnt, auch in Europa gab es nur noch eine Handvoll alter Familien, die eine ernste Bedrohung darstellten. Aber von einem Batts hatte ich noch nie etwas gehört. Ganz im Gegenteil zu der Umwälzung. Ein flaues Gefühl erreichte meinen Magen und zog sich schließlich über meinen gesamten Körper hinweg. Vielleicht waren es doch keine leeren Worte?

»Das erzähle ich euch im Hotel. Hat irgendjemand von euch ein Handy dabei?«

Beide Frauen nickten und griffen in ihre Handtaschen.

Plötzlich waren die prickelnden Gedanken völlig verflogen und ich war wieder Isabelle Ashcroft, Sicherheitsoffizier und

Hexe dritten Grades des amerikanischen Zirkels.

»Informiert unsere mexikanischen Kollegen. Sie sollen ein Team Reaper und ein paar Hexen zum Aufräumen schicken.«

»Was ist mit diesem Batts?«, wollte Ira wissen, das Handy bereits am Ohr.

»Lass diesen Teil bitte weg. Ich muss euch dazu etwas sagen und würde das gern in Ruhe machen. Außerdem will ich Madame de la Crox informieren, bevor wir hier in ein Wespennest stechen.«

Als Ira und Bianca telefonierten, saß ich immer noch tief in meinen eigenen Gedanken vergraben vor dem Staub des Vampirs. Diese zufällige Begegnung gefiel mir ganz und gar nicht. Da war ich hunderte von Kilometern geflogen, nur um den Drohungen von irgendwelchen Dämonen zu entkommen und dann erreichten sie mich in einer kleinen mexikanischen Stadt, irgendwo im Nichts. Ich hatte das Gefühl, dass diese Sache um einiges größer war, als ich mir erhofft hatte. Dabei schien dieser Batts eine zentrale Figur zu spielen. Zumindest hatte er mein Interesse geweckt.

Süsse Folter

»Wo warst du?«, wollte Ira wissen, als ich am nächsten Tag erst beim Abendessen zu ihnen stieß. »Nach der Erklärung von heute Morgen hätten wir eigentlich noch ein paar Hintergrundinformationen erwartet. Stattdessen bist du den ganzen Tag nicht aufzufinden.«

Zugegeben, ich hatte ein schlechtes Gewissen. Doch die Ereignisse der gestrigen Nacht hämmerten in meinem Kopf und ließen mir so lange keine Ruhe, bis ich die Sache selbst in die Hand genommen hatte.

Letzte Nacht, oder besser: heute Morgen, zeigte sich der mexikanische Zirkel äußerst kooperativ. Trotz Schlafmangel und Alkohol beantworteten wir drei Hexen in Ruhe ihre Fragen und erklärten die Situation, bis das Aufräumteam alle Spuren beseitigt hatte. Natürlich ließen wir die Stelle mit dem Sex weg.

Die anderen Gäste des Hotels waren bereits beim Frühstück, als wir das Hotel erreichten. Ich erzählte meinen Freundinnen von der Begegnung mit der Vilja, meinen Recherchen im Archiv des Zirkels und meinen Mutmaßungen. Biancas erste Reaktion war natürlich, Meldung zu machen und mit Hilfe von unzähligen Reapern das Valley zu stürmen, wo sich Batts angeblich aufhalten sollte. Ich bat sie darum, keine voreiligen Entschlüsse zu ziehen und über diese Entscheidung zu schlafen. Dank Iras Fürsprache gelang es mir schließlich, sie zu überzeugen.

»Ich habe eine kleine Spritztour gemacht«, erklärte ich, setzte mich zu den beiden und rieb über meinen Hals. Von der gestrigen Wunde war nichts mehr zu sehen und auch die Schluckbeschwerden ließen allmählich nach. Die Tasche, die ich bei mir trug, ließ ich unter dem Stuhl verschwinden. »Tut mir leid, dass ich euch davon nichts erzählt habe. Ich habe ein paar Stunden geschlafen, mir anschließend einen Wagen gemietet und bin ins Valley gefahren.«

»Du bist was?«, schoss es aus Ira hervor. Dabei funkelte sie mich an, als wollte sie mich verglühen.

Mit der Reaktion hatte ich bereits gerechnet. »Keine Angst, ich habe wirklich nur die Gegend ein wenig erkundet.«

»Wollten wir nicht den mexikanischen Zirkel informieren?«, warf Bianca ein und nippte an ihrem Kaffee.

»Nein, wir wollten das erst besprechen«, antwortete ich. Als ich die Blicke meiner Freundinnen auf mir spürte, atmete ich tief durch und verschränkte die Hände auf dem Tisch. »Mädels, ihr wisst genau was passiert, wenn wir es dem Zirkel melden. Die mexikanischen Reaper sind nicht dafür bekannt, behutsam vorzugehen. Die Teams würden die Gebäude im Valley stürmen, alles kurz und klein schießen und nur mit viel Glück würde dieser Batts die Nacht überleben. Und selbst wenn, könnte es

Tage oder Wochen dauern, bis sie mit ihren Verhörmethoden etwas aus ihm herausbekommen.« Ich lächelte traurig und für einen Moment musste ich an Maddox denken. »Zumindest, wenn sie keine kompletten Arschlöcher sind.«

»Was willst du damit sagen, Isabelle?«, wollte Bianca wissen.

»Ich werde diesem Batts heute Abend einen Besuch abstatten.« Ohne Eile griff ich in die Tasche und legte eine Videokamera auf den Tisch. »Ich habe mich beim mexikanischen Zirkel ein wenig umgehört. Dieser Batts tauchte plötzlich aus dem Nichts auf und spielte im Drogen- und Waffengeschäft mit – man konnte ihm allerdings nie etwas nachweisen. Es gibt kein Gesicht, keine Biographie, keine Vita. Und jetzt kommt es: Es gibt über ihn keine Aufzeichnungen! Nicht im mexikanischen Zirkel oder in anderen Datenbanken. Vor ein paar Wochen kam er hierher, übernahm mit aller Macht die Geschäfte der Drogenbosse und hinterließ eine Spur aus Blut und Asche.«

Ira nickte verstehend. »Also ein Vampir?«

»Oder anderer dämonischer Abschaum. Allerdings einer von der cleveren Sorte. Bis jetzt konnten die mexikanischen Kollegen nichts gegen ihn ausrichten.«

»Besticht er sie?« In Biancas Stimme war Entrüstung zu hören.

Ich zuckte mit den Schultern. »Denke ich eher nicht. Er tritt einfach nicht in Erscheinung. Wie gesagt, es gibt nicht einmal ein Bild von ihm.«

»Warum die Videokamera?«

Jetzt kam der schwierige Teil meines Plans und ich hatte keine Ahnung, wie meine Freundinnen darauf reagieren würden. »Wenn es weder Bilder noch andere Aufzeichnungen von ihm gibt, dann ist es das Schlimmste für so einen kamerascheuen Dämonen, wenn er plötzlich für jeden sichtbar auf allen Videoportalen des Internets zu finden ist.« Meine Lippen verzogen sich zu einem diabolischen Grinsen. »Und zwar am besten nackt, hilflos und in sehr unvorteilhafter Position.«

Ira und Bianca lachten gleichzeitig. Beim Kellner bestellten wir drei Espressos, die auch prompt gebracht wurden.

»Habe ich das richtig verstanden?«, wollte Bianca wissen und lehnte sich nach vorn: »Während wir am Strand waren und auf dich gewartet haben, bist du mittags aufgestanden, hast dir einen Wagen gemietet, einen kleinen Abstecher zum Zirkel gemacht, Daten über Batts eingeholt und dann den Plan geschmiedet, dass wir einfach so mal ins Valley fahren, ihn ein wenig fertigmachen und mit dem Video Informationen aus ihm herauspressen, die vielleicht im Zusammenhang mit einer Umwälzung stehen, die es eventuell gar nicht geben wird?«

Ich schnalzte mit der Zunge, dippte einen Keks in meinen Espresso und biss ab. »Genau so!«

»Und wie sollen wir unbemerkt ins Valley kommen? Wenn die fünf von gestern zu ihm gehörten, dann wird es dort vor Vampiren, Schwarzmagiern und anderen Dämonen nur so wimmeln.«

Jetzt konnte ich meinen größten Trumpf spielen. »Eben nicht«, entgegnete ich. »Erst dachte ich es auch. Doch jemand, der so viel Wert darauf legt, nicht gesehen oder erkannt zu werden, kann sich ein großes Gefolge nicht leisten. Darum meine kleine Spritztour. Im Valley sind mehrere Villen und ein paar große Lagerhäuser. Es scheint, als wäre Batts gerade erst dort eingezogen. Tagsüber wird der Komplex von einem privaten Sicherheitsdienst überwacht, wie bei fast allen Vampiren. Doch nachts sind es nur ein Dutzend von ihnen. Vielleicht der ein oder andere Dämon, das war es.«

Bianca blickte verständnislos. »Was? Lediglich ein Dutzend Vampire und den ein oder anderen Dämon?«, wiederholte sie voller Ironie. »Na, dann wird es ja ein Kinderspiel. Wir gehen da rein, erledigen die und zum Mitternachtssnack sind wir wieder im Hotel und können Cocktails schlürfen.«

»Wenn alles glatt geht, ja.«

»Isabelle, du bist verrückt«, stieß Bianca hervor. »Das Stürmen von Gebäuden ist Sache der Reaper, wir sind Hexen und für so etwas nicht ausgebildet.«

»Ich bin dabei.« Ira war bis jetzt ruhig geblieben.

Ich konnte nicht sagen, ob es Loyalität mir gegenüber oder ihr schlechtes Gewissen war, aber sie stimmte mir wirklich zu.

Bianca Blick wechselte schnell zwischen Iras und meinen Augen. Dabei flogen ihre schwarzen Locken um sie herum. »Ihr beide seid nicht mehr ganz dicht. Sollten wir es durchziehen, ist die Chance ziemlich hoch, dass wir draufgehen.«

Ich wusste, dass es unüblich war. Doch etwas in mir, eine tief verborgene Stimme, befahl mir, genau diesen Weg zu wählen.

»Bist du dabei?«, wollte ich von Bianca wissen.

Resignierend leerte sie ihren Espresso in einem Schluck. »Das wird für uns noch eine verdammt lange Nacht.«

***

Wir waren nicht mehr als Schatten in der Dunkelheit. Den Mietwagen hatten wir etwas abseits abgestellt, gingen den Rest des Wegs zu Fuß. Ich hatte recht behalten. Nur ein paar Vampire waren zu sehen, die mit automatischen Waffen das Gelände sicherten. Allerdings waren sie mehr als dilettantisch bei ihrer Arbeit. Die roten Punkte ihrer Zigaretten sahen wir schon von Weitem, sie lärmten und unterhielten sich lautstark. Anscheinend hatten sie eher die Aufgabe, unliebsame Besucher durch das Prinzip der Einschüchterung vom Gelände fernzuhalten, als wirklich die Gebäude zu sichern. Mein erster Eindruck bestätigte sich. Der Garten war erst gerade angelegt worden und auch die Palmen schienen frisch gepflanzt. Da hatte jemand viel Geld in die Hand genommen, um es sich gemütlich zu machen.

Ohne Probleme konnten wir uns den Villen von hinten nähern. Natürlich hatte niemand von uns damit gerechnet, dass wir im Urlaub an einer Kommandomission teilnehmen mussten. Also trugen wir das, was dem Zweck am ehesten entsprach: Jeans, enge schwarze Pullover und dunkle Sportschuhe. Taschenlampen hatten wir uns in der Stadt besorgt und ein paar Holzpfähle in unseren Gürteln als Waffe gegen die Vampire mussten reichen. Bianca und ich hatten mit mehreren Bändern unsere Haare straff zum Zopf gebunden. Bei Ira war das natürlich nicht möglich. Sie trug eine schwarze Wollmütze, die sie sich in einer kleinen Boutique besorgt hatte und man in diesem Winter noch herrlich tragen konnte.

Wir duckten uns, während unsere Füße über den Wüstensand flitzten.

»Zwei von denen kommen in unsere Nähe«, flüsterte Ira und zog einen Pflock.

Ich sah mich mehrmals um. Hinter den Büschen konnten wir uns nicht verstecken und wenn wir über den ausgedörrten Sand des Valleys zurückgingen, würden sie uns bemerken. Ausweichen war unmöglich. Also blieb uns nur eine Möglichkeit. Schnell erteilte ich Befehle an meine beiden Freundinnen.

Ich legte mich flach auf den Boden und schloss die Augen. Schon nach wenigen Herzschlägen konnte ich die Stimmen der beiden Vampire ausmachen. Sie unterhielten sich über ihre letzte Beute. Ein Mädchen Namens Charlotte, dass sie wohl erst vergewaltigt und dann während des Akts ausgesaugt hatten. Kurz schweiften meine Gedanken zurück zum gestrigen Tag. Genau das hätte uns auch passieren können und ich war auch noch der Initiator des Ganzen gewesen.

Dumme, kleine Isabelle. Maddox hat dir die Gedanken vernebelt, dir den Blick auf das Wesentliche verstellt. Du hast dich von Wut und deinen Gefühlen leiten lassen. Und dabei vergessen, dass hier nicht nur dein Leben auf dem Spiel stand, sondern auch das deiner Freundinnen und der Menschen, die du beschützen musst.

Wie das der kleinen Charlotte zum Beispiel. Es war Zeit, wieder wie eine Hexe zu denken und der Gefahr wie eine Erwachsene entgegenzutreten.

»Da liegt jemand«, sagte der eine Vampir halb aus Verwunderung, halb aus Interesse. Ich hörte, wie sie ihre automatischen Gewehre durchluden und schließlich nahe an mich herankamen. Ein stummer Blitz entlud sich in meinem Körper, als ich zwei Finger auf meinem Hals spürte.

»Das ist ein Mensch und sie lebt.«

Wieder spürte ich zwei Finger, diesmal auf der anderen Seite. »Wie kommt so eine Hübsche ins Valley?«, sagte die andere Stimme.

»Vielleicht haben die Jungs in der Stadt sie mit KO-Tropfen ausgeknockt, hatten ihren Spaß mit ihr und sie hier liegenlassen.«

Ein überprüfender Tritt gegen meine Taille folgte. Wieder musste ich alle Kraft zusammennehmen, um mich nicht zu bewegen.

»Mh, sie sieht nicht aus, als ob sie gerade durchgenommen wurde.«

Einer der Vampire lachte. »Nicht jeder steht darauf, die Mädchen dabei krankenhausreif zu schlagen, wenn er mit ihnen Sex gehabt hat.«

Meine Zähne mahlten aufeinander. Eigentlich wollten wir so wenig Aufsehen wie möglich erregen. Doch wieder brachen meine Gefühle durch. Zorn floss wie ein wilder Strom durch meine Adern, als sich einer der beiden herunterbeugte und mir einen Klaps auf die Wange gab.

»Sollen wir Meldung machen?«

»Nein.« Jetzt lehnte sich auch der andere Vampir zu mir. »Ich wüsste etwas ganz anderes, was wir mit ihr machen sollten. Hast du Lust?«

Ich spürte seinen heißen Atem auf meiner Haut. Endlich waren sie in der richtigen Position. Schlagartig öffnete ich die Augen.

»Ich hab Lust«, flüsterte ich, zog meine Knie an und rammte den beiden meine Füße in die Magengegend. Erschrocken taumelten sie zurück. Noch bevor sie meinen Angriff erwidern konnten, waren Ira und Bianca zur Stelle und rammten ihnen einen Pflock von hinten durch ihr totes Herz. Ein Vampir löste sich still in Luft auf, während der andere röchelnd auf die Brust sank. Der Pflock hatte nicht richtig getroffen und den Vampir zwar durchbohrt, aber sein Herz verfehlt.

»Ich scheine ein wenig aus der Übung zu sein«, erklärte Ira und schüttelte genervt den Kopf. »Ich war lange nicht mehr auf der Straße. Blöde Therapie.«

Schon wollte sie es beenden, doch ich erhob die Hand und war blitzschnell auf den Beinen. »Ich mach das schon«, zischte ich mit gefletschten Zähnen und drehte den Vampir auf den Rücken.

Ich wollte in seine geweiteten Augen blicken. Vor mir lag ein älterer Mann mit Oberlippenbart. Aus seinem Mundwinkel lief ein Rinnsal Blut, hastig versuchte er, Luft in seine Lungen zu ziehen. Unsere Gesichter trennten nur wenige Zoll, als ich ihm eine Ohrfeige verpasste. »Das ist für Charlotte«, sagte ich, zog den Pflock raus und rammte ihn mit voller Wucht in sein Herz. Er konnte nicht einmal schreien, als er zu Staub zerfiel.

Sofort ging ich wieder in die Knie und schlich weiter. Mit wenig Abstand folgten mir meine beiden Freundinnen. Hier gab es nicht einmal einen Zaun. Einige dicht angesiedelte Palmen trennten den Wüstensand des Valleys vom Grundstück, wo ich Batts vermutete. Die Lichtreflektionen des Pools spiegelten sich in unseren Gesichtern wider, als wir die Terrasse erreichten. Eine Hand auf die Klinke der gläsernen Hintertür gelegt, konzentrierte ich mich, um den Entriegelungszauber zu sprechen. Mit einem leichten Knacken gab sie den Weg in die Villa frei. Vorsichtig streckte ich meinen Kopf in das Gebäude. Im unteren Geschoss waren die Lichter aus, doch ich meinte, von oben Musik zu vernehmen.

»Was ist, wenn im ersten Stock eine ganze Meute auf uns wartet?«, warf Bianca ein, als sie neben mir stand.

»Das müssen wir herausfinden.«

Behutsam schlichen wir durch das wundervoll eingerichtete Wohnzimmer. Der Innenausstatter musste eine sehr zwiespältige Persönlichkeit haben. Neben jahrhundertealten Büchern und Runensteinen konnte ich mehrere Flatscreens entdecken, die mir matt entgegenschimmerten. Dazu eine Stereoanlage teuerster Bauart und eingerahmte Bilder, welche ebenfalls uralt sein mussten. Es war nicht schwer auszumachen, dass Batts schon ein paar Jahre länger auf dieser Erde wandelte und so ein paar nette Exponate sammeln konnte, aber auf moderne Luxusgüter nicht verzichten wollte. Alles hier wirkte neu und gerade erst angebracht.

Im Flur sah es ähnlich aus. Kurz blickte ich die Treppe hinauf. Jetzt hörte ich es deutlicher. Klassische Musik drang an unsere Ohren. Er musste sie auf voller Lautstärke hören. Gut für uns, das machte die Sache einfacher.

Mit dem Pflock in der rechten Hand, nahm ich eine Stufe nach der anderen, bis ich das Obergeschoss erreichte. Vorsichtig näherte ich mich der Tür. Sie war nur angelehnt und die Musik hatte mittlerweile eine kaum auszuhaltende Lautstärke erreicht. Mein Atem stockte, als ich einen Blick in das Zimmer wagte. Hinter einem großen Schreibtisch erspähte ich schwarze Schuhe, die auf der Platte abgelegt waren. Der Mann, der allem Anschein nach Batts war, hatte die Augen geschlossen und döste in seinem Ledersessel. Er trug einen Nadelstreifenanzug mit offenem, weißen Hemd. Dazu wippte sein Kopf im Takt der Musik. Ab und zu schwang sein Finger durch die Luft und dirigierte das imaginäre Orchester. Es musste sein Arbeitszimmer sein.

Mit einer Kopfbewegung deutete ich meinen Freundinnen an, näher zu kommen. Wir schlichen über den weißen Teppich, bis ich sein Gesicht besser erkennen konnte. Seine Haut war dunkel, fast bronzen. Das kurze, pechschwarze Haar stand in alle Richtungen ab und gab seiner gut gebauten Statur etwas Verwegenes. Zusätzlich zogen sich geschwungene Tätowierungen seinen Hals hoch und mündeten erst an seiner Schläfe. Kurz kontrollierte ich die Fenster. Dicke Vorhänge verhinderten, dass auch nur ein Sonnenstrahl den Raum erreichte. Von außen konnte man also nichts erkennen. Als ich mich ihm näherte, murmelte ich im Geist die Formel für einen Feuerball. Sofort flammte die glühende Kugel in meinen Händen auf. Ira tat es mir gleich und auch Bianca schloss die Augen. Wie am gestrigen Tag flossen aus ihren Fingerspitzen weiße Magiefäden. Erst waren sie dünn und kaum zu erkennen, dann wurden sie nach und nach undurchdringlicher und umschlossen schließlich den Mann. Für einen Moment verzog er sein Gesicht, dann schlug er mit einem Ruck die Augen auf.

Es war keine Panik, die in seinen Pupillen zu lesen war. Blitzschnell erkannte er die Lage und musterte uns drei. Seine dunklen Augen schimmerten weich wie Seide. Als er den Fixierungszauber bemerkte, konnte man sogar ein Lächeln auf seinen Lippen erkennen.

»Eine Bewegung, ein Schrei, ein versteckter Alarm und wir verbrennen dich«, schrie ich aus voller Kraft, damit er mich überhaupt verstehen konnte. »Und ich kann dir sagen, dass es kein schöner Tod wird. Hast du verstanden?«

Langsam nickte der Mann.

Ich blickte zu Bianca herüber, die den Fixierungszauber aufhob und ruhig zur Stereoanlage ging. Sie stellte die Musik auf ein erträgliches Maß. Meinen Feuerball ließ ich zischend verschwinden, während ich mich auf den Sessel vor seinem Schreibtisch setzte. Noch bevor er ein Wort sagte, nahm der Mann entspannt die Füße vom Schreibtisch, zog seinen Sessel vor und verschränkte die Finger auf der Platte, als würden die Verhandlungen nun beginnen. Von Panik oder gar Angst keine Spur.

»Was kann ich für euch tun?«, wollte er zuvorkommend wissen und bat auch meinen Freundinnen einen Platz an. Seine Stimme war ruhig und melodisch. Sie passte zu dem attraktiven Mann. Obwohl ich auch hier einen ziemlich krassen Gegensatz zu dem verwegenen, fast gefährlichen Aussehen und der milden Art ausmachte.

Bianca und Ira lehnten ab.

»Bist du Batts?«, wollte ich mit kalter Stimme wissen.

Er nickte.

»Wir haben Bekanntschaft mit fünf deiner ... Mitarbeiter gemacht«, erklärte ich abfällig, den Mann nicht aus den Augen lassend. »Sie wollten uns vergewaltigen und ausrauben.«

Wieder ein Nicken. »Sie sind tot, nehme ich an?«

Jetzt nickte ich ruhig und war auf seine Reaktion gespannt.

Batts schnalzte mit der Zunge, fuhr sich durch die schwarzen Haare und richtete sein Jackett. »Dann haben sie ihre gerechte Strafe ja bereits erhalten.« Aufmerksam musterte er mich von oben bis unten. »Und mit wem habe ich es zu tun, junge Hexe?«

»Mein Name ist Isabelle.«

»Sieh mal, Isabelle. Ich befürworte solche Aktionen nicht. Eigentlich ist genau das Gegenteil der Fall. Sollten mir solche ...«, er blickte an die Decke, suchte die richtigen Worte, »... Abgründe jemals zu Ohren kommen, werde ich meine Angestellten über die Maßen bestrafen. Du kannst dir sicherlich vorstellen, wie das aussehen wird.« Dabei lächelte er und gab den Blick auf seine schneeweißen Zähne preis.

»Interessant, dann scheinst du aber deine Vampire nicht richtig unter Kontrolle zu haben. Das spricht nicht gerade für deinen Führungsstil.«

»Isabelle, ich bitte dich«, sagte Batts und öffnete die Hände. Der Ton seiner Stimme erinnerte mich eher an ein lockeres Gespräch unter Freunden, nicht an die Anwesenheit von tödlicher Gefahr. »Es sind Vampire. Du musst doch am besten wissen, dass diese Art von Geschöpfen hirnlose Befehlsempfänger sind und nur ihr eigenes Wohl im Kopf haben. Es hat schon einen Grund, dass sie tot sind. Mit ein paar Vampirdynastien kann man ganz gute Geschäfte machen, aber über die Adelsfamilien hinaus ist es sehr schwer, einen kompetenten Ansprechpartner zu bekommen.« Batts zwinkerte uns dreien zu. »Außerdem vermehren sie sich wie die Fliegen. Und, da teile ich ausnahmsweise die Meinung des Zirkels, täte es uns allen gut, wenn ein paar von ihnen für immer verschwinden würden.«

»Schön, dass wir einer Meinung sind.«

Gut, er war also kein Vampir. Batts fasste sich ans Kinn und erhob sich. Mit einer Hand in der Tasche ging er zur Bar.

Iras Feuerball fackelte augenblicklich eine Nuance heller.

»Darf ich euch etwas zu trinken anbieten? Vielleicht einen Tequila?«

So langsam ging mir diese übertrieben charmante Art dieses Typen gehörig auf den Keks. »Nein, danke«, antwortete ich schroff, während er sich einen eingoss und mit dem Glas wieder Platz nahm. »Ich will Informationen.«

»Aber natürlich doch«, entgegnete er, wie aus der Pistole geschossen und nickte eifrig. »Darum seid ihr doch hier. Und um mich in Flammen aufgehen zu lassen, nehme ich an.«

Ich wartete ein paar Sekunden, dann schüttelte ich langsam den Kopf. »Nein, sind wir nicht. Ich habe keine Ahnung, warum der mexikanische Zirkel nicht schon längst eingegriffen hat, aber wenn wir dich töteten, würde nur ein Machtvakuum entstehen, das vom nächsten unsterblichen Dämon gefüllt wird. Ich werde dir sagen, was du tun wirst, nachdem wir diesen Raum verlassen haben.« Ohne Eile griff ich in den Rucksack und legte die Kamera auf den Tisch.

Seine Stirn zog sich in Falten. »Isabelle, du willst mir mit einer Kamera drohen?«

»Genau das. Unzählige Jahre bist du unentdeckt geblieben. Für deine Geschäfte wäre es nicht gerade förderlich, wenn du nackt überall im Internet zu finden sein würdest.«

Zum ersten Mal an diesem Abend wirkte er unsicher.

»Du wirst alle deine Geschäfte einstellen, den Drogen- und Waffenhandel stoppen und alle anderen Aktivitäten auf ein absolutes Minimum reduzieren. Ich nehme an, dass dein Konto prall gefüllt ist, also erlaube ich dir, dich auf deine Villen zurückzuziehen und dir ein schönes Leben zu machen. Von mir aus bis zum Ende aller Tage.« Meine Augen funkelten, als ich mich nach vorn lehnte. »Sollte ich allerdings jemals mitbekommen, dass hier ein Mädchen stirbt und du damit etwas zu tun hattest, landet das Video im Netz und ich hetze dir alle Reaper des mexikanischen Zirkels auf den Hals.«

Ich hatte ihn. Batts musste schlucken und kippte den Rest des Tequilas herunter. Er wollte etwas sagen, doch über seine Lippen drangen keine Worte, als ich mahnend den Finger erhob.

»Des Weiteren wirst du mir brav alle Fragen beantworten, die ich stelle, ansonsten wirst du ein schönes Homevideo von dir überall herunterladen können, wo du mit drei Hexen Sex hast.« Entspannt lehnte ich mich zurück. »Und übrigens, wir werden es natürlich vorher bearbeiten, uns wird dabei niemand erkennen.«

Hörbar atmete Batts aus. Seine Miene war plötzlich wie aus Granit. Anscheinend hatte er vor dem Tod keine Angst, sehr wohl allerdings vor dem Gesichtsverlust unter Dämonen. »Und wie darf ich mir das vorstellen? Werde ich dabei mit einer Waffe bedroht?«

Kopfschüttelnd nahm ich die Kamera vom Tisch und legte sie auf den Teppich, dann sah ich mich interessiert in dem Büro um. »Ach bitte, wir haben ganz andere Methoden.«

Ich drehte mein Handgelenk und sofort fielen alle Utensilien auf dem Schreibtisch zur Seite weg. Scheppernd landeten Laptop, Bilderrahmen und Füller auf dem Boden. Übrig blieb die leere, auf Hochglanz polierte Tischplatte. Mit festen Schritten ging ich auf Batts zu, zog ihn an seinem Jackett nach vorn und stieß ihn schließlich gegen den Schreibtisch. Iras Feuerball flammte noch ein Stückchen höher auf. Ihre Augen fixierten Batts, als ich sein Jackett abstreifte und das Hemd aufknöpfte. Kurz bewunderte ich seinen nackten Oberkörper. Die Tattoos wirkten auf der Brust noch beeindruckender. Ich konnte meine Vorfreude nicht unterdrücken, als ich den Gürtel löste, und ihn komplett auszog. Ohne Frage, er war gut gebaut. Eine dünne Spur aus feinen Härchen wies den Weg zu Batts Penis. Einige Momente beobachteten wir den nackten Mann vor unseren Augen.

Jetzt lag in seinen Augen Hass. »Und so soll ich mit euch Sex haben? Auf dem Video wird es wie eine Vergewaltigung aussehen«, sagte er abschätzig.

»Das lass mal unsere Sorge sein«, hauchte ich und zwinkerte Bianca zu.

Augenblicklich flossen wieder die weißen Fäden des Fixierzaubers aus ihren Finger und legten sich um seine Haut. Sie waren wie Schlangen, die ihn immer mehr umschlossen. Batts versuchte, sich zu erheben, doch der Zauber wurde so eng, dass er sich keinen Zoll mehr bewegen konnte. Als er in der weißen Magie vollends eingeschlossen war, nahm ich aus dem Rucksack Seile und Folie. Ira und ich machten uns daran, seine Fußgelenke mit den Tischbeinen zu verknoten. Wir zogen seine Füße weit auseinander, legten die Seile mehrmals um seine Gelenke und ließen ihm keinen Freiraum mehr.

»Was soll das bringen?«, wollte Batts mit gespielter Gleichgültigkeit wissen.

Ira und ich gingen um den Schreibtisch herum. Mühelos konnten wir seine Arme nach hinten führen und die Seile um seine Gelenke binden. Genau wie seine Füße fesselten wir die Arme an den massiven Schreibtisch. Es schien, als würde sich seine Atmung beschleunigen, als ich wie zufällig über die Innenseiten seiner Arme fuhr. Doch noch immer war keine Regung zwischen seinen Beinen zu erkennen. Ich musste mich gleich auf die Kraft unserer Verführungszauber stützen.

Batts Muskeln spannten. Mit Po und Rücken lag er auf der Tischplatte, sodass sein bestes Stück nach vorn gedrückt wurde.

Ira und ich lächelten einander an, als wir die Frischhaltefolie nahmen und Bahn für Bahn um seinen Bauch und den Tisch spannten. Mit jedem Mal, mit dem das Plastik sich enger um seinen durchtrainierten Körper legte, schränkten wir seine Bewegungsfreiheit mehr ein. Dieselbe Prozedur erledigten wir mit den Oberschenkeln. Als Ira seine Hoden zu streicheln begann, zeigte sein Penis endlich eine Regung. Ira kniete sich hin und ich legte mich auf seinen Oberkörper, war nahe an seinem Gesicht. »Du willst keine Erektion bekommen, wir wissen das. Es wird interessant werden zu sehen, wie lange du das aushältst.« Ich blickte zu Bianca.

Sie nickte, löste den Fixierungszauber. Sofort war die weiße Aura verschwunden. Augenblicklich versuchte Batts, sich zu bewegen, doch wir hatten ihm jegliche Möglichkeit dazu genommen. Zufrieden nahm Bianca die Kamera an sich und begann zu filmen.

Hauchzart küsste ich seine Wangen, während Ira immer noch auf Knien vor ihm war. Sie streichelte seine Seiten, drückte ihre langen Fingernägeln in die tätowierte Haut und fuhr über die Innenseiten seiner Schenkel. Batts ließ nun immer lauter Luft aus seiner Nase entweichen. Ich konnte mir vorstellen, wie schwierig es war, jetzt an etwas anderes zu denken. Emotionslos blickte er nach vorn, als wir uns auszogen. Irgendwann hielt Batts es nicht mehr aus und riskierte einen Blick. Ich griff in meine Tasche und holte das kleine Fläschchen Öl hervor, das ich in der Stadt erstanden hatte. Ich träufelte die Flüssigkeit auf seine Brust, langsam lief sie seine Seiten entlang. Süßlicher Duft stieg mir in die Nase, als wir das Massageöl auf seinem Körper verteilten. Wir ließen keine Stelle aus.

Meine Haut glänzte, fühlte sich warm an. Es musste ihm wie ein elektrischer Stoß vorkommen, als ich seinen Penis umfasste und auch ihn mit Öl einrieb. Batts zappelte kurz, begriff aber schließlich, dass jede Bewegung ihm nur Schmerzen verursachte. Die Haut seines Penis glänzte im Licht. Ira streichelte mit den öligen Händen seine Hoden. Wir erhöhten den Druck und ließen gleich wieder von ihm ab, nur um von Neuem mit der Massage zu beginnen.

Sein Penis wurde mit jeder Sekunde steifer, obwohl ich spüren konnte, wie er sich dagegen wehrte. Langsam zog ich die Vorhaut zurück und glitt mit den Fingerspitzen die dünnen Rillen entlang. Ich streichelte mit den Fingern über das Bändchen und den Schaft. Seine Atmung ging gepresst. Immer wieder reizte ich die empfindliche Haut, streichelte über sie, spielte mit dem Druck. Es war wie ein Donnerschlag, wie ein immer heftiger werdendes Gewitter, das das Verlangen in mir antrieb und sich aufbaute. Obwohl ich es nicht wollte, überkam mich ebenfalls die Lust und ich spürte die Feuchtigkeit zwischen meinen Beinen. Nach wenigen Minuten zuckte Batts ganzer Körper.

Ira lehnte sich auf ihn, durchbrach mit ihrer Zunge seine Lippen und schenkte ihm einen tiefen Kuss. Ich hielt inne und ließ seinen Schwanz los. Er schien kurz vor dem Orgasmus zu sein. Ich beobachtete, wie Ira ihren braungebrannten Körper an Batts rieb und ihn mit der Zunge verwöhnte. Sie drückte ihren Körper durch und streichelte mit ihrem Busen über sein Gesicht. Batts lehnte sich erst zur Seite, doch dann liebkoste er ihre Knospen leidenschaftlich mit dem Mund. Mit der Zunge fuhr er um Iras Nippel, knabberte an ihnen, sodass auch sie ihren Kopf nach hinten legte und lustvoll stöhnte. Mit der Hand an seinem Hinterkopf gab sie dabei den Druck vor.

Ich rieb wieder seinen eingeölten Schwanz, langsam und gleichmäßig, dabei stieß ich an seine strammen Hoden. Er stöhnte und wand sich unter meinen Berührungen. Sein Penis war nun zu voller Größe aufgerichtet. Wieder nahm ich Öl, verrieb es mit leicht geöffneten Lippen in meinen Händen, wärmte es für seinen Schwanz an und legte dann die heißen Hände um seinen zuckenden Schaft. Es war Zeit, das Tempo zu erhöhen. Deshalb nahm ich sein Glied fest in die Hand, zog es zu mir und umfuhr es mit meinen Fingern und bewegte meine Hand schnell hoch und runter.

Batts keuchte. Eben noch wirkte er selbstsicher, nun war er dem Wahnsinn nahe. Unkontrolliert spannte er seine Muskeln an, während Ira mit einer Hand seinen Nacken hielt, ihm ihre Zunge in den Mund schob und mit seiner spielte.

Batts schien kurz vor dem Kommen, wollte explodieren. Doch bevor ich ihm die süße Erlösung schenkte, hielt ich inne. Batts stöhnte laut in Iras Mund.

»Wie gemein«, sagte Ira lächelnd, nachdem sie ihre Lippen von seinem Mund gelöst hatte. »Doch wir lassen dich erst kommen, wenn du uns fickst.«

Ich erhob mich, fasste mit flachen Händen an seine Schläfen und flüsterte ihm den Seducción-Zauber ins Ohr. Ich legte viel Macht in diese Magie, wartete ein paar Sekunden und erkannte schließlich, wie sein Schwanz stark zu zucken begann. Er war nicht mehr in dieser Welt, jetzt konnten wir mit ihm machen, was wir wollten. Er war unser willenloses Spielzeug, das wir nach Belieben ficken konnten.

Schnell hatte Ira mit Magie die Folie durchtrennt und auch die Seile gelöst.

»Willst du uns?«, flüsterte Ira und drückte ihren Busen in sein Gesicht. »Willst du uns alle drei?«

Auch ich schmiegte mich an seinen Körper. Wir lächelten einander an, unsere Gesichter kamen sich ganz nahe. Aus einem Impuls heraus küsste ich Ira schließlich. Ihre Zunge war wie Seide, als sie die meinige streichelte. Behutsam legten sich unsere Lippen aneinander, während Batts mit großen Augen zusah. Ich küsste Iras Hals, wanderte herab, bis ich ihre Knospen an meinem Mund spürte. Mit der Zunge umspielte ich ihren Busen. Ira stöhnte ihre Lust frei heraus und schmiegte sich dabei ans Batts Gesicht. Wir rekelten uns minutenlang auf seinem Körper, tauschten Zärtlichkeiten aus und beobachteten, wie Batts die Fassung verlor. Bianca kam dicht an sein Gesicht heran, filmte die ganze Szenerie und ließ dabei kein Detail aus. Schließlich drehte ich mich um und bewegte meinen Arsch vor seinem Gesicht. Als ich mich umsah, erkannte ich, wie Ira ihren Kopf an seine Schulter legte. Zärtlich begann sie, meinen Kitzler zu streicheln. Dieser Anblick musste Batts wahnsinnig machen. Doch auch ich wurde von der Begierde gepackt, als meine Freundin ihre Finger durch meine feuchten Schamlippen zog und meinen intimsten Punkt massierte.

»Möchtest du ihren Arsch haben?«, hörte ich Ira flüstern. »Willst du sie ficken?«

Ohne eine Antwort abzuwarten, begann sie, mit ihrer Zunge meinen Kitzler zu umkreisen. Gleichzeitig drang sie mit dem Finger in mich ein. Jetzt war ich diejenige, die sich zusammenreißen musste. Unter mir begann Batts zu zappeln.

»Willst du wirklich kommen?«, fragte Ira, dabei glühten ihre Augen wie das Feuer der Hölle selbst.

Er nickte. Ich tat ihm den Gefallen und drehte mich um. Noch ein paar Mal fuhr ich mit meinen Fingern über die hochrote Eichel, dann ließ ich seinen Penis in mich gleiten. Der Raum begann sich zu drehen, als ich mich endlich auf ihn setzte und mein Becken vor und zurückgleiten ließ. Mein Busen wippte bei jeder Bewegung und befeuerte meine Lust.

»Schau sie dir an«, hauchte Ira ihm ins Ohr. »Du darfst nicht loslassen, bevor sie es dir nicht erlaubt. Ansonsten beginnt das Spiel erneut.«

Batts musste nun alle Kraft aufwarten, um nicht in den Höhepunkt abzugleiten. Dabei spürte auch ich bei jeder Bewegung, wie es mir schwerfiel, nicht zu kommen. Sein Penis war tief in mir drin, füllte mich vollends aus und ließ auch mich die Augen schließen. Ich griff an seine eingeölte Brust, begann zu stöhnen und lehnte mich nach vorn. Sofort wurde ich von Ira erfasst, die mir einen tiefen Kuss schenkte und mit meinen aufgerichteten Nippeln spielte. Dann schwang sie ihr Bein über Batts Körper und setzte sich auf sein Gesicht.

Anscheinend begann er sofort, sie zu befriedigen. Auch ihre Pussy musste unsere kleine Verführung nicht kalt gelassen haben. Ihre Stimme wurde heiser, sie lehnte sich nach vorn, sodass ich ihre erhitzte Haut spüren konnte. Ich umarmte sie, küsste ihren Nacken, während sie ihre Taille immer heftiger nach oben stieß. Als Ira mir einen weiteren Kuss gab, konnte ich nicht mehr. Alle meine Muskeln spannten sich an, als das Feuerwerk in meinem Kopf einsetzte und jeden klaren Gedanken beiseiteschob. Ira stöhnte laut auf. Schwer atmend sackte ich auf ihre Brust, wobei ich ihre kurzen Haare an meiner Schulter spürte. In mir zuckte immer noch Batts Schwanz, seine Schreie allerdings drangen nur gedämpft an meine Ohren.

***

»Und Schnitt«, hörte ich Biancas Stimme.

Nur schwerlich konnte ich die Augen öffnen. Meine Freundin legte die Kamera beiseite und half uns beiden von Batts herunter. Er lag immer noch gefesselt auf dem Tisch und atmete so schwer, dass ich das Gefühl hatte, er würde gleich kollabieren.

»Da habt ihr mir ja eine richtig geile Show geliefert«, sagte Bianca und biss sich auf die Lippen. »Ein wenig neidisch bin ich schon.«

Ich wollte etwas entgegnen, doch kein vernünftiges Wort schaffte es, meinen Mund zu verlassen. Ein paar undefinierbare Laute kamen über meine Lippen, dann setzte ich mich auf den Boden. Ira ging es nicht besser. Sie ließ sich nackt in Batts Sessel sinken, dabei bebte ihre Brust auf und ab.

Nach einiger Zeit schaffte ich es, mich mühsam aufzurichten.

Auch Ira erhob sich schließlich und gemeinsam zogen wir unsere Kleidung wieder an. Batts ließen wir noch einen Moment liegen, bis wir vollends angezogen waren.

»Hast du alles?«, wollte ich von Bianca wissen.

Sie nickte. »Ist alles Wesentliche drauf. Ich bin zwar kein

Profi, aber ihr könntet Pornodarstellerinnen werden, so wie ihr losgelegt habt. Allerdings wird es einige Zeit kosten, eure Gesichter unkenntlich zu machen.«

»Das ist kein Problem«, winkte ich ab. Zufrieden setzte ich mich neben Batts auf die Tischplatte. Seine Atmung hatte sich normalisiert. »Hat es dir gefallen? Ich bin mir sicher, auf dem Video sieht es so aus, als hätte es das.«

Mit einer Handbewegung ließ ich die Seile zerreißen. Zur Sicherheit formte Ira einen Feuerball, als Batts sich vom Tisch aufschwang und in seinen Anzug schlüpfte. Er wirkte wie ein Champion, den man plötzlich geschlagen hatte und der sich die Niederlage noch nicht eingestehen wollte. Batts ging zur Bar, goss sich einen Tequila ein und ließ sich schließlich in seinen Sessel sinken. »Ihr werdet das Video also nicht veröffentlichen, wenn ich mich zurückziehe?«

»So sieht es aus«, war meine Antwort. Ich hatte mich wieder gefangen, war wieder die Hexe des Zirkels, die ich eigentlich sein sollte. »Zumindest, wenn du mir noch ein paar Fragen beantwortest.«

Er kippte den Schnaps mit einem Schluck herunter. »Was willst du wissen?«

»Einer deiner Jungs redete gestern von einer Umwälzung, die bevorsteht, um die Welt ins Chaos zu stürzen. Was weißt du darüber?« Ich richtete meinen Zopf, ging einen Schritt auf ihn zu und legte die Finger auf die Tischplatte. »Und ich würde dir raten, mich nicht anzulügen. Sollte ich nämlich durch irgendwelche Kanäle herausfinden, dass *du* das getan hast, dann findest du ein Video im Netz, mit dir in der Hauptrolle.«

Er wartete, bis ich die letzte Silbe beendet hatte und schnaubte abfällig. »Glaubst du den Scheiß?« Auf einmal war er nicht einmal mehr im Ansatz der charmante und weltgewandte Dämon. »Ich bin zwar unsterblich und schon lange auf dieser Welt, aber das ist der größte Schwachsinn, den ich je gehört habe.«

»Was heißt das?«, zischte ich.

Iras Feuerball flammte hell auf.

»Der Teufel selbst soll auf die Erde steigen und aus ihr eine zweite Hölle machen?« Er lachte. »Für eine Umwälzung braucht er die Macht seiner Kinder. Mit einem Blutopfer können sie ihren Vater auf die Erde holen. Ihr eigenes verteufeltes Blut. Nur, wann hast du zuletzt einen Sohn des Teufels gesehen?«

Als er diese Worte sprach, gefror mir das Blut in den Adern und mein Atem stockte. Wann ich zuletzt einen gesehen hatte? Verdammt, die letzten Monate hatte ich sogar einen gefickt.

»Ihr Hexen habt Nikolai besiegt. Er ist also wieder in der Hölle. Der älteste Sohn, Baal, ist seit Ewigkeiten verschollen und die anderen beiden ...« Er grinste arrogant und funkelte mich an. »... niemand weiß, was aus Bartolomé geworden ist, nachdem er seine Macht verloren hat. Und Maddox ... Der ist einer von euch.«

Meine Lider zogen sich zusammen.

»Sag nicht, dass du diese kleine Geschichte von eurer Gründerin Walpurga und Bartolomé nicht kennst?«, reizte er mich.

»Jede Hexe kennt den großartigen Kampf der Hexe Walpurga«, warf Ira voller Zorn ein.

»Gut. Also glaube ich nicht, dass ihr etwas zu befürchten habt.«

Mit einer schnellen Bewegung drehte ich mich um. »Er ist nutzlos, wir haben hier nichts mehr zu tun.«

»Andererseits ...«, sagte Batts laut.

Ich hielt inne.

» ... hört man viele Gerüchte, dass dieser Maddox eine große Anzahl an Waffen kauft und Dämonen rekrutiert. Gerade gestern erreichte mich die Nachricht, fällt mir wieder ein.«

Mein Herz schlug mir bis zum Hals. Ich drehte mich so schnell um, dass mein Zopf beinahe Ira ins Gesicht gepeitscht hätte. »Was?«

»Nun, er hat nicht bei mir bestellt. Ich hätte ihm sicher bessere Konditionen für die Waffen gemacht«, erklärte Batts voller Arroganz und blickte sich auf die Finger. »Aber man munkelt, dass er sich vielleicht doch die Macht seines Vaters sichern will. Wenn alle Kinder des Teufels ihr Blut vermischen, dann beginnt die Umwälzung. Und ich bin mir sicher, dass Nikolai wieder einen Weg finden wird, hierher zurückzukehren. Glaubt ja nicht, dass es von der Hölle keine Möglichkeit mehr gibt, auf die Erde zurückzukommen. Fühlt euch lieber nicht zu sicher.«

»Das interessiert mich nicht, was weißt du noch über Maddox?«

Batts zuckte mit den Schultern. »Angeblich formiert er eine Armee in Los Angeles. In eurer Walpurgisnacht, wenn die Magie in der Luft am stärksten ist, soll es beginnen.« Er ließ sich auf den Sessel fallen. »Aber das kann mir doch egal sein, ich bin schließlich ab heute Rentner und schaue dem Weltgeschehen nur noch unbeteiligt zu. Dank euch.«

Es war, als hätte mich eine Dampfwalze getroffen. Konnte ich den Worten dieses Dämons vertrauen? Die Walpurgisnacht war nur noch wenige Tage entfernt. War Maddox übergelaufen und versuchte nun Nikolai aus der Hölle zu holen, seine anderen beiden Brüder zu finden und die Umwälzung einzuleiten, damit er auf Erden regieren konnte? Augenblicklich wurde mir schlecht. Das konnte nicht sein, das durfte nicht sein! War das nicht Regel Nummer Eins? Vertraue niemals einem attraktiven Mann. Hätte ich auf Regel Drei gehört, würde mein Innerstes jetzt nicht einem Schlachtfeld gleichen. Egal was passiert, *never fall in fucking love!*

Ein Rütteln von Bianca riss mich aus meinen Gedanken. »Isabelle, uns läuft die Zeit davon.«

Ich versuchte, meine Gefühle herunterzukämpfen, obwohl es in mir brodelte. »Ich habe genug gehört, wir fliegen noch heute Nacht zurück nach New York.«

Iras Feuerball erlosch, als wir uns schnellen Schrittes der Tür näherten.

»Ach so«, rief Batts, während im Hintergrund die klassische Musik verstummte. Wir drehten uns nicht einmal um, als wir die Worte vernahmen. »Falls es zur Umwälzung kommt, werde ich euch einen Platz an meiner Seite reservieren ... als meine persönlichen Sklavinnen natürlich.«

Ohne etwas zu entgegnen, und mit versteinerten Mienen, verließen wir sein Arbeitszimmer.

Ich wusste, dass er nicht bluffte.

Schmerzhafte Erkenntnisse

Drei Stunden mussten wir auf den ersten Flug zurück nach New York warten. Wir hatten überhastet unsere Sachen gepackt, online gebucht und waren direkt zum Flughafen gefahren. Mehrmals hatte ich versucht, Maddox' Handy zu erreichen. Natürlich war es ausgeschaltet, was mein mulmiges Gefühl noch verstärkt hatte.

Als wir endlich auf dem »LaGuardia«-Flugplatz landeten, war die Dämmerung bereits über die Stadt hereingebrochen. Die ersten Sonnenstrahlen glitzerten in den Fenstern, als wir uns ein Taxi riefen und direkt in den Financial District fuhren. Völlig übermüdet, noch in den Klamotten des gestrigen Abends und mit einer Mischung aus Beklommenheit und Zorn ließ ich mein Gepäck in der Eingangshalle stehen. Mit festen Schritten näherte ich mich dem Aufzug und wählte sofort das oberste Stockwerk an – Marie de la Crox' Büro. Ira und Bianca hatten Probleme, mir zu folgen, noch gerade so konnten sie sich durch die schließende Aufzugstür quetschen.

»Schlaf lieber eine Nacht drüber«, bat Bianca und legte ihre Hand auf meine Schulter. »Ich kenne dich, du bist doch schon wieder kurz davor auszurasten.«

Wütend sagte ich: »Ich bin ganz ruhig!«

»Die Ruhe vor dem Sturm«, sagte Ira und stellte sich vor mich. »Bianca hat recht. Jetzt in Aktionismus zu verfallen, bringt gar nichts. Lass uns nach Protokoll vorgehen, den ganzen Vorgang melden und dann sehen, was de la Crox daraus macht. Wenn du jetzt in ihr Büro rennst und eine Szene machst, spielst du dich selber ins Aus.« Sie sprach die Worte langsam und mit Bedacht.

Es stimmte. Alles war strategisch klüger, als mein Plan. Doch ich hatte Fragen und die mussten beantwortet werden.

»Ich werde mit ihr reden«, sagte ich. »Nur reden, versprochen.«

Als ein helles Piepen ertönte, um das oberste Stockwerk anzukündigen, spürte ich Druck auf meinem Handgelenk. Iras Blick war wie Feuer. »Mach keinen Mist, Isabelle.«

Ohne ihr eine Antwort zu geben, riss ich mich los und marschierte durch die Büroräume. Schnell erreichte ich den Glaskasten, der mich eher an einen sterilen Raum, als an ein gemütliches Refugium erinnerte, wo Marie den Großteil ihrer Zeit verbrachte. Mehrmals sah ich mich um. Die abgedunkelten Fenster warfen das seichte Licht der Punktstrahler zurück und erhellten jede Ecke des Büros. Doch der Ledersessel vor dem Glastisch war leer.

»Sie ist nicht da«, sagte Ira erleichtert. »Gut, dann machst du eben Meldung und alles geht seinen gewohnten Weg.«

Plötzlich hörte ich Stimmen im Nebenraum. Natürlich, sie musste eine Besprechung haben. Ohne zu überlegen, drückte ich die Klinke herunter und ging durch die Tür. Der Konferenztisch war vollbesetzt. Sofort waren alle Augenpaare auf mich gerichtet. An einem langen Tisch saß Marie de la Crox am Kopfende. Zu ihrer Rechten der Chef der Reaper, Myrs. Der mürrisch dreinblickende Mann durchbohrte mich mit seinem Blick. Seit letztem Jahr wusste ich, dass die beiden ein Verhältnis hatten. Dies musste natürlich unter allen Umständen geheim gehalten werden. Nur ich wusste davon.

Ich ... und Maddox.

Zusätzlich zu den beiden waren die Leiter aller Abteilungen versammelt. Heilkunst, magische Artefakte, Sicherheit, operative Einsätze – alles Hexen und Reaper im vierten Rang. Es war nicht irgendein Meeting, sondern eine Zusammenkunft der Führungsriege.

»Was wissen Sie über Maddox?«, schoss es aus mir hervor.

Marie de la Crox warf ihre langen, schwarzen Haare über die schmalen Schultern und runzelte die Stirn.

»Wir beraten gerade darüber, Miss Ashcroft. Und ich wäre Ihnen sehr verbunden, wenn Sie uns unsere Arbeit machen lassen könnten. Bitte warten Sie draußen.«

»Ich will es jetzt wissen! Was ist da dran?«

Ira und Bianca zogen mich fast schon am Ärmel des Pullovers heraus, doch die Wut hielt mich in ihrer flammenden Faust fest.

»Miss Ashcroft«, sagte da la Crox in einem Ton, der eigentlich keine Widerrede zuließ. »Sie überschreiten gehörig Ihre Kompetenzen. Ich befehle Ihnen, den Raum zu verlassen. Alle drei!«

Ira und Bianca deuteten einen Knicks an und wollten mich mit nach draußen ziehen, doch wieder riss ich mich los und blieb einfach stehen.

»Nicht gut erzogen, die junge Hexe«, sagte Myrs für alle hörbar.

»Meine Damen und Herren«, sagte Marie de la Crox mit geradem Rücken, »ich möchte die Versammlung kurz unterbrechen.« Dann ging sie mit kleinen, aber energischen Schritten um den Tisch herum und packte mich am Ohr. Was für eine demütigende Demonstration ihrer Macht. Sie zog mich in ihr Büro und funkelte meine Freundinnen an.

»Gehen Sie. Und machen Sie die Tür von außen zu.«

Ein weiterer Knicks der beiden folgte. Dann hörte ich die Tür ins Schloss fallen. Erst, als wir allein waren, ließ sie mein Ohr los.

»Musst du mich wie ein kleines Kind behandeln?«, keifte ich.

»Wenn du dich wie eins aufführst, wirst du auch wie eins behandelt.« Sie schüttelte den Kopf, wie Mütter den Kopf schütteln, wenn Töchter sie enttäuschten. »Isabelle, wir hatten einen Zwischenfall.«

»Was meinst du damit?«

»Jemand ist in das Hauptquartier des Zirkels West eingebrochen. Wir glauben, es war Maddox.«

Genau wie unser Standort war das Gebäude mehrfach gesichert. Schutzzauber, magische Barrieren, patrouillierende Reaper und nicht zuletzt natürlich ein ganzer Komplex voller Hexen. »Wie ist das möglich?!«

Marie führte mich zu den Sesseln vor ihrem Schreibtisch und setzte sich neben mich. »Er ist Reaper, kennt die Codes und Sicherheitssysteme. Er ist der Einzige, der sie hätte überwinden können.«

»Aber du hast ihn damals selbst von Los Angeles hierhergeholt.«

Ihre Stirn zog sich in Falten. »Du weißt, dass er ein außergewöhnlicher Mann ist. Seine magischen Fähigkeiten übersteigen die der meisten Reaper, zusätzlich ist er der Sohn des Teufels. Ich habe in seinen Gedanken gelesen und glaubte, dass er gegen die dunkle Macht kämpfen wollte. Aber vielleicht habe ich mich ja auch geirrt ...«

Mir wurde heiß und kalt. Ich war so voller Sorge und gleichzeitig kochte die Wut in mir. Hatte er mich die ganze Zeit belogen, mich benutzt, um seine eigenen Pläne zu verfolgen? Bei diesem Gedanken wurde mich speiübel.

»Er will doch nicht etwa *ihn* auf die Erde holen?« Ich sprach seinen Namen nicht aus und auch meine Worte waren leise, kaum hörbar. »Ist das überhaupt möglich?«

»Wir wissen es nicht«, gab Marie zu. »Aber zumindest den Dolch der Walpurga hat er gestohlen.«

Auf einmal machte alles einen Sinn. Bereitete er wirklich die Umwälzung vor? Zumindest würde das die vielen Morde an Hexen und Reapern erklären. Die Dämonen dünnten unsere Reihen aus, damit wir abgelenkt waren und sie im Verborgenen das Ritual vollziehen konnten. Wenn Maddox dank des

Dolches wirklich seinen Bruder Nikolai auf die Erde holen konnte, würde es bald gar keine Hexen mehr geben. Vor langer Zeit war dieses magische Artefakt mein erster Auftrag hier im Zirkel gewesen. Und nun war er in Maddox Hand.

»Was will er damit?«

Marie atmete tief ein. »Alle Zirkel dieser Welt sind in absoluter Alarmbereitschaft. Du musst wissen, dass Walpurga damals all ihre Macht in diesen Dolch legte, um Bartolomé zu besiegen. Als einzige bekannte Hexe sechsten Grades ist uns ihre Macht immer noch ein Mysterium. Es ist denkbar, dass er seinen Bruder durch diesen Dolch wieder auf die Erde zurückbringen kann.«

»Und die anderen beiden? Baal und Bartolomé? Sind sie bereits in Erscheinung getreten?«

Heftig schüttelte Marie den Kopf. »Zumindest haben wir keine Informationen darüber. Doch wenn alle Kinder des Teufels ihr Blut geben, soll sich ein Tor zur Hölle öffnen.«

Marie blickte zum Fenster hinaus. Draußen regierte das tägliche Treiben der Stadt. »Fakt ist, dass Maddox irgendetwas plant und er in dieser Nacht den Dolch gestohlen hat.«

Ich vergrub mein Gesicht in meinen Händen. Verdammt, was hatte er vor? Dies konnte nicht der Mann sein, mit dem ich Monate lang eine Beziehung geführt hatte. Ich gab Marie die Kurzfassung von meinem Kurztrip nach Mexiko, lehnte mich anschließend zurück und musste meine Tränen unterdrücken.

»Du fühlst dich gerade ziemlich benutzt«, stellte sie fest und streichelte meine Schulter. Ich brauchte jetzt keine Chefin, sondern eine Mutter und sie füllte beide Rollen perfekt aus. »Es war nicht dein Fehler, Isabelle. Es war die Schuld von denjenigen, die ihn in den Zirkel geholt haben. Also meine.«

»Ich muss nach Los Angeles. Heute noch.«

»Nein, du bleibst schön hier. Ich brauche dich. Sollten die Legenden wirklich wahr werden, muss New York der Stützpfeiler gegen die Dämonen sein. Du bleibst hier an meiner Seite.«

Ich biss mir auf die Lippen. Ich wollte nichts anderes, als Maddox wehzutun. »Bitte, gib mir die Freigabe. Ich kenne ihn am besten. Wenn ihn irgenjemand finden kann, dann bin ich das!«

»Nein!«, sagte Marie und erhob sich. »Dies ist mein letztes Wort, Isabelle. Geh nach Hause, schlaf dich aus und morgen früh will ich dich wieder hier im Zirkel sehen. Es gibt viel zu tun.« Sie hielt meine Hand und sah mich eindringlich an. »Kommst du klar?«

»Ja, danke. Geh nur, du hast ein Meeting und einen Zirkel zu führen.«

Ein Kuss auf die Wange folgte, dann war sie im Besprechungsraum verschwunden und ich saß allein in ihrem Büro. Ich fühlte mich machtlos, benutzt und unglaublich müde. Doch wenn mein Körper auch beinahe zusammenklappte, war mein Geist noch hellwach. Es musste doch irgendetwas geben, was ich tun konnte. Gab es nicht irgendeinen Archiveintrag, eine Sage, die man recherchieren konnte oder einen Informanten?

Auf einmal war ich auf den Beinen. Wenn irgendjemand etwas über die Umwälzung wusste, dann war es Bashir. Ein steinreicher Spiegeldämon, der mit magischen Artefakten handelte und schon ewig auf diesem Planeten weilte. Im Laufschritt ging ich zum Aufzug. Dass er mein ehemaliger Liebhaber war, spielte in diesem Moment keine Rolle. Eigentlich eher im Gegenteil. Ira und ich hatten sein Vertrauen missbraucht, ihn verführt und dann einfach so stehen lassen. Von Bashir hatte ich schon Monate nichts mehr gehört. Ich wusste ja nicht einmal, ob er noch in der Stadt war. Trotzdem, einen Versuch war es wert. Obgleich ich ihm nicht übel nehmen konnte, wenn er mich nicht mehr sehen wollte, nach allem, was ich ihm angetan hatte.

Dem Taxifahrer gab ich viel zu viel Trinkgeld, damit er meine Taschen auf die Straße stellte. Unsicher sah ich mich um. Die Fassade des kleinen Antiquitätenladens wirkte urig, fast historisch zwischen all den Hochglanzgeschäften, als hätte man den Laden aus dem Anfang des 19. Jahrhunderts herausgerissen und hier wieder aufgestellt.

Meine Mundwinkel zogen sich amüsiert nach oben, als ich bemerkte, dass ich damit wahrscheinlich gar nicht so falsch lag. Ich wusste natürlich, dass die bemalten Teller, die verschnörkelten Tassen und antiken Bücher hier nicht wirklich das Tagesgeschäft ausmachten. Sofort fiel mein Blick auf die Nachbildung eines Dolches im Schaufenster. Auf einem kleinen Schild unter der Waffe stand in alter Schrift »Saladin, der siegreiche Herrscher«. Ich ging in die Knie, um die Klinge genauer unter die Lupe zu nehmen und in diesem Moment wurde mir klar, dass dieser Dolch tatsächlich dem großen Feldherrn gehört haben musste. Zuzutrauen wäre es Bashir. Immerhin war es nicht das erste unbezahlbare, von den Menschen als nicht existent angesehene Artefakt, welches über Umwege den Weg in seinen Laden gemacht hatte und wofür er astronomische Summen verlangen konnte. Schon bei meinem letzten Besuch war mir dieser Dolch aufgefallen. Diese Waffe schien ein Ladenhüter zu sein.

Nervös drückte ich meine Nase an die Scheibe und spähte in den Laden, dabei musste ich mit der Hand meine Augen vor den Sonnenstrahlen abschirmen. Als Nikolai seine volle Macht wiedererlangen wollte, war auch Bashir drauf und dran gewesen, die Stadt zu verlassen. Inständig hoffte ich, dass er es nicht getan hatte.

Mit einem Entriegelungszauber öffnete ich die Tür. Sofort schlug mir der altbekannte Duft des Antiquariats entgegnen. Ich liebte diesen Geruch und fühlte mich immer wohl, wenn ich bei ihm war. Doch heute war es anders. Ungewissheit und eine Prise Scham waren die vorherrschenden Gefühle in mir, als ich langsam einen Schritt vor den anderen setzte. Wenig Neues war seit meinem letzten Besuch dazugekommen. Noch immer standen die uralten Getränke auf der Anrichte neben der Treppe. Bashir liebte diese kleinen Extravaganzen des Lebens. Teuren Scotch, exquisite Zigarren, feinste Anzüge und glänzende Oldtimer. Natürlich war dieses kleine Ladenlokal nur eine Deckadresse, sein Refugium. Im Hintergrund florierte der Handel mit magischen Artefakten und das schon seit Jahrzehnten, wenn nicht noch länger.

Als ich zum ersten Mal allein hier ein Artefakt abholen musste, waren es nur zufällige Berührungen. Doch dann wurden die Besuche häufiger und damit auch die Zärtlichkeiten. Hier ein verstohlener Blick, dort ein kleines Streicheln, das wie ein Versehen wirkte. Eines Nachts bin ich geblieben. Meine einzige Liebschaft, die über Jahre hielt. Schließlich war der Sex mit ihm ... nun ja ... Bashir war ein Duplikator und konnte sich sooft spiegeln wie es seine Kraft erlaubte.

Vorsichtig ließ ich die Teeküche hinter mir und ging die schmale Treppe hinauf, die zu seiner riesigen Wohnung im ersten Stock führte. Die Tür war nicht verschlossen. Doch hier sah es anders aus. Früher war dieser Ort geschmackvoll eingerichtet gewesen, mit Schätzen aus aller Herren Länder und teurer Technik. Jetzt erinnerte nichts mehr daran. Pizzaschachteln lagen neben der Tür, Staubmäuse flogen über den Boden und bewegten sich mit jedem Windzug. Dazu konnte ich etliche leere Whiskeyflaschen erkennen. Die Wandbilder waren abgenommen, die Einrichtung verschwunden. Alles deutete darauf hin, dass Bashir nicht mehr hier war und auch nicht vorhatte, zurückzukommen. Ein kurzer Blick in das riesige Bad bot einen Hoffnungsschimmer für mich. Zumindest diese Utensilien waren noch vorhanden. Ich schlich auf den Flur und öffnete leise die Tür zum Schlafzimmer. Auch hier war alles anders. Die Wände waren kahl, das Himmelbett nicht mehr vorhanden. Alle Möbel schienen sich in Luft aufgelöst zu haben. Lediglich eine Matratze und die Decke waren noch vorhanden. Vorsichtig näherte ich mich. Tatsächlich, im schummrigen Licht erkannte ich den schlafenden Bashir. Ich hielt den Atem an, als ich meine Hand ausstreckte und ihn berühren wollte.

»Keine Bewegung.«

Mein Herz setzte für einen Moment aus, als ich die Klinge an meinem Hals spürte und an den Haaren zurückgezogen wurde. An meinem Rücken spürte ich den muskulösen Körper des Dämons.

»Es ist lange her, Isabelle«, sagte der Bashir, der eben noch geschlafen hatte und drehte sich zu mir. Nur kurz konnte ich mich umdrehen. Der Rollkragenpullover spannte ein wenig über seinem muskulösen Oberkörper. Die dunklen, schulterlangen Haare hatte er zurückgekämmt und mit ein wenig Haarwasser geglättet. Ganz im Gegensatz zu dem Bashir, der mich jetzt hellwach vom Bett aus ansah. Sein Oberkörper war nackt. Er lehnte sich gegen die Wand und schien mir in diesem Moment in die Seele blicken zu wollen.

»Warum bist du zurückgekehrt?«, wollte der Bashir hinter mir wissen.

Die Duplikate sprachen wie Bashir, dufteten wie er, sie hatten sogar seine Emotionen. Doch sterben konnte nur der wahre Bashir. Ein praktischer Vorteil, wenn man gefährliche Jobs annahm.

Plötzlich begann ich zu stottern. Das lag nicht an dem Dolch, der an meiner Kehle ruhte. Ich erkannte die eingravierten Ornamente. Es war Saladins Dolch, er musste mir also gefolgt sein, als ich seine Wohnung betreten hatte.

»Ich ... ich wollte mich bei dir entschuldigen. Und ich brauche deine Hilfe.«

Er nickte, fasste sich an das glattrasierte Kinn und musterte mich von oben bis unten. Ein Mann, der sich zum Denken noch Zeit ließ. So reif, so erfahren, dass ich mich in seiner Gegenwart immer wohlfühlte und mir beschützt vorkam. Der Bashir im Bett bedachte mich mit einem verstehenden, umwerfenden Lächeln. Normale Menschen würden ihn vielleicht für einen sehr attraktiven Mittdreißiger mit jugendlichen Gesichtszügen halten. Ich wusste es besser, obwohl sein richtiges Alter auch mir verborgen blieb und er sein wahres Geburtsjahr wie einen kostbaren Schatz hütete.

»Wofür entschuldigen? Dass du Informationen aus mir herausgepresst hast, die mein Leben hätten kosten können? Dass du mich nach all den Jahren verrietst, oder dass du dich seitdem nicht mehr gemeldet hast? Die Auswahl ist groß, Isabelle.«

Einen Moment lang überlegte ich. Ich war schwach, todmüde und konnte wahrscheinlich nicht einmal mehr eine Kerze zum Schweben bringen. Und er war ein uralter Spiegeldämon. Sollte es zum Kampf kommen, würde ich mit Sicherheit den Kürzeren ziehen. Doch das war nicht, was ich wollte. Eigentlich sollte ich gegenüber dem Dämon nur Dankbarkeit empfinden, doch die alten Gefühle brachen wieder durch.

»Für alles«, hauchte ich schließlich und ließ meine Arme sinken. »Es tut mir unendlich leid, Bashir. Verzeih mir.«

Ich meinte es ehrlich.

Plötzlich war alle Wut aus dem Gesicht des im Bett liegenden gewichen. Er nickte, dann fiel der Dolch vor mir auf den Boden und der Dämon hinter mir ging auf das Bett zu. Es war, als würde ein Lichtblitz das Zimmer erhellen, als der Spiegel sich auflöste und der richtige Bashir für einen Moment die Augen schloss. Dann standen wir allein im Zimmer.

»Du solltest dein Gepäck nicht auf offener Straße stehen lassen, ich habe es im Gästezimmer untergebracht. Wir leben in New York. Ist zwar nicht ganz so schlimm, wie damals zu Zeiten der Five Points und der Gangs, aber trotzdem ist es immer noch gefährlich.« Hinter Bashirs Stirn arbeitete sein

Verstand. Mehrmals fuhr er sich durch die Haare. »Bist du allein?«

Ich nickte.

»Meinst du deine Entschuldigung ernst oder hast du einfach nur Probleme?«

Mein Kopf begann zu schwirren. Die letzten Tage ... Es war einfach alles zu viel für mich gewesen. Ein weiteres Mal schossen mir Tränen in die Augen. Ich ließ mich neben ihm auf das Bett sinken, atmete den Duft seiner Haut ein und als meine Wange seine Schulter berührte, brachen bei mir alle Dämme.

»Beides«, hauchte ich mit tränenreicher Stimme.

Ich fühlte seine Hand auf meiner Schulter. Es tat unendlich gut, dass er wieder in meinem Leben war. Bashir tätschelte meinen Hinterkopf und wartete geduldig, bis der Tränenfluss versiegt war.

Schließlich reichte er mir ein Taschentuch und sagte: »Hin und wieder haben wir alle mal das Gefühl, dass wir die Last nicht tragen können, die auf unseren Schultern liegt.«

Ich blickte in das schmale Gesicht des Mannes. Auch wenn seine Wohnung aussah, als hätte hier eine Horde Sumpfdämonen gehaust, war er immer noch derselbe. Seine Stimme war ruhig, besonnen, als hätte er für alles eine Antwort. Ein weiteres Mal schaffte er es, dass ich mich augenblicklich besser fühlte.

Mit dem Taschentuch wischte ich meine Tränen ab, schniefte mehrmals und hauchte: »Er ist gegangen. Hat die Beziehung einfach beendet. Von heute auf morgen.«

»Das habe ich mir schon gedacht. Die Gerüchteküche brodelt, musst du wissen. Ist er wirklich ein Sohn des Teufels?«

Ohne Bashir in die Augen zu sehen, nickte ich.

»Der jüngste von ihnen, Maddox«, flüsterte ich, als könnte allein die Aussprache seines Namens alte Wunden aufreißen. Kurz sah ich mich um und blickte Bashir in die Augen. »Wieso sieht es hier so aus? Läuft das Geschäft mit den magischen Artefakten nicht gut?«

Bashir lachte auf. »Sicherheitsmaßnahmen. Die Dämonen mögen keine Verräter. Ich hatte mehrmals Besuch von Magiern, Vampiren, sogar ein paar Schlangendämonen sind die Treppe hochgekrochen.«

»Creepy?« Diese kleine, schleimige Kreatur stand schon lange auf meiner Liste.

»Nein, der nicht. Er hätte auch viel zu viel Angst davor. Aber nach dem Kampf gegen Nikolai gab es ein paar Unruhen. Ich habe die wichtigsten Exponate an einen sicheren Ort geschafft und die Wohnung ein wenig ...« Er suchte nach dem richtigen Wort, deutete dabei mit den Fingern an die Wände. »... umdekoriert. Deshalb auch der Spiegel als Wachposten. Es ist einfach sicherer, wenn die Dämonen dir einen Besuch abstatten und meinen, dass man längst schon unbekannt verzogen ist.«

Kluger Bashir. Mein nächster Gedankengang war, dass ich diejenige war, die ihm das eingebrockt hatte.

»Bashir, ich kann mich gar nicht genug entsch...«

»Das ist nicht nötig«, unterbrach er mich sofort, aber mit sanfter Stimme. »Die Geschäfte laufen besser denn je. Gerade die Nachfrage nach magischen Artefakten ist so groß, wie selten zuvor. Ich denke, das hängt mit den Ereignissen in Los Angeles zusammen.« Ich spürte seine Lippen an meiner Stirn. »Und, wie geht es dir nach der ganzen Sache?«

»Ich bin so wütend und habe gleichzeitig so viel Angst. Was ist, wenn er mich nur ausgenutzt hat, um seinen Bruder auf die Erde zu holen. Ist es wirklich möglich?«

Bashir atmete tief. »Es gibt magische Artefakte, denen nachgesagt wird, dass sie so etwas vollbringen können. Der gestohlene Dolch ist so ein Gegenstand.«

»Du weißt davon?«

»Informationen sind mein Geschäft. Eventuell könnte die Büchse der Pandora, vielleicht Himmelstränen, es schaffen, ihn auf die Erde zu holen. Auf jeden Fall brauchst du ein überaus mächtiges Artefakt für so eine Schleusung.«

Mir lief es heiß und kalt den Rücken hinunter. »Keiner weiß, wo die Büchse geblieben ist und Himmelstränen sind ein Mythos.« Ich richtete mich auf. »Oder?«

»Himmelstränen sind das Pendant zum Höllenfeuer, das du gerade um den Hals trägst. Übrigens ein wunderschönes Exemplar. Wenn du es mal zu Geld machen möchtest …«

»Nein, danke.«

Er lachte kurz auf. »Angeblich haben sie die Essenz des Himmels in sich vereint. Zerdrückt man das Glas, ist es denkbar, dass so viel Energie freigesetzt wird, dass Nikolai wieder auf die Erde könnte. Sollte Maddox dem Bösen verfallen sein und alle Kinder ihr Blut vereinen, könnten sie ihren Vater auf die Erde holen. Und damit meine ich nicht eine temporäre Präsenz, sondern dauerhaft. Du musst wissen, Isabelle, dass er nicht nach den Regeln spielt.«

»Es hört sich so an, als würdest du ihn kennen.«

»Nein, weder ihn noch seine Söhne. Und dabei möchte ich es auch belassen.« Bashir streichelte mein Kinn und blickte mir tief in die Augen. In diesem Moment wollte ich ihn küssen, jedoch hielt er inne. »Wenn ich sehe, was Maddox dir angetan hat, weiß ich, warum ich all die Jahrhunderte von dieser Seite nichts wissen wollte. Eigentlich müsste ich den jungen Reaper dafür zum Duell auffordern.«

Bei diesem Gedanken musste ich schmunzeln. Es wäre interessant zu wissen, wie oft Bashir mit seinem Sekundanten zu einem Duell gehen musste. »Wir sind nur leider nicht mehr in der Renaissance und benutzen automatische Waffen. Aber vielen Dank.« Ich atmete tief. Nach und nach legte sich ein dunkler Schleier über meine Augen.

»Schlaf ruhig, kleine Isabelle, hier bist du sicher.« Ich spürte seine zarten Lippen an meiner Stirn. »Ich werde dir einen Tee kochen, warte hier.«

Ich wollte ihn nicht gehen lassen und klammerte mich an seinen Arm. Die Wärme seiner Haut, sein Duft, allein die Anwesenheit des Mannes beruhigte meine Sinne. Meine Augen wurden schwer, alles um mich herum wurde dunkel. »Bitte schick einen deiner Spiegel«, murmelte ich kraftlos.

Trotzdem drückte er mich zärtlich nach oben und bettete mich auf das Kissen. »Die Duplikate kosten viel Kraft, junge Hexe.«

Ich bekam nicht mehr mit, wie er den Raum verließ.

***

Die Finsternis hatte ihr dunkles Tuch bereits über die Stadt geworfen, als ich aufschreckte. Ein kleines Nachtlicht in der anderen Ecke beleuchtete das Zimmer. Ich fühlte mich erholt.

»Bashir?«, rief ich.

Ich hörte schwere Schritte, dann öffnete sich die Tür zum Schlafzimmer. »Du bist wach«, stellte er freudig fest. Sofort drang der Duft von frisch gebackenem Brot in meine Nase. »Gerade richtig, ich habe Frühstück zubereitet.«

Schnell rieb ich mir den Schlaf aus den Augen und setzte mich mit ihm in die Küche. »Ich habe Neuigkeiten für dich«, sagte Bashir und reichte mir das Brot. »Natürlich sprechen alle meine Informanten über den vierten Sohn des Teufels, Maddox. Doch keiner weiß, wo er sich aufhält, was er vorhat oder wann es passieren wird. Aber es gibt jemanden, der dir diese Informationen geben kann. Er ist allerdings äußerst scheu und du wirst ihm persönlich einen Besuch abstatten müssen, wenn du mit ihm sprechen willst.«

»Wo finde ich ihn?«, fragte ich.

»In Los Angeles. Nimm im Morgengrauen am letzten Tag des Monats ein Bad im Pazifischen Ozean. Er ist informiert und wird dich finden.«

»Ich nehme an, dass er kein Mensch ist?«

»Oh, nein«, erwiderte Bashir. »Er ist viel älter als ich und spricht eigentlich nicht mit Sterblichen. Doch ich habe ihn überreden können und bei dir wird er eine Ausnahme machen.« Er erhob sich und fügte hinzu: »Wenn es dir nichts ausmacht, würde ich jetzt gern ein Bad nehmen.«

Tief in meinen Überlegungen starrte ich auf den Küchentisch. Irgendwann ließ ich Messer und Gabel sinken und erhob mich. Als würde ein magisches Band mich zu ihm ziehen, öffnete ich die Tür zum Badezimmer.

Bashir lag entspannt im Schaumwasser und blickte an die Decke. Erst als ich näher kam, entdeckte er meine Anwesenheit. »Isabelle, ist alles in Ordnung mit dir?«

Ich antworte nicht, zog mein Top und den BH aus und schritt zu ihm. Obwohl ich meine Hose noch trug, legte ich mich auf ihn. Es war, als küsste ich die Vergangenheit, als unsere Lippen sich berührten. Ich schloss die Augen, genoss seine zärtlichen Berührungen und konnte mich einfach fallenlassen.

Bashir fasste mein Gesicht mit offenen Händen und sah mich an. »Du musst das nicht tun. Du hast Maddox.«

Ich nahm eine seiner Hände, drückte sie beiseite und durchbrach mit meiner Zunge seine Lippen. Langsam küsste ich die Wangen des Dämons und legte meine Lippen an sein Ohr.

»Ich will ihn vergessen. Hilf mir dabei ...«

Mit diesen Worten stand ich auf und versuchte, meine nasse Hose herabzustreifen. Doch bereits der Knopf machte mir Probleme. Dabei zitterten meine Finger. Als ich zweimal einen altbekannten, metallischen Ton vernahm und ich kurz geblendet wurde, schloss ich die Augen. Im nächsten Moment spürte ich, wie sich zwei erhitzte Männerkörper von hinten an mich schmiegten.

»Lass dir von mir helfen«, flüsterte der eine.

»Entspann dich«, hauchte der andere.

Schnell waren meine Hose und der Slip ausgezogen. Ich stieg in die Wanne und legte mich mit dem Rücken an die Brust von Bashir. Er löste mein Haarband, küsste meinen Nacken und streichelte langsam meinen Bauch.

»Ich habe das vermisst«, wisperte er in mein Ohr.

»Ich auch.«

Seine Spiegel begannen, langsam meine Füße zu massieren.

Nicht so, dass es kitzelte, der Druck war genau richtig, um die Muskeln zu entspannen und gleichzeitig ein Wohlgefühl in mir aufsteigen zu lassen. Sie arbeiteten sich zu meinen Waden vor und ließen auch ihnen diese Prozedur zuteilwerden. Innerhalb von wenigen Herzschlägen fiel der ganze Stress und alle Überlegungen der letzten Tage von mir ab. Automatisch legte ich meinen Hinterkopf auf Bashirs Brust und genoss die Wärme des duftenden Schaumwassers auf meiner Haut. Behutsam küsste er meine Schläfe und begann, meinen Nacken zu massieren. Ein weiteres Geräusch seiner Duplikate bekam ich kaum mit. Nur kurz öffnete ich die Augen. Sie waren nun zu fünft. In der großen Wanne massierten zwei der Spiegel weiter meine Füße und Waden, während die anderen beiden neben mir saßen. Langsam nahmen sie meine Hände an sich und streichelten die Innenflächen meiner Arme. Mit zwei Massageschwämmen fuhren sie die empfindliche Haut ab, bis sie meine Hände erreicht hatten. Die Spiegel ließen sich Zeit, während sie jeden Finger einzeln massierten und schließlich langsam den Handballen umkreisten. Es war, als würde ich im Wasser treiben. Zehn Hände bereiteten meinem Körper wundervolle Entspannung. Ich konnte gar nicht anders, als loszulassen, während die beiden Spiegel sich langsam zu meinem Unterkörper herabarbeiteten. Zärtlich streichelten sie die Innenseiten meiner Schenkel, massierten die Haut und lösten mit jeder Bewegung ein Lustgefühl in mir aus. Ich spürte, wie meine intimste Stelle zu pochen begann. Auch meine Brustwarzen wurden zärtlich unter Wasser von den beiden Spiegeln gestreichelt. Erst waren es nur ihre Fingerkuppen, die sie über meine Haut fahren ließen. Dann nahmen sie die Schwämme hinzu. Ein leichtes Stöhnen entrang sich meiner Kehle, als sie mich ein Stück nach oben drückten, kühle Luft auf meine Knospen bliesen und anschließend mit dem Schwamm über diese Hautpartien fuhren. Etliche Minuten wiederholten sie ihre Zärtlichkeiten. Gleichzeitig waren die beiden Spiegel an meinem Unterleib angelangt. In kreisenden Bewegungen streichelten ihre Hände über meine Schamlippen, berührten wie zufällig meinen Kitzler und ließen mich zusammenschrecken. Doch Bashir hatte mich fest im Griff. Zwei starke Arme waren um mich geschlungen. Wie sehr ich mich auch bewegen wollte, meine Beine und Hände wurden festgehalten und zeitgleich massiert, während Bashir meinen Hals mit Küssen bedeckte. Nur kurz öffnete ich die Augen. Bashir packte meinen Zopf, dabei brannte sich sein Blick in mich hinein. Ein leidenschaftlicher Kuss folgte, bei dem einer seiner Spiegel tief in mich eindrang. Die anderen streichelten meine Brustwarzen, meinen Kitzler und hielten mich im Zaum. Ein paar Momente konnte ich standhalten, dann begann mein Körper zu zittern. Meine Lust fackelte wie ein Inferno, als mich die fünf immer weiter reizten und mir keine Gelegenheit gaben, mich zu wehren. Ich stöhnte laut vor Lust. Kaum war es mir gelungen, mich von der einen Hand loszureißen, waren sofort zwei andere Arme da, die mich zurückhielten. Es war mir nicht möglich, Bashirs Finger von meinem Kitzler zu nehmen. In kreisenden Bewegungen streichelte er meine intimste Stelle, bis ich kurz davor war zu kommen. Erst dann hatten sie Erbarmen mit mir und hielten ein paar Atemzüge inne.

»Lass dich fallen«, hauchte Bashir und zog mich zu sich.

»Du hast sowieso keine Möglichkeit, dich zu wehren«, ergänzte einer seiner Spiegel und küsste mich.

Als er seine Lippen von mir löste, war direkt ein anderer zur Stelle, der mit seiner Zunge in mich eindrang.

»Wenn du nicht lieb bist, dann muss ich dich fesseln.«

Sie wechselten sich mit ihren Worten ab, flüsterten mir erotische Anzüglichkeiten ins Ohr und drangen dabei wieder in mich ein. Während die Hände mich zurückhielten, begannen die Finger seiner Spiegel nun auch meinen Po zu streicheln. Wieder reizten sie in hauchzarten Bewegungen die sensible

Haut, spielten mit mir und ließen dabei keine Stelle aus. Ich war ihre Gefangene der Lust, ihr Spielzeug, mit dem sie verfahren konnten, wie es ihnen beliebte. Dabei brachten sie mich mehrere Male bis kurz vor den Orgasmus, hielten dann inne, um mich zu küssen und begannen ihr Spiel von neuem. Mittlerweile war mir ganz schwindelig. Kraftlos trieb ich auf Bashirs Brust, ließ mich von seinen Spiegeln verwöhnen, während ich versuchte, Herr meiner eigenen Begierde zu werden. Meine Schenkel wurden auseinandergedrückt, mit festen Griffen gepackt und als nächstes spürte ich eine Zunge durch meinen Spalt ziehen. Dann eine zweite, die meinen Kitzler verwöhnte. Ich wollte aufstöhnen, aber schon waren wieder Lippen da, die meine versiegelten. Auch die Finger an meinem Po hatten kein Erbarmen und trieben meine Lust mit ihren Bewegungen weiter an. Erneut war ich kurz davor zu explodieren, als meine Arme gepackt wurden und ich auf einen der Spiegel gesetzt wurde. Allerdings ließen sie meinen Unterleib nicht hinabgleiten. Bashirs Eichel dehnte mich ein Stück, nur um sich im nächsten Moment wieder zurückzuziehen. Die erhitzten Männerkörper brannten auf meiner Haut. Immer wieder drückten sie meine Pussy auf seinen Schwanz, ließen ihn kurz in mich gleiten und halfen mir dann wieder hoch. Die Wollust brannte in mir, mit einer Hand versuchte ich mich auf ihn zu ziehen – wieder waren sofort Hände da, die mich davon abhielten und meine Arme zärtlich auf den Rücken drehten. Die durchtrainierten Körper von Bashir glänzten und waren mit Schaum bedeckt. Mittlerweile machte ich gar nicht mehr den Versuch, mich zu wehren, als ich erneut auf den Penis gedrückt wurde. Diesmal ließen sie ihn. Mir verschlang es den Atem, als der Spiegel sein Becken durchdrückte und noch einen Zoll tiefer in mich drang. Seine Bewegungen waren langsam und kraftvoll, sodass ich bei jedem Stoß nicht wusste, ob ich gleich schon kommen würde.

Zwei der Männer erhoben sich und drückten mich ein Stück nach vorn. Sofort wusste ich, was sie vorhatten. Ich hatte das Gefühl, in Flammen aufzugehen, als ich den Penis von Bashir an meinem Po spürte. Nur wenige Sekunden hielt ich das aus, dann wurde der Druck zu groß und ich verdrehte vor Verlangen die Augen. Doch auch seine Penisspitze zog er wieder aus mir heraus. Der Schwanz in meiner Pussy ruhte, als die andere Eichel mich dehnte. Er drang nur ein Stück in mich ein, als sich ein Bashir neben mich kniete.

»Wie gemein das sein muss«, flüsterte er verheißungsvoll. »Du kannst nichts machen, wirst von fünf Männern festgehalten, während der Druck in dir immer mehr zunimmt.« Die Zeit schien langsamer zu laufen, als er weiter in mich eindrang. »Doch wir werden dich nicht einfach so kommen lassen.«

Seine Worte heizten mich noch mehr an. Es war ein perfekt abgestimmtes Spiel, dem ich ausgesetzt wurde. Mein Widerstand war völlig zum Erliegen gekommen. Ich war außer Gefecht gesetzt, nur noch eine Sklavin meiner eigenen Lust. Die fünf Männer konnten mit mir machen, was sie wollten und das schienen sie ausnutzen zu wollen. Erneut stoppten sie ihre Bewegungen, als würden sie etwas erwarten. Als ich versuchte, selbst den Takt zu bestimmten, wurde ich festgehalten. Ich fühlte mich, als würden Seile meinen Körper umschließen, so hart war ihr Griff. Nur mit Mühe konnte ich meinen Kopf ein wenig drehen. Ein Penis ragte direkt neben meinem Gesicht auf. Er glänzte vom Wasser. Mit der Zunge schaffte ich es, über die Eichel zu streicheln. Anscheinend war das genau das, was Bashir wollte. Meine Zungenspitze strich über das Bändchen, fuhr die Rillen ab, während die zwei Schwänze in mir wieder in rhythmischen Bewegungen meine Lust befeuerten. Endlich konnte ich meine Lippen auf seine Eichel drücken und die gerötete Haut liebkosen. Die Zunge presste ich dabei in den Schaft und versuchte, meine eigene Lust zu unterdrücken. Es misslang mir vollends.

Alle meine Löcher wurden nun von ihnen genommen. Ich saugte seinen Penis, in der Hoffnung, dass auch er es bald nicht mehr aushalten würde. Nur noch gedämpfte Laute kamen aus meinem Mund. Sie fickten mich einfach wie sie wollten und drückten sich tief in mich hinein. In mir brodelte es. Mehrmals war ich kurz davor zu explodieren. Doch im letzten Moment zogen sie mich zurück. Mit dem Rücken wurde ich wieder auf Bashir gelegt. Heftig zog ich Luft in meinen Körper, als er meine Brüste knetete und den Nacken küsste. Wieder wurden meine Schenkel gespreizt und die Arme unter Wasser festgehalten. Zärtlich legte sich ein Spiegel auf mich und drang in mich ein. Ich hatte das Gefühl, als würde er mich komplett ausfüllen. Dabei ging er in die Knie und drückte sein Becken nach vorn. Es folgte ein tiefer Kuss von einem der Spiegel. Schließlich ließ er sich herabgleiten und leckte meinen Kitzler, während ein anderer mich durchfickte. Unbeschreibliche Gefühle malträtierten meinen Körper. Ich hätte jetzt jede Sekunden kommen können. Wieder und wieder drang Bashir in mich ein, dazu wurde ich so heftig geleckt, dass ich es nicht mehr aushielt. Im letzten Moment zog er seinen Penis aus mir heraus.

In dem breiten Whirlpool hätten mehrere Leute Platz gefunden, doch jetzt war es nur noch einer, der sich dort auf die Kante setzte. Seine Finger krallten sich in meinen Pobacken fest. Für einige Sekunden meinte ich, den Verstand zu verlieren, als seine Eichel in mich eindrang, er sich dann wieder leicht zurückzog, nur um anschließend völlig in mich hineinzugleiten. Sein Penis füllte mich komplett aus. Ich hielt die Luft an. In dieser Stellung war es ihm möglich, das Spiel zu kontrollieren und den Winkel perfekt zu verändern, sodass mir nichts mehr übrig blieb, als meinen Kopf auf seine Schulter zu lehnen und mit jedem Stoß lauter zu stöhnen. Meine Fingernägel vergruben sich in seinem Rücken. Mit ein paar heftigen Stößen brachte er mich bis kurz vor die Explosion. Er bemerkte es mit einem leichten Lächeln, fasste mir erneut in die Haare, zog meinen Kopf zurück und liebkoste meine Brüste. Voller Vergnügen biss ich die Zähne aufeinander, als er an meinen Brustwarzen knabberte und ein leichter Schmerz meinen Körper durchfuhr. Dann hielt er inne und bewegte nur seine schmale Taille. Ich wollte kommen, ich wollte explodieren! Doch er hielt mich zurück. Mit einem langgezogenen Stöhnen schlang ich meine Beine um ihn, wollte ihn reiten, um mir die süße Erleichterung zu verschaffen. Doch schon waren seine Abbilder wieder bei mir, hielten meine Handgelenke und meine Beine fest. Zwei standen neben mir und hielten meine Arme in die Luft, sodass ich nicht mehr imstande war, mich näher an seinen Körper heranzuziehen. Dann spürte ich einen weiteren Schwanz an meinem Arsch und einen massigen Körper an meinen Rücken. Erst rieb er ein wenig, doch als der Druck zunahm und ich ihn gewähren ließ, schrie ich vor Lust. Abwechselnd glitten die zwei Penisse nun in mich hinein. Diese unglaubliche Enge konnte ich nicht länger ertragen. Es war kein Schmerz, der meinen Körper durchzog, eher ein Gefühl, als würden meine Lustpunkte nicht von einer, sondern von mehreren Seiten gereizt. Er drückte mich grob nach unten, ich war nun völlig bewegungsunfähig, ihnen hilflos ausgeliefert. Mit verdrehten Augen biss ich in seine Schulter. Ich war halb in der Luft, getragen von starken Männerarmen. Das Blut zwischen meinen Beinen rauschte gewaltig. Ich schloss die Augen und ließ die Hand, die meine Haare gefasst hielt, meinen Kopf führen.

Der Bashir auf dem ich saß, nahm meinen Hinterkopf und drückte mich nahe an sich heran. Schwer atmend kamen seine feuchten Lippen an mein Ohr.

»Du darfst ...«

Seine Worte machten mich rasend. Ich war seine Gefangene und ich liebte es, wollte meine Beine an seinen Körper pressen, doch die anderen ließen es nicht zu. Ihre Schwänze drückten in meine beiden Löcher, sodass ich mit jedem Stoß weitergetrieben wurde. In seine Schulter verbissen, nahm ich nichts anderes mehr wahr, als rauschende Wellen, die mich erfassten und von einem Schrei in den nächsten gleiten ließen.

»Ich muss nach Los Angeles.« Tief in meinen Gedanken verloren, starrte ich an die Badezimmerwand. Die Spiegel waren verschwunden, es war nur noch Bashir, der hinter mir saß und mit kräftigen Bewegungen meinen Rücken massierte. Egal, wie gut der Sex mit ihm und seinen Duplikaten war, und gleichgültig, wie sehr ich seine Massagen liebte, irgendetwas hielt meinen Verstand an Maddox fest. Hatte ich etwas übersehen? Einen Satz, den er gesagt hatte? Eine Geste, die mir entgangen war und sich in meinem Unterbewusstsein festgesetzt hatte? Irgendetwas stimmte nicht. »Gibt es in der magischen Welt vielleicht so etwas wie ein Portal? Ich muss schnellstmöglich nach Los Angeles.«

Ein amüsiertes Lachen war hinter mir zu vernehmen. »Eben mal kurz an die Westküste und dann zurück, ohne dass irgendjemand etwas davon mitbekommt? Nein, Isabelle. Da enden selbst die Grenzen der Magie.« Er fasste meine Schultern und zog mich an seine Brust. Ein langer Kuss auf meine Stirn folgte. »Ich bin ein Spiegeldämon und bei weiten nicht allwissend. Wenn du unbedingt an die Westküste musst, dann wäre es das Klügste, deiner Chefin die Dringlichkeit der Lage zu erklären. Vielleicht hast du Glück.«

Obwohl es nicht die Worte waren, die ich hören wollte, gab ich mich damit zufrieden. Was hatte ich auch erwartet? Irgendeinen Stein, den man gegen die Wand wirft und der mal eben so ein Portal erschafft? Wenn man täglich mit magischen Artefakten zu tun hatte, fiel es einem schwer unsere Realität von der der Menschen zu unterscheiden. Es war ein schmaler Grat, auf dem wir wandelten.

Ich genoss noch ein paar Minuten seine Zärtlichkeiten, stieg schließlich aus der Wanne und blickte nach draußen. New York wurde von unzähligen Werbetafeln und Spots erleuchtet, unten flanierende Menschen, die ihr Dasein in ruhiger Ungewissheit lebten, Taxen hupten und von irgendwoher war eine Polizeisirene zu hören. Die Stadt, die niemals schlief, machte ihrem Beinamen alle Ehre.

Bashir hatte recht.

Mit zittrigen Fingern nahm ich mein Handy und wählte die Büronummer von Marie. Erst nach drei Wartezeichen hob eine Hexe ab und teilte mir mit, dass Madame de la Crox derzeit in einer Besprechung und nicht im Zirkel sei.

Sofort wurde ich stutzig. Mein nächster Anruf galt ihrem privaten Mobiltelefon. Hier erreichte ich nur die Mailbox. Stirnrunzelnd legte ich das Gerät beiseite und blickte wieder nach draußen. Marie machte ihr Handy nie aus. Sie lebte, atmete – sie war der Zirkel. Es sei denn ...

Innerhalb von kürzester Zeit hatte ich mich abgetrocknet und mir frische Klamotten angezogen.

»Kannst du mir ein Taxi bestellen?«, rief ich ins Badezimmer, während ich meine Koffer sortierte.

»Musst du so schnell wieder los?«, ertönte Bashirs Stimme.

Ich wusste, dass ich eigentlich nicht so gehen sollte. Trotzdem führten mich meine Schritte ins Bad, wo eine warme Wand aus Nebelschwaden mir das Atmen erschwerte. Bashir lag immer noch entspannt in der übergroßen Wanne, breitete beide Arme aus und bedachte mich mit einem interessierten Blick.

»Vielen Dank für alles. Das werde ich dir niemals vergessen.« In einer Bewegung legte ich meine Hand auf seinen Hinterkopf, kniete mich zu ihm und drückte dem Dämon einen Kuss auf den Mund.

Er sah mich an, als wüsste er genau, was ich nun vorhatte. »Sei vorsichtig, Isabelle.«

Ein Lächeln zum Abschied musste genügen, dann nahm ich meine Koffer und verließ seine Wohnung.

***

»Sind Sie sicher, dass Sie hier raus wollen, junge Dame?« Unsicher und mit einer gehörigen Portion Skepsis sah sich der

Taxifahrer um. Er war leicht untersetzt und trug eine dieser Herrenkappen, die mittlerweile wieder modern waren, jedoch konnte man bei ihm sehen, dass er das Ding schon ewig trug. Mehrmals fuhr er sich über den Schnauzbart und warf dann einen Blick auf den angezeigten Fahrpreis. Als ich ihm mein Reiseziel sagte und wir über den Brooklyn Battery Tunnel in Richtung Red Hook fuhren, hielt er mich wahrscheinlich für eine Satanisten oder so etwas in der Art. Paradoxerweise war genau das Gegenteil der Fall.

Marie de la Crox wohnte im Green-Wood-Cementry. Zumindest, wenn sie sich einmal von dem Chefsessel des Zirkels losreißen konnte. Auf der Westseite von Brooklyn gelegen, residierte die Chefin des Zirkels Ost hier hinter dicken Bäumen auf einem Friedhof. Bei Tag gab es keinen schöneren Ort in ganz New York. Doch bei Nacht hatte es eher den Anschein, als würde der Park einer Horrorkulisse entstammen.

»Hier ist es genau richtig«, sagte ich gleichmütig und ließ den Fahrer halten.

Nichts mehr war zu sehen von den strahlenden Lichtern, die New York ausmachten. Hier war es dunkel und die Nachttiere hatten nun die Regentschaft über das Areal. Ich gab zwanzig Dollar Trinkgeld, damit der Fahrer meine Koffer auf die offene Straße stellte. Es war nicht nötig, dass er die alte Stadtvilla sah, zu der ich hin wollte. Dem Mann konnte es gar nicht schnell genug gehen. Noch bevor ich etwas zum Abschied sagen konnte, war er mit quietschenden Reifen verschwunden.

Mein Gepäck legte ich hinter eine große Eiche im Park, nur meine Handtasche und die Videokamera nahm ich mit. Maries Haus schmiegte sich an den Wald und wäre in der Dunkelheit gut zu übersehen gewesen, wenn man nicht gewusst hätte, dass es tatsächlich existierte. Mir war bewusst, dass auf dem Gelände dutzende Schutzsteine versteckt waren. Barrieren und Bannsprüche hielten den anderen dämonischen Abschaum von der Villa entfernt. Tausende Male hatte mich Marie hierhin mitgenommen – alles schöne Erinnerungen.

Im Inneren der Villa brannte kein Licht. Trotzdem schritt ich zielstrebig auf die Eingangstür zu. Für Dämonen war es beinahe unmöglich, hier rein zu gelangen, doch für Menschen war es ein Kinderspiel. Zumindest wenn man wusste, wo man suchen sollte.

Behutsam schlich ich die Veranda entlang und lugte um die Ecke. Myrs alter Chrysler glänzte im fahlen Licht des Mondes. Aha, der einzige Grund, warum Marie de la Crox ihr Handy ausschaltete, waren die kurzen Intermezzos mit dem Chef der Reaper.

Während ich vorsichtig einen Schritt vor den anderen setzte, erkannte ich fahles Licht, das von drinnen auf die Wälder schien. Sie hatten sich Kerzen angezündet und zwei halbvolle Gläser Wein standen auf dem Tisch. Ich musste noch einen Schritt nach links machen, um die beiden endlich zu erspähen. Wie zwei verliebte Teenager knutschten sie auf der Couch. Dabei war Myrs' Hand unter die Bluse von Marie gerutscht und streichelte ihren Busen durch den BH. In ihren Küssen erkannte ich Leidenschaft, Lust und vielleicht sogar so etwas wie Liebe. Ich hatte ihre Beziehung nie hinterfragt und würde es auch weiterhin nicht tun, jedoch musste ich nun eine Freigabe bekommen und war bereit, den Preis dafür zu zahlen. Ohne die beiden aus den Augen zu lassen, holte ich die Kamera hervor und begann zu filmen. Vom Fenster in der Dunkelheit aus hatte ich einen hervorragenden Blick.

Myrs begann, Maries Wangen zärtlich zu küssen. In Zeitlupe arbeitete er sich zu ihrem Hals vor. Dabei schloss sie die Augen und schien jeden Moment zu genießen. Er küsste ihr Schlüsselbein, öffnete den ersten Knopf ihrer Bluse und legte seine Lippen auf ihren Hals. Dann fasste er ihr in die schwarzen Haare und zog sie spielerisch zurück, damit er sich auf sie legen konnte. Obwohl er seine schwere Uniformhose trug, drückte er im nächsten Moment sein Becken durch. Marie gefiel das anscheinend. Sofort stimmte sie in den Rhythmus ein und legte ihre Arme über den Kopf. Myrs drückte sie an den Handgelenken nach unten, durchbrach mit seiner Zunge ihre Lippen und liebkoste wieder ihren Hals. Sie ließen sich viel Zeit mit ihren Zärtlichkeiten. Während Myrs ihre Haut weiter mit Küssen bedeckte, löste er die Knöpfe ihrer Bluse. Beinahe schon anerkennend nickte ich, als der schwarze Spitzen-BH zum Vorschein kam. Myrs streichelte zärtlich die Innenseiten ihrer Schenkel, fuhr mit den Fingerspitzen über die seidenen Strümpfe und machte kurz vor ihrer Scham halt. Dabei hielt er sie fest umschlungen und küsste ihre Seiten. Immer wieder zog er seine Lippen in langen Zügen über ihre Beine, bis er kurz vor ihrer intimsten Stelle war. Marie drückte ihren Rücken durch. Die Lust stand ihr ins Gesicht geschrieben, als sie sich nach vorn warf und ihre Arme um Myrs' Hals schlang. Die beiden flüsterten sich ein paar Worte zu. Der Chef der Reaper drehte sich leicht und nahm noch einen Schluck Wein. In diesem Moment konnte ich ein lustvolles Grinsen auf seinem Gesicht erkennen. Seine Hände wanderten hinter den Hals.

Schon wie beim ersten Mal, als ich die beiden beobachtet hatte, nahm er die Ritterlilie ab und legte sie fein säuberlich auf den Tisch. Dieses Amulett schützte ihn vor der direkten Magie der Hexen und er gab es freiwillig aus der Hand. Nicht schwer zu erraten, was nun kommen würde. Der Mann erhob sich und legte seine Kleidung ab. Stück für Stück fiel erst sein Shirt, schließlich die kugelsichere Weste und das Unterhemd, anschließend seine Hose, bis seine nackte Haut vom Kerzenschein angeschienen wurde. Selbst durch die Kamera konnte ich seine Erektion erkennen.

Marie hatte sich mit einem Glas Wein zurückgelehnt und genoss lächelnd die Show. Dabei war ihr Blick fordernd und sprühte vor unterdrücktem Verlangen.

Ein paar Momente genoss sie den Anblick, dann erhob sie sich, nahm sein Gesicht in beide Hände und schenkte ihm einen tiefen Zungenkuss. Sofort erkannte ich, was sie vorhatte. Maries Finger zitterten, als sie die Kontrolle über seinen Körper übernahm. Erst versuchte Myrs, sich zu wehren, doch sie streckte mühelos seine Arme und Beine auseinander und drückte ihn gegen die Wand. Wie von unsichtbaren Seilen gehalten, spannte Myrs Körper sich nun vor ihren Augen. Nur in BH und Rock ging sie auf ihn zu, legte ihre Knie an seine Hoden und rieb die Seidenstrümpfe gegen die Unterseite. Dabei flüsterte sie ihm etwas ins Ohr und streichelte mit der Hand seine Brust. Dass Marie eine hervorragende Verführerin war, wusste ich seit dem ersten Mal, als ich die beiden zufällig im Untergeschoss des Zirkels gesehen hatte. Doch hier schien sie vollends in ihrem Element zu sein und der Druck, der auf ihren Schultern lastete, war wie weggeweht.

Die Fingernägel bohrte sie in seine Brust und zog diese herab, sodass ich selbst aus einigen Metern Entfernung die roten Striemen erkennen konnte. Myrs warf seinen Kopf nach hinten und stöhnte auf. Dieselbe Prozedur ließ sie seinem Rücken zukommen. Er war nun verwundbar und musste sich alles von ihr gefallen lassen. Welch eine Überwindung das für den stolzen Chef der Reaper sein musste, konnte ich nur ahnen.

Mehrmals streichelte sie noch mit ihrem Knie seinen Penis, dann ging sie auf die Knie und nahm seine Eichel zwischen ihre Lippen. Sie befeuchtete die Stelle ein wenig, zog sich wieder zurück und legte den Daumen auf das Bändchen. Es waren hauchzarte, kreisende Bewegungen, mit denen sie ihn zum Rasen brachte. Fast behutsam widmete sie sich dieser Stelle und nahm erst später den Zeigefinger hinzu, um den Druck zu erhöhen. Ihre Finger tanzten über seine Eichel, ließen Myrs' Körper mehr und mehr Blut in die empfindliche Stelle pumpen, bis ich selbst durch die Kamera erkennen konnte, dass die Spitze seines Schwanzes dunkelrot anlief. Marie machte einfach weiter, sie schien ihre kleine Tortur genauso zu genießen wie Myrs. Immer wieder befeuchtete sie die Eichel mit wenigen Zungenschlägen, blies kühle Luft auf die Stelle und reizte die Eichel mit ihren Fingern. Zärtlich fuhr sie seinen Penis mit der Zunge ab, nahm ihn dann etwas tiefer in den Mund und ließ ihn in sich gleiten. Jedes Mal, wenn Myrs' Schwanz in ihr versank, presste er die Lider aufeinander und gab sich diesem Lustschmerz hin.

Obwohl ich mir jeden Laut verboten hatte, tippelte ich mittlerweile nervös gegen das Gehäuse der Kamera. So schön dieses Spiel auch war, mir lief die Zeit davon. Kurz überlegte ich, ob ich nicht einfach in die Szene platzen sollte. Doch ich wollte auch Maries Körper in der Aufnahme verewigt haben.

Die Chefin des Zirkels wollte weiterspielen. Sie griff sich unter ihren Rock und zog die Seidenstrümpfe aus.

Als ob sie ihn auf das Kommende vorbereiten wollte, wedelte sie damit vor Myrs' Gesicht. Dann wickelte sie seine Hoden mit den Strümpfen ein und knotete sie zusammen. Während Myrs schmerzverzerrt die Augen zusammenkniff, umwickelte sie mit ihren Strümpfen auch seinen Penis. Der Stoff musste nun wie ein Cockring wirken. Das Blut staute sich und machte die sowieso schon empfindliche Haut noch gereizter. Dann begann ihr Spiel von neuem. Sie drückte ihre Zungenspitze in seinen Schaft, fuhr gleichzeitig mit den Fingernägeln die Rillen seines Penis entlang. Kurz blickte sie nach oben, während ihre Finger seine Eichel reizten. Doch diesmal schaltete Marie einen Gang höher. Den nun abgebundenen Penis ließ sie zwischen ihre Lippen gleiten, bis er tief in ihrem Rachen verschwunden war. Um den Druck zu erhöhen, packte sie an seinen Arsch und bestimmte dadurch den Takt. Myrs' Atmung wurde schwer und die Ader an seiner Schläfe pochte wie wild. Die Geräusche seiner Lust konnte ich selbst durch die Scheibe vernehmen. Nur noch wenige Sekunden, dann würde er sich ergießen.

Doch scheinbar bemerkte das auch Marie. Sie erhob sich, streichelte seinen Nacken und rieb die feuchte Eichel mit der Handfläche. Es folgte ein kurzes Flüstern, dann ging sie wieder auf die Knie und erhöhte mit den Fingern den Druck auf seine Eichel. Myrs schien am Ende seiner Kräfte, als sie ein zweites Mal seinen Arsch packte und den Penis in den Mund nahm. Diesmal ließ sie ihn nicht in sich gleiten, sondern hielt ihn im Mund und leckte ihn mit der Zunge. Dabei kniff sie Myrs ab und zu in die Hoden.

Der Chef der Reaper hatte jede Faser seines Körpers angespannt. Seine Bauchmuskeln glänzten im Kerzenschein und sein Oberkörper wölbte sich hastig, als er ein zweites Mal kurz davor war zu kommen. Ein weiteres Mal stoppte Marie ihn und löste ihre Strümpfe von seinem Schwanz.

Dann kam etwas, das ich nicht erwartet hätte. Das Blut in Myrs Adern musste kochen, als er dabei zusehen musste, wie Marie ihren Körper verführerisch an seinen rieb. Dabei zog sie langsam den Rock aus und spielte mit ihrem BH, bis sie nur noch im Slip bekleidet vor im tanzte. Sie machte einen richtigen Strip für ihn. Mit der Nummer hätte sie in jedem Club des Landes tanzen können. Ich war selbst überrascht, wie sie ihm ihren Arsch hinstreckte, den Tanga leicht nach unten schob und dabei ihren Po an seinem Penis rieb.

Myrs sah nun aus wie ein Stier, der kurz davor war, in die Arena zu stapfen. Seine Augen brannten auf Maries Körper, sie machte ihn mit jeder Bewegung heißer, sodass er bald schon an den unsichtbaren Ketten zerrte. Die Hexe legte ihre Hände auf den Tisch vor ihm und drückte ihren Arsch heraus, während sie langsam den Slip abstreifte. Obwohl es von der Kamera nicht erfasst wurde, war mir sofort klar, dass er nun alles von ihr sehen konnte. Sie wiegte ihren Körper, ging noch ein Stück tiefer, um Myrs noch weitere Einblicke zu schenken.

Dann folgten ein kurzes Lachen von Marie und ein paar anheizende Worte. »... und wenn du möchtest, kannst du mich haben, wo du willst«, war das Einzige, was ich verstehen konnte.

Mehr brauchte er auch gar nicht, um zu wissen, dass sie ihm mit dieser Aufforderung alles anbot, was er sich wünschen konnte. Als sie ihren Arsch erneut herausstreckte, war klar, was sie damit meinte. Sie näherte sich dem hilflosen Myrs, rieb ihren Rücken an seiner Brust und schließlich den nackten Po an der geröteten Eichel. Dann war es endlich soweit. Marie machte eine kurze Handbewegung. Als hätten Geister die unsichtbaren Fesseln gelöst, konnte sich Myrs wieder bewegen. Kurz atmete er durch, dann schoss er auf Marie los. Sofort packte er die zierliche Frau, drückte sie mit der Brust auf den Tisch und drang in sie ein. Kraftvoll schoss sein Becken nach vorn, dabei war eine unbändige Wut in den Augen des Mannes zu lesen. Während er seine Taille hervorstieß, drückte er ihre Brustwarzen zusammen. Marie schien genau das gewollt zu haben. Sie ließ sich widerstandslos von ihm ficken, genoss die harten Stöße tief in sich und ließ sich nun von ihm führen.

Myrs hörte indes gar nicht mehr auf, sein Becken vorschnellen zu lassen. Eine Hand hatte er an ihre Taille gelegt, mit der anderen waren ihre langen, schwarzen Haare fest umschlossen. Die Weingläser fielen auf den Boden, dazu die halbe Dekoration des Tisches. Dies alles war den beiden vollends egal. Wie von Sinnen nahm er die Hexe nun, ließ ihr keine Zeit zum Atmen. Ihr Stöhnen wurde lauter, bis es schließlich für einen Moment erstarb und ihr Gesicht so rot wurde, wie ich es noch nie gesehen hatte. Marie kam in diesem Moment.

Myrs schien das egal zu sein. Er zog seinen Penis aus ihr heraus, packte grob ihren Arm und drückte sie mit dem Rücken auf die Tischplatte. Ihre Beine nahm er auf seine Schultern und glitt erneut in sie hinein. Ich hatte einen erstaunlich guten Winkel und benutzte den Zoom, sodass ich erkennen konnte, dass es wirklich nur die Spitze war, die er immer wieder aus ihr herauszog. Marie versuchte ihn zu fassen, wollte ihn tief in sich haben, doch jetzt war es Myrs, der mit ihr spielte. Er dehnte sie kurz, wartete dann einen Herzschlag und drückte sein Becken durch. Schließlich wurden auch seine Bewegungen schneller. Marie war kurz davor zu kommen, als an meine Ohren auch

Myrs tiefes Stöhnen drang. Er legte noch einmal alle Kraft in seine Stöße, bis er seinen glänzenden Körper auf Marie legte und sie gemeinsam in einem Meer aus Lust versanken.

***

Ich ließ ihnen ein paar Augenblicke, damit sie Luft holen konnten. Mit der Kamera im Anschlag ging ich zur Tür, benutzte einen Entriegelungszauber und trat ein.

»Nicht schlecht ihr beiden!«

Myrs schoss noch immer schwer atmend nach oben und fixierte mich mit brennendem Blick. Sein erster Instinkt war wahrscheinlich, seine Waffe zu greifen. Doch die lag neben seiner Uniform. Als Marie meine Worte hörte, drehte sie sich katzenhaft und formte einen Feuerball. Erst dann erkannte sie mich und ließ das Geschoss in ihrer Hand erlöschen.

Ich nickte, klappte die Kamera zu und beobachtete, wie Marie eine Decke um ihre Schultern warf.

»Was wollen Sie denn hier?«, knurrte Myrs und konnte sich erst langsam dazu bewegen, die Decke von Marie anzunehmen, um sie um seine Hüfte zu schwingen. »Haben Sie nichts Besseres zu tun, Miss Ashcroft?« Kopfschüttelnd wandte er sich zu Marie. »Ich habe dir gesagt, dass deine Kleine verzogen ist. Du hättest sie härter rannehmen müssen.«

»Das haben Sie ja ganz gut drauf, Mr Myrs«, entfuhr es mir.

»Isabelle!« Sofort war Marie bei mir, packte mich grob am Arm und zog mich in die Küche. »Achte auf deine Worte.« Sie hatte Probleme, die Decke bei sich zu halten, als ich auf einen Stuhl geschubst wurde. »Ist irgendetwas passiert?«

Kopfschüttelnd legte ich die Kamera auf den Küchentisch. »Nichts, was du nicht wüsstest. Außer, dass ich die Freigabe für Los Angeles will.«

Innerhalb von Sekunden verwandelte sich das überraschte und besorgte Gesicht meiner Ziehmutter in eine Maske aus Zorn. »Und deshalb brichst du hier ein? Wir haben darüber geredet, junge Dame!«

Meine Stimme wurde so süffisant, wie der Ton einer Tochter nur sein kann. »Du hast doch gesagt, dass ich immer vorbeikommen kann, wenn ich reden möchte.«

»Aber durch die Vordertür!«

Triumphierend ging mein Blick auf den Tisch. »Dann hätte ich diese Aufnahme allerdings nie bekommen.«

Marie verstand. Eine kurze Pause folgte, in der ihre Miene steinerne Züge annahm. »Und was hast du nun damit vor? Willst du die Aufnahme wirklich veröffentlichen und mich so verletzen?«

Natürlich wollte ich es nicht, dazu hätte ich mich nicht durchringen können, aber sie sollte sehen, wie wichtig es mir war. Ich erhob mich und hoffte, dass mein Bluff aufging. »Wenn ich es muss, dann werde ich es tun.«

»Das würdest du nicht wagen.«

Plötzlich wurde mein Mund staubtrocken. Maries Blick konnte heißer brennen, als das Feuer der Hölle ... und in diesem Moment traf er mich. Innerhalb von wenigen Sekunden war meine Selbstsicherheit dahin. Ich schluckte trocken.

»Ist es dir so viel wert?« Ihre Stimme klang versöhnlicher, als sie bemerkte, dass ich wankte. Ich blickte als Erste weg. Sie schüttelte resignierend mit dem Kopf, drückte mich wieder auf den Stuhl und setzte sich neben mich. »Ich brauche dich hier, Isa. Der Zirkel braucht dich. Diese kleine Auszeit, die ich mir gegönnt habe – es könnte die letzte sein.«

Isa ... so hatte sie mich schon sehr, sehr lange nicht mehr genannt. »Was meinst du damit?«

Wir sahen uns an und in diesem Moment erkannte ich, wie ernst es eigentlich war.

»Es wird Krieg geben. Die Umwälzung ... Alles deutet darauf hin. Sollte Maddox es schaffen, seinen Bruder Nikolai wieder aus der Hölle zu holen und das Blut aller Kinder des Teufels zu vereinen, könnte uns das Schlimmste bevorstehen.«

Diese Worte aus dem Mund von Marie ließen mir das Blut in den Adern gefrieren. »Was würde das für uns heißen?«

Marie zog die Decke nach oben und starrte auf den Boden. »Wir wissen es nicht. Sollte er wirklich mit seiner Macht hier auf Erden wandeln, könnte er aus diesem Planeten eine zweite Hölle machen. In Los Angeles wird es beginnen. Gerade in den letzten Wochen sind die Hexen so weit dezimiert worden, dass der Schutz der Menschen bald nicht mehr aufrechterhalten werden kann. In zwei Tagen ist Walpurgisnacht, da wird es passieren, dessen sind wir uns sicher. Und wir haben nichts, was wir ihm entgegensetzen können.«

»Dann muss Maddox aufgehalten werden. Egal wie«, schoss es wie von selbst aus mir heraus. Obwohl ich es nicht wollte, sprühte meine Stimme vor Zorn, als ich seinen Namen aussprach.

»Isabelle, beinahe der gesamte Zirkel West ist an ihm dran. Dort sind fähige Leute. Sollte es wirklich dazu kommen, müssen wir hier eine zweite Front aufbauen und dazu brauche ich dich.«

Zorn und Verzweiflung vermischten sich und gaben meiner Stimme einen hellen Ton. »Gib mir die Freigabe für Los Angeles. Ich bitte dich. Nur ein paar Tage, ich kenne ihn besser als jede andere Hexe, wahrscheinlich besser als jeder Mensch. Wenn irgendjemand ihn zur Strecke bringen kann, dann bin ich es.«

Ein weiteres Mal schwieg Marie. Ich konnte sehen, wie schwer es ihr fallen musste, jetzt eine Entscheidung zu treffen. Nicht weniger, als das Schicksal der Menschheit lag auf ihren schmalen Schultern. Langsam drehte sich ihr Kopf und in ihren Augen konnte ich Tränen erkennen.

»Dann geh. Aber nicht allein. Nimm Bianca und Ira mit, damit du nichts Dummes anstellst. Ich werde mit der Chefin des Zirkels West reden, damit sie dir Reaper an die Seite stellt.«

Sofort fiel ich ihr um den Hals und drückte ihr einen Kuss auf die Wange. »Danke, Marie.«

Sie nickte traurig. »Nimm den Nachtflug an die Westküste.«

Auf einmal war ein Feuer in mir entfacht, das ich nicht mehr löschen wollte. Mit jedem Mal, wenn ich an Maddox dachte, gossen meine Gedanken Öl in dieses Feuer des Hasses. Ich wollte ihn finden und zur Strecke bringen. Hastig stand ich auf und nahm die Kamera an mich.

»Isabelle!«, hörte ich Maries Stimme. »Alles Gute zum Geburtstag.«

Als ich mich umdrehte, sah ich das kleine Päckchen, das sie in den Händen hielt. Es war geschmackvoll mit schwarzem Geschenkpapier verpackt.

»Du glaubst doch nicht, dass ich ihn vergessen hätte.«

Mein Geburtstag war tatsächlich etwas untergekommen in der letzten Zeit. Mit einem Lächeln nahm ich das Paket an mich und löste vorsichtig die Verpackung. Zum Vorschein kam ein Exemplar der Erstausgabe von »Hexentochter«. Eine Geschichte über ein Mädchen, das plötzlich in ein Dorf kommt, dort von einem älteren Ehepaar adoptiert wird und kein Wort spricht. Dabei ist bis zum Ende nicht klar, ob sie wirklich eine Hexe ist. Jetzt musste auch ich meine Tränen zurückhalten.

Marie drückte mich fest an sich und ihre Stimme zitterte. »Sei vorsichtig da drüben, Isa.«

***

Es dauerte nicht lange, bis ein Taxifahrer mich zu meinem Appartement brachte. Schnell packte ich meine Sachen neu, tauschte Sommerröcke gegen Uniformen und hochhackige Pumps gegen die flachen Damenschuhe des Zirkels. Ich erschrak, als mein Handy klingelte.

»Wir fliegen nach Los Angeles?«, rief Ira.

»Kannst du uns mal aufklären? Warum so hastig?«, fügte Bianca hinzu.

Ich gab meinen Freundinnen die Kurzfassung der Ereignisse. In der Zeit packte ich weitere Klamotten in meinen Koffer und ließ die alten achtlos auf dem Boden liegen.

»De la Crox muss an ziemlich vielen Hebeln gezogen haben«,

erklärte Bianca, wobei ich im Hintergrund hören konnte, wie sie mit den Fingern über die Tastatur flog. »Es ist bereits alles organisiert. Die Flüge, die Unterbringung und auch der Empfang am ›Los Angeles International Airport‹. Wann geht unser Flug?«

Kurz nahm ich das Mobiltelefon vom Ohr und checkte die vom Zirkel getätigte Reservierung. »In zwei Stunden. Ihr solltet keine Zeit verlieren und eure Taschen neu packen.«

»Diesmal keine Sommerkleidung, nehme ich an«, wollte Ira wissen.

Meine Bewegungen stoppten, ich blickte in die Dunkelheit der Nacht. »Nein, Uniformen. Ich habe vor, richtig böse zu sein.«

»Du willst ihm wehtun? Gut so.«

»Nicht nur das ... Wir sehen uns gleich.«

Die Jungs von der Westküste

Die Sonne stand bereits am Himmel und warf ihre blendenden Strahlen auf den »Los Angeles International-Airport«, als wir aus dem Flughafengebäude traten. Während Ira bereits einen Knopf ihrer Bluse öffnete, stellten wir die Koffer ab und warteten in der prallen Sonne. Ich hatte keine Ahnung, wie unsere Kollegen von der Westküste das hier aushielten. Die schwarzen Röcke schienen so schnell zu erhitzen, dass der Stoff an meinen Beinen klebte. Einige Schweißperlen suchten sich den Weg mein Dekolleté herunter und auch Bianca band ihre lockigen Haare nach hinten, damit sie den Nacken nicht noch zusätzlich erwärmten.

Es dauerte zehn Minuten, bis ein schwarzer Chrysler um die Ecke bog und etwas weiter entfernt von uns hielt. In kurzen Hosen und Shirts stiegen zwei Kerle aus, die flachsend auf uns zuschritten.

Bianca hielt die Hand schützend über ihre Augen. »Das sollen Reaper sein?«

Ungläubig kniff auch Ira die Augen zusammen. »Tja, ihr Chef heißt nicht Myrs.«

»Großartig, und dann auch noch zwei Schönlinge. Hoffentlich haben die etwas drauf«, ergänzte ich.

Tatsächlich erinnerten mich die beiden eher an Surfer, die gerade vom Strand kamen, als an Soldaten des Zirkels.

»Ihr müsst die Hexen sein«, begrüßte uns der Erste und reichte jeder einzelnen von uns die Hand. »Ich bin Marc, dass ist Phoenix. Freut mich, euch kennenzulernen.« Dieser junge Mann war ein richtiger Sunnyboy. Er hatte blonde, mittellange Haare und ein braungebanntes Gesicht mit Fünf-Tage-Bart. Seine blauen Augen stachen selbst unter der blendenden Sonne hervor. Bereits der erste Eindruck sagte mir alles, was ich wissen musste. Wahrscheinlich ein Surfer, der keine Probleme damit hatte, jede Menge Frauenbekanntschaften gleichzeitig zu haben. Dazu besaß er makellose, weiße Zähne, die man bei seinem dämlichen Dauergrinsen oft sehen konnte. Sein Kumpel stand ihm in nichts nach. Auch er war überaus gut gebaut, hatte schwarze, gegelte Haare. Phoenix schien sofort Gefallen an meinen beiden Freundinnen gefunden zu haben, denen er die Koffer zum Wagen trug.

»Darf ich?«, wollte Marc wissen und nahm meine Koffer.

Ich nickte kühl. Als er sich vorbeugte, konnte ich die Ritterlilie erkennen, die um seinen Hals baumelte. Er war ein Reaper!

»Zum ersten Mal hier?«, fragte Marc mit großen Augen.

»Ja.«

Scheinbar mühelos trug er meine Koffer. Auf seinem rechten Oberarm prangte ein Tattoo – der Joker aus dem Batman Film, der mit Karten spielte und ein diabolisches Grinsen auf den Lippen trug. Dazu stand in verschnörkelter Schrift »No fear« unter der Abbildung. Wie albern! Er hätte sich auch gleich ein Herz mit der Aufschrift »I love Mummy« stechen lassen können, dachte ich.

»Und, wie gefällt es dir bis jetzt?«

Ich hasste Menschen, die einem händeringend eine Konversation aufzwangen. Und besonders Typen, die meinen, dass sie alle haben können, nur weil sie aussehen, als wären sie einer Duschgel-Werbung entsprungen.

Meine Stimme nahm eisige Züge an. »Wenn ich meinen Auftrag erledigt habe, dann geht es mir um einiges besser.«

»Ich hoffe, dass wir eine Hilfe für euch sein können«, sagte Marc und packte meine Koffer in den Wagen. »Dieser Maddox ist schwierig zu fassen, rekrutiert hier alle möglichen Dämonen und scheint Waffen zu sammeln, wie andere Briefmarken. Aber wir werden ihn schon kriegen.«

Als die drei anderen bereits eingestiegen waren, hielt ich seinen massigen Oberarm fest. Mein Blick bohrte sich in ihn hinein. »Bei den anderen Hexen scheint das ja nicht so gut geklappt zu haben. Ich weiß nicht, wie ihr hier arbeitet, aber es sind eine ganze Menge meiner Schwestern gestorben in den letzten Wochen und eure Aufgabe sollte es eigentlich sein, sie zu beschützen. Dank euch sind wir bereits spät dran. Maddox ist ein Sohn des Teufels und wenn ihr fertig damit seid, hier in Bermudashorts rumzualbern, dann würde ich gern mit der Jagd beginnen.«

Das hatte gesessen. Marc verschränkte die Oberarme und sein Ausdruck wurde plötzlich hart wie Granit. »Bist du fertig? Wir tun alles in unserer Macht stehende, um euch Hexen zu schützen. Glaub mir, der Tod der Hexen geht mir genau so nahe, wie dir. Nur leider kann ich mich nicht in irgendein Loch verkriechen und trauern. Wir müssen weitermachen. Und das Ganze nur, weil die Sicherheitschefin des Zirkels Ost ihre Hormone nicht unter Kontrolle hatte und mit dem Sohn des Teufels gevögelt hat.« Er legte eine Hand ans Kinn, als würde er überlegen. »Und plötzlich hat dieser Maddox alle Zugangscodes für die Hauptzentralen der Zirkel und kann den Dolch der Walpurga stehlen. Was für ein Zufall.«

Ohne mich noch eines Blickes zu würdigen, ging er um den Wagen rum.

»Was willst du damit sagen, Reaper?«

Er hatte den Griff der Fahrertür bereits in der Hand, als er sich kurz zu mir umdrehte. »Das weißt du ganz genau, Hexe. Und übrigens, wir sind zu spät gekommen, weil wir noch eine deiner Schwestern aus der Scheiße holen mussten.«

In nächsten Moment öffnete er die Tür, setzte wieder sein blendendes Lächeln auf und stieg ein. Als er sie zuschlug, warf der Windzug meine Haare nach hinten. Hatte er gerade wirklich sagen wollen, dass ich eine Verräterin bin? War es wirklich die Ansicht des Zirkels, dass ich etwas damit zu tun hatte?

Ich war kurz vor der Kernschmelze. Nur zu gern hätte ich diesen Reaper jetzt aus dem Wagen gezerrt und ihn mit einem Eiszauber auf fünf Grad heruntergekühlt. Doch ich musste zugeben, dass seine Vorwürfe einer gewissen Logik folgten. Mit zu Fäusten geformten Händen stieg ich hinten ein. Das würde dieser Reaper noch büßen! Anscheinend hatte ich hier in Kalifornien doch mehr zu tun, als ich gedacht hatte.

***

»Die Zentrale des Zirkels West ist in Downtown, aber die Chefin der Westküste hat angeordnet, dass wir euch in einem Hotel in Santa Monica unterbringen sollen«, erklärte Phoenix, als wir durch Los Angeles fuhren und lehnte sich dabei immer nach hinten, um Ira und Bianca in die Augen zu sehen. »Euer Hotel ist direkt am Strand und in der Nähe der großen Nationalparks im Norden. Wir haben Aufzeichnungen, nach denen sich Maddox gehäuft in diesem Areal aufgehalten hat. Des Weiteren sind dort verstärkt Aktivitäten von Werwölfen zu vernehmen. Ihr solltet eure Suche dort beginnen. Mehr Hilfe kann euch der Zirkel West nicht bieten, seit Tagen gehen alle Hexen und Reaper hier anderen Hinweisen nach. Die ganze Westküste ähnelt einem Tollhaus.«

Nicht unklug von dem Sohn des Teufels. Zwischen der hügeligen Landschaft und den majestätischen Bäumen konnte man wunderbar eine Armee ausbilden und schwarze Magie anwenden, die den Augen der Menschen verborgen blieb.

»Wir werden die ganze Zeit bei euch sein und euch in jeder erdenklichen Form unterstützen«, ergänzte Phoenix augenzwinkernd.

Auf Iras Lippen erkannte ich ein mildes Lächeln. Sofort begannen die drei zu tuscheln.

Ich blickte aus dem Fenster und ließ meine Gedanken wandern. Man könnte mit tausenden Reapern die Parks durchsuchen und würde doch nur einen Bruchteil sondieren können. Ich hatte weder die Kapazitäten, noch die Zeit, eine langwierige Suchaktion durchzuführen. Morgen Nacht schon feierten die Hexen der Welt ihre Walpurgisnacht. Ein ungutes Gefühl machte sich in mir breit. Wenn Maddox mit der Umwälzung in der Nacht auf den 1. Mai beginnen würde, mussten Entscheidungen her. Und zwar schnell.

Ich brauchte einen Plan. Und mir fiel auch schon etwas ein ...

Als ich mich räusperte, wurden meine Mitfahrer still. »Wir benötigen einen zweiten Wagen. Phoenix, könntest du das jetzt bitte organisieren? Wenn wir im Hotel angekommen sind, möchte ich, dass alle innerhalb von dreißig Minuten in Uniform und bewaffnet vor dem Hotel stehen.«

»Haben *wir* denn einen Plan, Hexe dritten Grades?«, wollte Marc wissen.

»Ja, den haben *wir*.«

***

»Isabelle, willst du wirklich so weit gehen?« Erschrocken sahen Ira und Bianca mich an. Wir drei warteten auf die beiden Reaper, die anscheinend etwas länger brauchten, um ihre Uniform hervorzuholen und sich pünktlich vor dem Hotel einzufinden.

»Wir müssen es! Uns läuft die Zeit davon und uns gehen die Optionen aus.«

»Was haben wir verpasst?«, wollte Phoenix in Richtung meiner Freundinnen wissen. Außer Atem kamen die Jungs neben uns an. Nicht schwer zu erraten, dass sie ihre schwarzen Uniformen so selten wie nur möglich trugen. Sie hatten sichtlich Mühe, ihre Pistolen unter den Hemden zu verstecken. Endlich sahen sie wie richtige Reaper aus. Während Phoenix tatendurstig in die Hände klatschte, bedachte Marc mich mit einem Todesblick.

»Isabelle, du überschreitest eine Grenze«, sagte Bianca schwer atmend.

Marc stemmte die Hände in die Hüften. »Was ist hier los?«

»Sie will foltern«, hauchte Ira mit eisernem Ausdruck.

Sofort tauschten die Reaper vielsagende Blicke.

»Tja, wie viel ist die Menschheit wert?«, flüsterte Marc mehr zu sich selbst. »Du willst auf die Jagd gehen? Vampire, Werwölfe, Dämonen? Alle foltern?«

»Nein, keine Folter. Vielleicht etwas aggressiver verhören.«

Meine Begleiter wurden still, wohl wissend, dass dies die einzige Möglichkeit war, um noch an Ergebnisse zu kommen. Das geheimnisvolle Treffen mit Bashirs Informanten verschwieg ich. Es war besser, noch ein Ass im Ärmel zu haben, sollte mein erster Plan scheitern. Ich war nicht stolz auf diese Entscheidung. Doch irgendjemand musste sie treffen, wenn die Welt nicht unter der brennenden Peitsche des Teufels regiert werden wollte.

»Also gut«, sagte ich, »wir überprüfen die Gebiete, bei denen sich die Sichtungen häuften. Ira und Bianca, ihr geht mit Phoenix. Marc, du kommst mit mir. Dabei halten wir ständig Funkkontakt.«

»In den Bergen haben wir oftmals keinen Empfang«, warf Marc ein.

»Okay, dann halten wir den Funkkontakt so gut es eben geht. Falls ihr auf irgendwelche magischen Wesen trefft, versucht so viele Informationen aus ihnen herauszupressen, wie nur möglich. Okay?«

Die Gruppe nickte.

»Gut, dann steigt ein.«

***

»Es kann sein, dass wir kein Glück haben«, sagte Marc.

Irritiert sah ich ihn von der Seite an.

»Immerhin suchen wir mit fünf Mann eine Fläche ab, die halb so groß ist wie Kalifornien.«

»Hast du einen besseren Plan?«, zischte ich.

Die Landschaft war wirklich atemberaubend. Lediglich ein kleiner Pfad schlängelte sich durch die dichten Wälder und über die Hügel. Auch die Luft roch anderes. Viel frischer. Es war kein Vergleich zu der verpesteten New Yorker Abgasluft.

»Tut mir leid, dass ich dich eben so angefahren habe«, sagte Marc. »Aber leider ist es ziemlich offenkundig, dass dein Freund ...«

Ich blieb stehen und stemmte die Hände in Hüften. »Ich habe ihm keine Sicherheitscodes gegeben oder ihm sonst irgendwie geholfen. Ich liebe den Zirkel und würde alles für ihn tun.« Ich ließ die Arme sinken, ging weiter und stieß leise hervor: »Außerdem ist er nicht mein Freund! Er hat auch mein Vertrauen missbraucht und dafür wird er büßen.«

»Wenigstens kannst du deinen Ex-Freund zurück in die Hölle schicken. Meine Freundinnen sehe ich Tag für Tag.«

»Aus dem Zirkel?«

»Ja«, gab er zu.

»Dumme Idee.«

»Ich weiß.«

In diesem Moment hatte ich nicht mehr ein so starkes Bedürfnis ihn zu töten. Gemeinsam setzen wir unseren Weg fort.

»Wie ist der Sex?«, wollte Marc unvermittelt wissen. »Wenn er der Sohn des Teufels ist, hat er bestimmt eine ganze Menge Tricks drauf.«

»Warum interessiert dich das?«

»Ich würde nur gern wissen, ob nach ihm auch noch andere Typen bei dir eine Chance haben.«

Ich musterte den Reaper. Flirtete er gerade mit mir? Im

Angesicht des sicheren Todes und auf der Jagd? »Du weißt, dass wir eine Aufgabe zu erledigen haben, die nicht gerade unwichtig für das Bestehen der Menschheit ist?«

Marc zuckte mit den Schultern. »Du weißt, dass wir vielleicht nicht mehr viele Tage auf dieser Erde zu leben haben. Die sollte man genießen.«

Unter normalen Umständen hätte ich ihm recht gegeben, doch nicht jetzt. Ich schwieg, ging energisch einen Hügel hinauf. Von hier aus hatte man einen guten Blick auf den Nationalpark. Augenblicklich wurde mir schummrig. Wir würden es nie schaffen, hier etwas zu finden. Vor meinem Auge erstreckte sich meilenweit nur Dickicht. Alle anderen Kräfte waren im Einsatz, selbst moderne Technik, wie Wärmebildkameras, würden bei der Temperatur der Dämonen versagen. Mit jeder weiteren Sekunde, die ich mich umsah, schwand meine Hoffnung.

»Nimmst du sie an?«, rief Marc etwas weiter hinter mir.

»Was annehmen?«

Mit wenigen schnellen Schritten kam er den Hügel hoch, stellte sich neben mich und blickte ebenfalls auf die Ebene hinab. »Meine Entschuldigung. Wir haben uns wohl auf dem falschen Fuß erwischt.«

Ich schwieg.

»Ich habe deine Akte gelesen. Eine so begabte und junge Hexe sieht man nicht alle Tage. Noch dazu eine, die so gut aussieht.«

Als ich ihn von der Seite ansah, lächelte er.

Zum ersten Mal an diesem Tag huschte ein Lächeln über meine Lippen. Dann nickte ich langsam ...

Verräterische Gedanken

Als die Dämmerung sich über die Stadt legte und die Schatten der Bäume immer länger wurden, unterbrach ich die Suche und ließ die kleine Gruppe zum Hotel zurückfahren.

Frustriert und völlig erschöpft legte ich meine Füße auf einen Tisch des Foyers. Wir hatten nichts gefunden, rein gar nichts. Keine mächtigen Magier oder hasserfüllte Werwölfe, nicht einmal einen jungen Vampir. Keine Spuren, keine Unterschlüpfe – nichts!

Laut Aussage des Zirkels West hätte es dort von Dämonen nur so wimmeln müssen. Doch die Nationalparks wirkten wie ausgestorben und meine Hoffnung schwand, dass wir in dieser Nacht erfolgreich sein würden.

»Nimm es nicht so schwer.«

Marcs Anwesenheit hatte ich gar nicht bemerkt. Schwungvoll ließ er sich neben mir auf der Couch nieder und blickte mit mir hinaus auf die Weiten des Pazifischen Ozeans.

»Die Chance, dass wir zufällig jemanden finden würden, der uns etwas über den Verbleib von Maddox hätte verraten können, war verschwindend gering.«

Die einzige Erkenntnis des heutigen Tages war, dass Marc sich in noch mehr Punkten von Maddox unterschied, als ich anfangs geglaubt hatte. Wir hatten die ganze Zeit geredet und je mehr Worte wir wechselten, desto größer wurde meine Sympathie für den jungen Reaper. Innerhalb von wenigen Stunden wusste ich mehr über ihn, als ich mit bohrenden Fragen über Maddox herausbekommen hatte. Tatsächlich besaß Marc so etwas, wie ein normales Leben. Zumindest was unseren Standard anging.

»Wir haben aber nicht mehr viele Chancen, Marc.« Obwohl ich es nicht so klingen lassen wollte, war meine Stimme brüchig. Seine blauen Augen strahlten, als könnte ihm nichts auf dieser Welt Angst einjagen. Vielleicht war sein Tattoo doch nicht so albern ...

»Dann werden wir uns kurz ausruhen, etwas essen und in einer Stunde wieder rausgehen. In der Zwischenzeit nehme ich Kontakt mit dem Zirkel auf, vielleicht gibt es Neuigkeiten.«

Ich nickte kraftlos. »Mach das.«

Sofort war er verschwunden und auch ich nahm den Aufzug zu meinem Hotelzimmer. Die Kleidung landete achtlos auf dem Boden. Anscheinend hatte der Zirkel eins der besten Hotels für uns gebucht. Neben einer Dusche war auch eine Badewanne mit Düsen zu finden. Ich entschied mich aus Gewohnheit für die Dusche und ließ heißes Wasser meinen Körper herunterlaufen. Jeder Muskel schmerzte. Doch das war nichts im Vergleich zu der seelischen Last, die meinen Verstand malträtierte. Sollte es wirklich die letzte Nacht vor der Umwälzung sein? Das Wasser konnte nicht heiß genug sein. Mein Kopf lastete schwer auf meinen Schultern. Tief atmend lehnte ich ihn gegen die Wand und stützte mich mit meinen Armen ab. Ich brauchte ein Ventil, nur ein paar Sekunden des Ausgleichs. Langsam schloss ich die Augen. Meine Hand fand den Weg zu meiner Schulter, ich versuchte, mich selbst zu massieren, die Anstrengungen des Tages einfach wegzuwischen.

Nein, hier nicht. Ich konnte nicht mehr stehen und jeder weitere Versuch war mit großen Schmerzen verbunden. Nass tapste ich aus der Dusche und drehte die Wasserhähne der Badewanne voll auf. Ich setzte mich hinein, obwohl sie noch nicht ganz vollgelaufen war. Als das heiße Wasser meinen Körper umspülte, konnte ich ein wenig entspannen – nur ein paar Minuten Kräfte sammeln, um dann wieder das Unmögliche zu versuchen.

Ich drückte meinen Busen noch etwas fester an den Rand des Beckens. Der Wasserstrahl umspülte meinen Körper, er wiegte ihn im sanften Rauschen. Eine Strähne löste sich aus meinen Haaren, sie kitzelte meine Nase, doch ich ließ sie gewähren. Mehrmals musste ich tief atmen, bevor ich mich noch ein Stückchen mehr fallen lassen konnte. Meine Gedanken wanderten zu Marc. Ich streichelte sein Tattoo, die breite Brust und schenkte ihm einen tiefen Kuss. Sein gestählter Oberkörper war nackt und ich konnte mit ihm machen, was ich wollte. Diese Gedanken machten mich so heiß, dass die Lust zu fackeln begann.

Ich schloss die Augen und wie von selbst drückte sich meine Taille nach oben, damit der Strahl gegen meine intimste Stelle sprudeln konnte. Er massierte meine Klitoris und ich hatte das Gefühl, als würde er ein wenig in mich eindringen – als hätte das Wasser Finger. Meine Hände griffen an den Keramikrand der Wanne. Ich wiegte mein Becken ein Stück vor und dann wieder zurück, als würde ich sein Glied bereiten. Wie er wohl gebaut war? In meinen Gedanken saß ich auf ihm, fuhr durch die blonden Haare, während er meinen Busen liebkoste. Mit tiefen Stößen würde er mich ficken und ich würde von einem Orgasmus in den nächsten fallen.

Nur langsam spreizte ich meine Beine, ließ den Wasserstrahl noch etwas tiefer in mich eindringen. Mein Atem begann hörbar zu keuchen, mit jedem neuen Gedanken an Marc. Immer schneller drückte ich meinen nassen Körper gegen diese pulsierende Macht, die mich Stück für Stück auf den Orgasmus zutrieb.

Als ich mich etwas drehte, wurden meine Brüste von der Düse massiert. In meinen Kopf war es Marc, der seine Zunge über sie fahren ließ, seine Hände in meinem Po verkrallt hatte und mich nicht mehr losließ. Eine Welle nach der anderen zog sich durch meinen Körper. Noch mehr Strähnen lösten sich aus meinem brünetten Pferdeschwanz, auch sie ließ ich gewähren, als würde ich eine künstliche Wand aus Haaren vor meinem Gesicht schaffen wollen, um mich vor der Welt zu verbergen. Noch einmal drückte ich mich mit aller Macht gegen den Wasserstrahl. Ich ließ ihn langsam über die Innenseiten meiner Oberschenkel rinnen, bis er wieder meine sensibelste Stelle erreichte. Ich konnte gar nicht anders, als lauter zu stöhnen. Die Welt um mich herum war mir egal, ich befand mich nicht mehr hier, sondern in Marcs Armen. Die Berührungen des sprudelnden Wassers waren so zärtlich, als würde es mit einer Feder um meine Nippel streicheln.

Meine Brustwarzen wurden hart. Langsam glitt meine Hand herab. Mit zwei Fingern rieb ich über meinen Kitzler, reizte ihn zusätzlich zum Wasser und atmete gepresst ein und aus. Mit der anderen Hand drückte ich meine Brustwarzen zusammen und fügte mir einen leichten Schmerz zu. Immer lauter wurden die Geräusche, die aus meinem Mund drangen. Die Welt verlor ihre Umrisse, sie schien zu verschwimmen, als sich allmählich die Explosion ankündigte. Nur noch wenige Herzschläge und ich würde ...

... plötzlich hatte ich Maddox Gesicht vor Augen und meine Bewegungen stoppten. Als wäre das Wasser für einen Moment unter Strom gesetzt worden, saß ich mit durchgedrücktem Rücken in der Badewanne. Noch immer pulsierte das Blut in mir, jede Zelle meines Körpers wollte, dass ich weitermachte, dass ich weiter an Marc dachte, doch irgendwie konnte ich es nicht. Schwer atmend stieg ich aus der Wanne, warf mir einen Bademantel über und legte mich bäuchlings einfach auf das Bett. Meine Haut schien zu verbrennen, die Brustwarzen rieben an dem weichen Stoff und ich spürte, dass ich zwischen meinen Schenkeln immer noch feucht war. Doch ich blieb einfach liegen. Nur ein paar Minuten ausruhen ...

***

Die Stimme kam von ganz weit entfernt. Irgendwo zwischen Traum und Realität durchbrach sie erst langsam die Schwelle zu meinem Bewusstsein.

»Isabelle?«

Ich hatte das Gefühl, dass meine Glieder mit bleiernen Fesseln auf dem Bett gehalten wurden. Die Anstrengungen der vergangen Tage forderten auf brutalste Weise ihren Tribut. Körperlich und seelisch. Durch die Wand der Erschöpfung spürte ich eine sanfte Berührung an meinem Rücken. Erst dann wurde ich wirklich wach.

Marc setzte sich neben mich, seine Hand ruhte immer noch auf meinem Rücken. »Tut mir leid, ich habe mehrmals geklopft und als keiner aufmachte, habe ich mir Sorgen gemacht.« Eine kleine Pause folgte. »Du siehst aus, als könntest du ein paar Stunden Schlaf vertragen.«

Der Duft von Honig und Mandeln drang mir in die Nase. Im Augenwinkel konnte ich sehen, dass auch er sich gerade geduscht hatte. Allerdings wirkte er um einiges fitter als ich.

»Nicht nur ein paar Stunden, sondern ein paar Tage«, war das einzige, was ich gerade so über die Lippen brachte. Ich atmete zweimal durch, dann versuchte ich, die Augen komplett zu öffnen. »Jeder Muskel tut mir weh, ich habe das Gefühl, dass irgendetwas in letzter Zeit mit mir nicht stimmt.« Ich lag auf dem Bauch.

Marc begann, meine Fußsohlen zu massieren. Eigentlich wollte ich mich wehren, doch mir fehlte die Kraft, meine Beine hochzuziehen. Außerdem spürte ich mit jeder seiner Bewegungen, wie meine Muskeln sich entspannten.

»Du brauchst einfach ein wenig Erholung.« Meinen Fuß hielt er immer noch in beiden Händen und presste seinen Daumen über die Haut. Seine Finger wanderten weiter zu meiner Fessel und streichelten auch sie. Dieselben Zärtlichkeiten ließ er schließlich auch dem anderen Fuß zukommen.

»Geht es besser?«, wollte er nach einiger Zeit wissen.

Ein zustimmendes Stöhnen entrang sich meiner Kehle.

Marc rutschte etwas höher und begann, durch den Bademantel meine Schultern zu massieren. Ein wundervolles Gefühl durchfuhr meinen Körper. Es war so entspannend, dass ich beinahe spüren konnte, wie die Anstrengungen von mir abfielen. Seine Finger drückten sich tief in meine Haut und strichen mit gehörigem Druck über die Muskeln. Ich meinte, in diesem Moment den Duft seiner Haut riechen zu können. Und wieder brachen die Gedanken, die ich im Bad gehabt hatte, durch. Doch diesmal waren sie real. Marc saß wirklich neben mir und massierte mich mit kräftigen Zügen. Seine Hände streichelten weiter herab und kreisten um meine

Seiten. Als er sich anschließend der Stelle oberhalb meines Pos annahm und mit dem Handballen kreisende Bewegungen vollführte, musste ich mich zur Ruhe mahnen. Ein Kribbeln wanderte durch meinen Körper und fand sein Ziel zwischen meinen Beinen. Auch wenn ich im Schlaf die Gefühle im Bad vergessen hatte, mein Körper hatte das nicht. Augenblicklich wurden meine Brustwarzen so hart wie Kirschkerne und rieben auf dem Stoff des Bademantels.

Marc lehnte sich über mich, legte sein Knie auf meinen Po und verstärkte damit den Druck, der auf meine Vagina ausgeübt wurde. Mit jeder Bewegung presste er meinen Unterleib auf das Bett und trieb dadurch meine Leidenschaft an.

Seine Fingerspitzen strichen über meine Waden. Eine Gänsehaut legte sich über meinen Körper, als er kühle Luft über meine Beine blies und dann mit seinen Streicheleinheiten fortfuhr. Ich wehrte mich nicht, während er den Kragen des Bademantels fasste und mir einen Kuss auf den Nacken hauchte. Auch hier pustete er Luft auf meinen Hals. Behutsam legte er die flache Hand auf meine Stirn, zog sie nach hinten und streichelte meinen Hals. Marc dehnte meine Schulter und legte die Arme neben mich, sodass er mit seinen Fingerspitzen über das Schlüsselbein streicheln konnte. Ich ließ mich von ihm führen, schaltete für einen Moment alle Gedanken aus. Ruhig zog er den Stoff weiter nach hinten. Jetzt konnten seine Finger meine nackte Haut massieren. Mit jeder Sekunde nahm der Druck ab und seine Berührungen wurden zärtlicher. Wieder rutschte der Bademantel ein Stück. Seine Fingerspitzen streichelten meine Seiten, ab und zu blies er Luft auf die Haut und küsste meinen Nacken. Wie von selbst legte ich meinen Kopf zur Seite. Seine Lippen waren warm. Es war wie ein elektrischer Stoß, der durch meinen Leib schoss, als seine nassen Haare über mein Gesicht rieben. An der Seite meiner Taille spürte ich seine Erektion. Mein Mund öffnete sich ein Stück, als er mit seinen Fingern meine Schulterblätter umkreiste. Dann spürte ich seinen Oberkörper auf meiner Haut. Marcs Küsse fanden ihren Weg von meinem Nacken über meine Wangen. Kurz vor den Lippen stoppte er und begann von Neuem. Der Druck auf meiner Pussy war kaum auszuhalten. In der Wanne war ich nicht zum Abschluss gekommen. Dass er nun meine Begierde weiter anstachelte, ließ mich innerlich fast verbrennen. Vorsichtig tasteten sich seine Lippen weiter vor, bis sie die meinen berührten. Seine Lippen waren geschlossen, es war ein bedachter Kuss, voll von Hingabe. Mir kam es vor, als befände ich mich im Rausch. Marc fasste meinen Arm und drehte mich zu sich. Ich folgte seinen Anweisungen willenlos und lag nun auf dem Rücken. Als er sich auf mich legte, meinte ich, den Verstand zu verlieren. Zögerlich öffnete ich meine Schenkel und spürte seinen Penis durch die Hose. Seine Küsse brannten auf meinem Hals, suchten sich den Weg zu den festen Knospen. Er war so zärtlich. Sachte fuhr er mit der Zunge über meine Brustwarzen. Als ich wieder kühle Luft spürte, wand sich mein Körper unter dieser Behandlung. Seine Fingerspitzen streichelten meinen Bauch, während er weiter die Brüste liebkoste. Meine Hände glitten herab, fassten in seine Haare und drückten ihn auf meinen Busen. Zärtlich knabberte er an den harten Knospen. Seine Hand rutschte immer tiefer und öffnete langsam den Knoten meines Bademantels. Nur noch wenige Sekunden und mein feuchter Körper würde für ihn freigelegt sein. Seine Finger spürte ich bereits an meiner Scham, sie fuhren über meine Innenschenkel und peitschen meine Lust weiter voran.

Ich wollte ihn, ich wollte ihn tief in mir spüren und mich von ihm nehmen lassen. Nichts anderes beherrschte meinen Verstand. Als hätte eine unsichtbare Macht Besitz von meinem Körper ergriffen, drückte ich mein Becken durch. Er küsste meine Haut, war schon unterhalb meines Bauchnabels angekommen, als ich die Augen aufriss und schwer atmend auf dem Bett saß.

»Warte …«

Auch in seinen Pupillen konnte ich die Begierde lesen, die mich in ihrer festen Umklammerung hielt. »Ich wollte dich nicht in eine unangenehme Lage bringen.«

»Hast du nicht. Es ist nur … entschuldige.« Beschämt über meine eigene Unentschlossenheit, zog ich den Bademantel über meinen Körper.

Marc stand sofort auf. »Isabelle, ich kann mich nur entschuldigen. Vielleicht habe ich da einfach ein paar Signale fehlinterpretiert. Auf keinen Fall wollte ich dich verletzen.«

Ich wusste selber nicht, was mit mir los war. Unter anderen Umständen und noch vor ein paar Monaten hätte ich so einen Typen sofort vernascht und dieser hier war auch noch wirklich nett. Meine Überlegungen zerrten an mir. Ich wollte mit ihm schlafen, wollte ihn tief in mir spüren und doch konnte ich es nicht. War er vielleicht zu nett, sodass meine Gefühle nicht mehr wussten, in welche Richtung es gehen sollte? Nach der komplizierten Geschichte mit Maddox war er einfach nur normal. Einfach ein netter Junge. Vielleicht war genau das richtig für mich?

Ihn anzulächeln, fiel mir leicht. »Es ist nicht deine Schuld. Ich bin einfach derzeit total durch den Wind. Die letzten Wochen waren hart und ich bin durcheinander.«

Er nickte. »Kein Problem. Komm, wir schlagen beim Buffet zu und starten danach einen neuen Versuch.« Er zwinkerte.

»Danke!« Ich lächelte erleichtert. »Bis gleich.«

***

Meine Freundinnen wirkten ebenfalls kraftlos, doch im Gegensatz zu mir schienen sie noch den Willen zu haben, wirklich etwas zu bewegen. Jeder Schritt fühlte sich an, als würde eine tonnenschwere Last auf mir liegen. Dazu spürte ich in mir etwas rumoren, eine nicht zu greifende Übelkeit, die sich in meinem gesamten Körper ausbreitete. Beim Buffet schlug ich zu und aß für zwei. Noch einmal bekräftigte sich mein Gedanke, dass etwas mit mir nicht stimmte. Ich fühlte mich, als hätte ich drei Tage mit einer schweren Grippe durchgefeiert und müsste nun zur Arbeit antreten.

Marc schwieg aus Rücksicht während der gesamten Fahrt, die wir zu unserem ausgesuchten Sektor zurücklegten. So konnte ich zumindest ein paar Minuten noch schlafen.

Bei unserer Runde wich er mir nicht von der Seite und hielt seine Pistole im Anschlag. Obwohl der Mond hell am Firmament schien, wollte der Wald jedes Licht verschlucken. Wir kamen nur langsam voran. Marc leuchtete mit seiner Taschenlampe voraus. Bei jedem Geräusch drehten wir uns um und spähten in die Finsternis. Eine gespenstische Kulisse baute sich vor unseren Augen auf. Doch wir hatten einfach keine andere Wahl. Immer tiefer stapften wir durch das Dickicht, während unter uns die Äste knackten.

»Was wirst du machen, wenn du ihn findest?«, wollte Marc schließlich wissen, als wir ein paar Kilometer gelaufen waren.

»Ihn töten natürlich«, entfuhr es mir sofort.

»Hast du Skrupel? Immerhin ist er halb Mensch.«

»Und halb Dämon. Einer, der eine zweite Hölle erschaffen will. Ich denke, dazu gibt es keine zwei Meinungen.«

Marc trat ein paar Schritte vor mich und hielt unerwartet meine Hand. »Das meine ich nicht. Ich wollte wissen, wie es *dir* dabei geht?«

Ich erkannte nur die Umrisse des Mannes und doch wusste ich, dass sein Gesicht gerade Besorgnis widerspiegelte. Einige Herzschläge lang dachte ich über seine Frage nach. Nur leise drangen die Worte über meine Lippen.

»Nicht sehr gut«, gab ich zu und lehnte mich gegen den Stamm eines massigen Baums.

Marc trat ganz nahe an mich heran. Selbst durch den aufkommenden Wind konnte ich die Wärme seiner Haut spüren. Als er mit der Hand über meine Wange strich, war es, als würden Schmetterlinge in meinen Bauch herumflattern.

»Er hat einen guten Geschmack.«

Wie von selbst strich ich über das Amulett mit Höllenfeuer, welches wie ein stummer Monument unserer gescheiterten Beziehung um meinen Hals baumelte.

»Ich hasse diese Halskette«, wisperte ich. »Sie erinnert mich an ihn.«

»Ich meinte eigentlich seinen Geschmack, was Frauen angeht.« Zärtlich drückte er seine Lippen auf meine. Ich konnte gar nicht sagen, wie lange wir uns küssten. Es hätte eine Ewigkeit dauern können und wäre trotzdem viel zu kurz. Mein Gesicht schien Feuer zu fangen, als er seine flachen Hände auf meine Wangen legte und mit der Zunge meine Lippen durchbrach. Gleichzeitig schmiegte er sich an mich. Mir stieg der herbe Duft seines Parfüms in die Nase und machte mich rasend. Jetzt war ich diejenige, die seinen Hals küsste und ihn fest an sich drückte. In einem Moment konnte ich mich vor Begierde gar nicht mehr halten, in der nächsten Sekunde wollte ich nichts anderes, als Maddox aufzuhalten. Meine Hormone fuhren Achterbahn, als ich meinen Rock hochraffte und ein Bein um Marcs Körper schwang. Er griff mir unter den Po, konnte mich mühelos in die Luft heben und presste mich gegen den Baumstamm. Dabei wurde seine Taille so stark nach vorn gedrückt, dass ich Schwierigkeiten hatte zu atmen. Ich riss ihm seine Jacke und das Hemd herunter und begann damit, seinen Hals und die breite Brust zu küssen. Es waren wilde Bewegungen, die ich vollführte. Unsere Zungen streichelten einander, wir hielten uns fest im Arm. Die Nacht, die Gefahr, ja selbst das Knacken der Äste, machte mich so sehr an, dass ich es kaum mehr aushielt. Die angestaute Lust der letzten Stunden machten mich zu einem wilden Biest.

Aggressiv biss ich Marc in den Hals. Er schrie auf und ließ mich heruntergleiten. Sofort stürzte ich mich auf ihn, drückte ihn zu Boden und bedeckte seine Brust mit Küssen. Als nächstes war sein Gürtel dran. Ohne auf irgendetwas um mich herum zu achten, öffnete ich ihn und zog beide Hosen herab. Seinen aufgerichteten Penis konnte ich im fahlen Mondlicht gut erkennen. Er war sogar noch größer, als ich ihn mir vorgestellt hatte. Ohne auch nur eine Sekunde zu verlieren, legte ich meine Lippen über die Eichel und begann zu saugen. Marc legte seinen Kopf auf den moosbewachsenen Boden und stöhnte auf. Ich umschloss mit der einen Hand seinen Schwanz und streichelte ihn. Ich war wie auf Droge, als ich die Hand zwischen meine Beine legte und mich mit der anderen Hand durch den Slip zu massieren begann. Alle Werte um mich herum hatten keine Gültigkeit mehr. Wir könnten morgen schon tot sein und meine Pussy wollte jetzt einen Penis. Noch einige Male leckte ich seinen Schwanz, saugte kräftig, bis ich mir schließlich den Slip herabstreifte und mich auf ihn setzte.

Ich brauchte mehrere Anläufe, um Marcs Schwanz aufzunehmen. Die Eichel war so geschwollen, dass sie nur schwerlich meine Schamlippen passieren konnte. Und das, obwohl ich so feucht war, dass ich fast das Gefühl hatte, die Nässe würde aus mir tropfen. Langsam glitt Marc in mich hinein. Ich öffnete den Mund und versuchte, Herr dieser Gefühle zu werden. Dabei kniff ich die Augen zusammen und zitterte am ganzen Leib. Es dauerte, bis er mich völlig ausgefüllt hatte. Mit beiden Händen stützte ich mich auf seiner Brust ab, als ich langsam mein Becken bewegte. Ich war so angeheizt, dass ich jetzt schon hätte kommen können.

Nur unter größter Mühe hielt ich inne und schenkte Marc einen tiefen Kuss. Zeitgleich versuchte ich, mich zu sammeln. So schnell war ich noch nie gekommen. Ich spürte ja jetzt schon, dass der Orgasmus mich umhauen würde wie ein Hurrikan. Auch Marc hatte Blut geleckt. Mit schnellen Bewegungen öffnete er meine Bluse und den BH. Beides fiel neben uns. Er kam mit dem Oberkörper hoch und liebkoste meine Brustwarzen, während der veränderte Winkel mich keuchen ließ. Als der Wind die feuchte Haut meiner Nippel streichelte, zuckte ich zusammen. Zu viele Eindrücke auf einmal prasselten auf mich ein. Marc schob langsam sein Becken vor und zurück, er reizte mich auf diese Weise bis kurz vor den Orgasmus und hielt in letzter Sekunde inne. Er verwöhnte meine Brüste. Seine Finger bohrten sich in meinen Rücken. Ein leichter Schmerz durchfuhr meine Sinne und doch hätte ich auch bei diesem Gefühl bereits kommen können. Stöhnend legte ich mich nach vorn, um ihn zu küssen. Das war es. Wie ein plötzlicher Regenschauer überraschte der Höhepunkt meine Gefühle. Ich stöhnte meine Lust frei heraus.

Als Marc sah, dass ich kam, packte er mich, zog mich auf seine Brust und winkelte seine Beine an. Immer wieder drückte er seinen Penis nun in mich hinein. Dabei waren seine Stöße lang und tief, sodass ich meinte, den Verstand zu verlieren. Obwohl auch er der Begierde kaum mehr Herr werden konnte, hielt er sich zurück. Seine Taille schnellte ein weiteres Mal vor und ließ mich von einem Orgasmus in den nächsten fallen. Meine Laute wurden nun heiser. Ich fühlte jede Bewegung und gleichzeitig gar nichts mehr. Meine Brüste schwangen vor Marcs Gesicht. Er unterbrach sein Stöhnen nur, um sie zu lecken. Er hatte mich nun fest im Griff. Es gab keine Möglichkeit mehr, mich bemerkbar zu machen. Ich verdrehte die Augen und spürte, wie sein Schwanz so tief in mich eindrang, dass meine Kraft mehr und mehr versiegte. Immer wieder zuckte mein Unterleib zusammen und die Muskeln verkrampften. Ich sah nur noch schwarz, als ich seine Hand auf meinem Hinterkopf spürte. Ein langer Kuss folgte, bei dem auch er kam. Keuchend sank ich in seine Arme.

In den Tiefen des Ozeans

Obwohl wir in dieser Nacht wieder eine Suche ohne Erfolg hinter uns brachten, bereute ich den Sex mit Marc keine Sekunde. Als wir gegen zwei Uhr morgens die anderen über Funk verständigten und uns alle im Hotel trafen, war ich seltsam euphorisiert. Wir verabredeten uns für den nächsten Morgen zum Frühstück. Alle gingen ins Bett.

Nur wenige Stunden später, bevor alle anderen erwachten, stand ich auf. Ich wollte mein Ass im Ärmel noch ausspielen: den geheimnisvollen Informanten von Bashir.

Obwohl die Sonne noch nicht aufgegangen war, legte sich die Hitze bereits brütend in den Raum, sodass ich mich nur für einen schwarzen Bikini entschied und ein Tuch um meine Hüften schlang. Das Hotel lag noch im Dornröschenschlaf, als ich die Tür meines Zimmers hinter mir schloss und zum Aufzug ging.

Gerade als ich den Knopf betätigen wollte, stoppte ich in der Bewegung. Aus Iras Zimmer drangen Geräusche. War das ein Schrei?

Mit zunehmendem Argwohn ging ich auf die Zimmertür zu und legte mein Ohr an das Holz. Tatsächlich. Ira war wach und sie war nicht allein. Anscheinend war auch ihr klar geworden, dass es die letzte Nacht auf Erden sein könnte. Doch wer war bei ihr?

Aus einem Impuls heraus drückte ich vorsichtig die Tür auf und spähte in den Raum. Teils aus Belustigung, teils aus Interesse zogen meine Lippen nach oben.

Diese kleine, versaute Hexe!

Phoenix lag gefesselt in Iras Bett. Seine Hände und Beine waren weit auseinandergezogen und festgebunden, sie ritt auf seinem Schwanz und stöhnte ihre Lust wild heraus. Als ich die Tür noch ein Stückchen öffnete, verschlug es mir den Atem. Bianca kam gerade aus dem Bad. Sie war frisch geduscht, ihr makelloser Körper war noch feucht und die schwarzen Haare wirkten eine Nuance dunkler. Anscheinend folterten sie ihr kleines Reaperspielzeug schon eine ganze Weile. Phoenix Augen waren verbunden. Er schien dem Wahnsinn nahe. Seinen Hinterkopf hatte er in das Kissen gepresst. Bianca nahm sein

Gesicht, schenkte ihm einen langen Kuss und streichelte seine Brust, während Ira ihn weiter von einer Ekstase in die nächste trieb. Für einen kurzen Moment tat mir der braungebrannte Schönling leid.

Eigentlich sollte ich nicht hier sein. Doch auf eine wunderschön-voyeuristische Weise faszinierte mich die Folter meiner Schwestern. Ich spürte, wie meine Brustwarzen unter dem Bikini erhärteten. Ein Kribbeln zog sich meinen Körper herauf und legte sich wie ein kühler Hauch über meine Haut. Mehrmals blickte ich mich im Gang um, dann presste ich meine Scham gegen den Türrahmen und versuchte, keinen Mucks von mir zu geben, während ich die drei weiter beobachtete.

Ira presste ihre Beine fest an Phoenix Lenden, dann folgte ein langer Schrei. Sie war gekommen und ließ es ihrerseits nicht zu, dass er zum Abschluss kam. Wie lange mochte Phoenix schon da liegen? Wie lange hatten die beiden ihn bis aufs Blut gereizt? Wenn Bianca Zeit hatte, um duschen zu gehen, musste der Arme bereits eine ganze Weile da liegen. Grazil legte sich Ira neben ihn. Sein Gesicht war jetzt eingeschlossen von nackten Brüsten, die seinen Mund streiften. Er konnte nichts tun und war dem Spiel der Mädchen ausgeliefert. Ira und Bianca flüsterten ihm Dinge ins Ohr, die ihn scheinbar rasend machten.

Der junge Reaper versuchte, sich zu bewegen. Erst jetzt fiel mir auf, dass er seine Ritterlilie nicht trug. Sie konnten mit ihm also machen, was sie wollten. Die beiden Mädels rutschten ein Stück tiefer, streichelten seine Wangen und küssten ihn abwechselnd. Gleichzeitig wanderten ihre Hände herab. Sein Penis war tiefrot angelaufen. Seine Eichel glühte und musste schrecklich pulsieren. Jetzt wurde auch mir ziemlich heiß. Als ob Sekt meine Haut herunterlief, musste ich mich schütteln. Meine intimste Stelle begann zu pochen und ich begann, meinen Venushügel zu streicheln, während meine Augen weiterhin nur ein Ziel kannten.

Iras Hand erreichte seinen Penis als erste. Geschickt streichelte sie mit der flachen Hand das Bändchen, ohne Druck auszuüben. Bianca bearbeitete mit den Fingernägeln die Rückseite seines Schwanzes. Immer wieder fuhren ihre Hände über seine Eichel, drückten seinen Schaft und umfuhren die Rillen. Phoenix' Körper war ein Bündel aus Lust. Immer wieder gaben sie ihm tiefe Zungenküsse, hielten seine Haare fest und drückten sein Gesicht in das Kissen. Ab und zu streichelten die beiden Mädchen mit ihren Knospen seine Lippen. Während er lustvoll mit der Zunge die empfindliche Stelle umfuhr, erhöhten sie den Druck auf seinen Schwanz. Zwischen ihren Fingern war seine Eichel wehrlos. Er zuckte und drückte seine Taille durch. Doch innerhalb von Sekunden hatten sie sein Geschlecht wieder fest im Griff und rieben über die Haut nach Belieben. Phoenix flehte die beiden mittlerweile an.

Ein fieses Lachen drang an meine Ohren, dann ließen sie ihn weiter leiden. Ira und Bianca schmiegten sich an seinen Körper, zogen ihre Knie über seine Beine und ließen sie über seine Hoden gleiten. Auch meine Hand fuhr tiefer und fand ihren Weg in den schwarzen Bikini-Slip. Ich fühlte meine eigene Feuchtigkeit, drang mit dem Finger in mich ein und rieb anschließend über meinen Kitzler. Nur schwerlich konnte ich mich zurückhalten, sodass nicht ein Stöhnen über meine Lippen glitt. Zu gern hätte ich mich zu den beiden gesellt und Phoenix ebenfalls ein wenig gefoltert.

Jetzt war Bianca diejenige, die sich auf ihn schwang und seinen Schwanz durch ihre Pussy gleiten ließ. Phoenix stöhnte, doch Ira drückte ihre Zunge durch seine Lippen und hielt sein Gesicht mit beiden Händen fest, sodass nur gedrungene Laute seinen Mund verließen. Bianca drückte ihren Rücken durch, spielte mit der Eichel und hielt sie an ihren Po. Ich konnte kaum glauben, dass die überreizte Haut in das kleine Loch überhaupt hineinpassen würde. Es dauerte etliche Sekunden, bis zumindest die Spitze in ihr verschwunden war. Phoenix zappelte, wurde von den Seilen zurückgehalten und schien dem Wahnsinn nahe. Langsam drückte sich sein Penis in sie hinein. Bianca stöhnte mehrmals auf, zog ihn dann wieder zurück und umspielte ihn wieder mit ihren Fingern. Gleichzeitig flüsterte Ira ihm weitere, heiße Worte ins Ohr. Sein Körper begann zu zittern, als sie sich auf sein Gesicht setzte. Erst dann ließ Bianca ihn in sich gleiten. Jetzt waren nur noch die beiden Mädchen zu hören, deren Stöhnen immer lauter wurde. Meine Lust war so angestachelt, dass ich am liebsten wieder auf mein Zimmer gegangen wäre. Doch durch das Fenster sah ich, dass der Sonnenaufgang nur wenige Minuten entfernt war. Ein letzter Blick auf meine Freundinnen, wie sie gemeinsam Phoenix ritten und ihn an den Rand der Verzweiflung brachten, dann zog ich meine Hand aus dem Slip, lehnte die Tür an und ging zum Aufzug. Das Herz hämmerte in meiner Brust, meine Nippel waren immer noch aufgestellt und ich war mir sicher, dass ich jetzt so feucht war, dass es nicht mehr lange gedauert hätte, bis ich selbst gekommen wäre.

Ich drängte all die Überlegungen zur Seite, als ich aus dem Aufzug stieg und den schmalen, von Palmen gesäumten Weg zum Privatstrand des Hotels nahm. Noch immer legte sich die schwindende Nacht wie eine düstere Glocke über die Stadt. Der Wind war frisch und roch nach Aufbruch. Eine trügerische Idylle breitete sich vor meinen Augen aus.

Der Sand knirschte unter meinen nackten Füßen. Noch hatte sich niemand hier eingefunden. Die Liegestühle waren fein säuberlich aufeinandergestapelt und vom Meer her drang ein unmerkliches Rauschen in die Bucht. Vor mir lag der Pazifische Ozean in all seiner Schönheit. In brechenden Wellen schäumte das Wasser um meine Füße. Es war kalt und ich musste beim ersten Schritt Überwindung aufbringen. Meter für Meter bahnte ich mir meinen Weg in den Ozean. Dabei hielt ich Ausschau nach einem Segler oder einem Boot. Vielleicht war Bashirs Kontaktperson ja auch ein Surfer, doch noch konnte ich niemanden erkennen.

Als das Wasser mir bis zur Brust reichte, wurde ich nervös. Musste ich tiefer ins Nass? Oder sollte ich am Strand warten, damit ich gesehen werde? In diesem Moment wünschte ich, dass Bashir mit all seiner Weisheit hier wäre.

Unsicher begann ich zu schwimmen. Es tat gut, das Wasser um meinen Körper herum zu spüren. Meine Züge waren kraftvoll und voller Elan, ganz so, als ob ich mit ihnen eine Lösung erzwingen konnte. Mehrere Minuten war ich wie im Rausch, dann hielt ich inne.

Ein Blick zum Strand verriet mir, dass ich weit gekommen war. Zwar prustete ich etwas, jedoch war ich nicht erschöpft, sondern fühlte mich fitter denn je. Wieder machte ich einige Züge in Richtung des offenen Ozeans, bis das Hotel nur noch eine schimmernde Silhouette in der abklingenden Dunkelheit war. Ich trieb im offenen Meer und beobachtete, wie die Sonne langsam durch den Horizont brach, um die Stadt mit Licht zu erfüllen. Noch immer konnte ich keine Spur von der Kontaktperson ausmachen. Als der Rand der roten Sonne wundervoll aufging, verlor ich die Hoffnung. Weit und breit war niemand zu sehen. Er war nicht gekommen und hatte somit vielleicht den Untergang der Menschheit besiegelt. Wut und verlorene Zuversicht ließen meine Stimmung kippen. Mit der Faust schlug ich auf das Wasser, dann folgte ein heller Schrei.

Einige Lidschläge war ich allein mit meinen Gefühlen, bis plötzlich mein Atem stockte. Irgendetwas hatte mich am Fuß berührt. Es war kein Fisch und bestimmt auch keine gelöste Pflanze, nein – eine wirkliche Berührung, als ob irgendetwas nach mir griff. Ich fühlte mich wie in einem verdammten Horrorfilm, als ich in meinem Kopf die Standardsprüche für Wassermagie durchging. Leider war auch das nicht meine Stärke. Was sollte ich tun? Einen Feuerball ... wohl eher nutzlos. Erdmagie ... auch nicht unbedingt von Vorteil.

Die zweite Berührung ließ ich einfach über mich ergehen. Es war, als würde eine Düse plötzlich meinen Körper streicheln. Ich musste nicht mehr mit den Armen rudern, um über Wasser zu bleiben. Ein kleiner Strudel formte sich unter meinem Körper und gab mir Auftrieb. Dabei war das Wasser um mich herum plötzlich wärmer, beinahe angenehm heiß. Ich blickte um mich. Noch immer war nichts zu sehen, außer den aufsteigenden Blasen. Mittlerweile konnte ich die Berührung deutlich spüren. Als ob das Meer ganz bewusst meine Haut streicheln wollte. Es strich über meinen Busen, zärtlich über die Schenkel und suchte sich auch einen Weg zu meinem Kitzler. Mehr und mehr gab ich die Kontrolle über meinen Körper ab. Doch ich hatte keine Angst, es fühlte sich wohlig an, fast zärtlich, wie jeder Zentimeter meines Leibes touchiert wurde. Ich schloss die Augen und ließ mich fallen. Wie von selbst glitten meine Beine und Arme auseinander. Von unsichtbarer Hand wurden sie gehalten, als das Meer mich weiter reizte. Es fühlte sich an, als würde ich überall massiert werden. Von der Fußsohle bis zum Nacken waren diese Berührungen jetzt überall. Meine Lust wuchs.

Als hätte diese nicht greifbare Macht meine Gedanken gelesen, rutschte mir das Bikinioberteil herab. Das Wasser liebkoste meine Brustwarzen und machte sie so hart, dass ein lustvolles Geräusch über meine Lippen drang. Auch meinen Slip ließ das Wasser nicht aus. Es fühlte sich an, als würde irgendjemand zärtlich über meinen Kitzler streicheln und mich gleichzeitig lecken. Immer weiter wurde ich gedehnt, bis ich das Wasser tief in mir spürte. Das war besser, als einen Penis in mir zu haben. Es füllte mich völlig aus und passte sich bei jeder Bewegung genau meinem Körper an. Gleichgültig, wie sehr ich mich auch wand, es reizte immer genau die richtigen Stellen. Noch von der vorangegangenen Show angeheizt, schloss ich schon bald die Augen. Der Strudel spielte nun mit mir, wiegte mich und legte meinen Körper genau so, wie er ihn haben wollte. Ich hatte noch nie etwas Vergleichbares erlebt. Selbst der Duschkopf konnte nicht annähernd an diese Art der

Befriedung heranreichen. Meine Arme und Beine konnte ich mittlerweile nicht mehr bewegen. Von unsichtbaren Griffen gehalten, war mein Kopf gerade so über der Wasseroberfläche. Alle anderen Hautpartien wurden von dem Strudel gereizt. In mir tobte es.

Die Sonne legte sich langsam über den Ozean, als meine Schreie über die Oberfläche hallten. Tiefer und tiefer schäumte das Wasser in mir. Ich konnte mich kaum halten, war nicht mehr fähig, dem rauschenden Nass Einhalt zu gebieten. Das Wasser fickte mich einfach, wie es ihm beliebte. Es hielt mich in seiner Macht, streichelte und liebkoste meine Brustwarzen, bis ich meine Begierde weiter herausschrie. Doch dieser Strudel kannte kein Erbarmen. Jede Zelle meines Körpers wollte die Erlösung, ich war eingeschlossen in dieser magischen Welt aus Leidenschaft und Verlangen. In mir arbeitete das Wasser weiter. Es fühlte sich so hart an wie ein Penis und war gleichzeitig zärtlich und behutsam. Eine Mischung, die mich an den Rand des Aushaltbaren brachte. Erneut spülte das Wasser mich auf den Höhepunkt zu. Doch diesmal ließ es mich nicht schreien. Es zog mich zu sich herab, hielt meine Arme und Beine fest, gleichzeitig meine Gelenke. Es drückte meine Schenkel förmlich auseinander, damit es noch tiefer in mich eindringen konnte. Das war zu viel für mich. Ich fiel von einem Höhepunkt in den nächsten und hatte das Gefühl, verrückt zu werden.

Mein Leib zitterte vor Erregung, als ich wieder durch die Oberfläche brach und hastig Luft in meine Lungen zog. Auch jetzt trieb ich über dem Strudel und musste mich nicht anstrengen, um über Wasser zu bleiben. Wie auf einem Bett blieb ich einfach liegen und beobachtete die unruhige See unter mir. Ich war erschöpft, trotzdem fluteten Glückshormone durch meinen Körper und legten sich beruhigend über meine Sinne. Mehr und mehr türmte sich das Wasser vor mir auf.

Ich traute meinen Augen nicht, als eine männliche Gestalt

aus dem Wasser empor kam. Ich hatte zwar bereits von Wasserdämonen gelesen, jedoch nie in Betracht gezogen, dass ich wirklich einmal einen sehen – und spüren würde. Niemand konnte sagen, wie alt sie waren, diese Geschöpfe waren äußerst scheu und mieden Menschen und andere Dämonen.

Er blickte zufrieden auf mich herab, während er seine Hände hinter den Rücken legte. Sein Körper bestand nur aus Wasser. Man konnte sogar durch ihn hindurchblicken. Er ragte bis zum Bauch aus der Oberfläche und unter ihm war der reißende Strudel, der mich über Wasser hielt.

»Du musst Isabelle sein.« Seine Stimme klang tief und alt, als wäre er schon hier gewesen, als die Menschen noch nicht existierten.

»Die bin ich«, antwortete ich und zog das Bikinioberteil über meinen Busen. »Wie ist dein Name?«

Es war schwer auszumachen, ob das Geschöpf gerade lächelte oder nur eine Schaumwoge über sein Gesicht gefahren war.

»Unser Name ist für dich nicht auszusprechen, junge Hexe.« Kurz blickte er zum Strand, als müsste er sich daran erinnern, dass es auch Bewohner oberhalb des Wassers gab. »Dein Freund Bashir nennt uns Flux. Wir denken, du kannst diesen Namen ebenfalls benutzen.«

»Gut, Flux. Bashir sagte, dass du Informationen für mich hast?«

Der Wasserdämon kam näher. Das Rauschen war nun ohrenbetäubend, als würde ich direkt neben einem Wasserfall stehen. Ich konnte es nicht richtig deuten, aber anscheinend musterte er mich. »Ihr Menschen seid so schnell. Keine Zeit verlieren. Ihr wollt alles sofort wissen und doch wisst ihr gar nichts.«

Wow – immer dasselbe mit diesen uralten Dämonen. Wieso denken die eigentlich immer, dass sie etwas Besseres sind?

»Tja, das mag vielleicht daran liegen, weil Menschen und Hexen sterblich sind. Im Gegensatz zu Wasserdämonen.«

Eine lange Pause entstand, bei der er mich erneut ansah.

Als er schwieg, rief ich: »Was kannst du mir über Maddox sagen? Ist er hier? Wo finde ich ihn?«

Ein rauschendes Lachen kam von dem Dämon. »Dein ehemaliger Geliebter«, stellte er fest. »Er ist hier. Das Wasser vergisst nie und sieht alles. Es war schon immer hier und wird noch lange da sein, nachdem die Menschen bereits nicht mehr auf dieser Welt verweilen.«

»Aber, wo ist er? Ich möchte ihn daran hindern, dass er allein auf der Welt zurückbleibt – ohne die Menschen. Bitte helft doch den Menschen.«

Beinahe angewidert drehte er sich weg und blickte zum Strand.

»Warum sollten wir das tun? Die Menschen zerstören die Meere und damit uns Wasserdämonen. Wir schulden ihnen nichts!«

»Aber ihr müsst!«, platzte es aus mir heraus.

Der Strudel unter dem Dämonen wirbelte noch lauter und bedrohlicher. Er kam auf mich zu, uns trennten nur wenige Zoll. Einige Tropfen landeten auf meinem Gesicht, doch ich hielt seinem Blick stand.

»Wieso, junge Hexe?«, zischte er. »Nenn mir einen Grund. Sind wir nicht ohne euch besser dran?«

»Auch mir fällt es manchmal nicht leicht, die Menschen zu beschützen. Doch wir tun es trotzdem. Denkst du denn, dass es besser wird, wenn der Teufel hier eine zweite Hölle erschafft? Ich weiß nicht, was passieren wird, aber versucht mal, eure geliebten Meere zu schützen, wenn Schwefel und Feuer die Erde überziehen. Und noch etwas: Wenn die Hexen fallen, seid ihr die nächsten.«

Zögerlich nahm das Rauschen ab. Der Dämon ließ sich Zeit mit seiner Antwort. »Deine Worte sind gut gewählt. Wir sehen, dass du kein normales Menschenkind bist.«

»Also, bitte sagt mir, wo ich Maddox finde.«

»Versuch es dort, wo das Wasser gefangen ist. Mehr können wir dir nicht sagen.« Ein weiteres Mal kam der Dämon auf mich zu und wieder thronte das dunkle Rauschen des Wassers über allem. Doch diesmal konnte ich seine Stimme klar vernehmen. »Etwas an dir ist anders, als bei den anderen Hexen. Es ist dein Blut, das Feuer in deinen Augen, das deine Herkunft nicht verleugnen lässt.«

Durch diese Worte wurde ich hellhörig. »Was wollt ihr damit sagen? Wisst ihr irgendetwas über meine Herkunft?«

Unter meinen Füßen spürte ich, wie der Strudel abnahm. Während ich das Gesicht von Flux fixierte, musste ich wieder mit dem Schwimmen beginnen. Der Oberkörper des Dämons glitt langsam unter Wasser, während seine Stimme versiegte und schließlich vom sprudelnden Wasser übertönt wurde. »Das Wasser vergisst nie und sieht alles. Es war schon immer hier und wird noch lange da sein, nachdem die Menschen bereits nicht mehr auf dieser Welt verweilen. Aber es muss den Menschen nicht alles sagen ...«

»Wartet! FLUX! Bitte, bleib hier!«

Doch es war zu spät. Der Strudel hatte sich aufgelöst und ich blieb allein zurück. Er würde nicht wiederkehren, denn er hatte alles gesagt. Während ich das Wasser unter mir nach einem Gesicht, einer Regung, einem Hauch absuchte, hämmerte mein Verstand einen Gedanken nach dem anderen durch meinen Kopf: »Mein Blut, das Feuer in meinen Augen, das meine Herkunft nicht verleugnen lässt«?

Was sollte das bedeuten?

Ich wusste nichts mehr über die Zeit vor dem Waisenhaus. Die Erinnerungen, wenn es welche gab, lagen unter dicken Staubschichten und wenn es nach mir ginge, sollten sie auch dort bleiben. Doch die Aussage des Wasserdämons konnte ich nicht einfach ignorieren. Inständig hoffte ich, dass ich noch lang genug leben würde, um Madame de la Crox zu löchern. Jetzt allerdings galt es, ein anderes Rätsel zu lösen.

Die Sonne glitzerte auf der bewegten Oberfläche des Ozeans, als ich mich zum Strand aufmachte. Mittlerweile hatten sich die ersten Surfer und sogar ein paar Hotelgäste eingefunden, die ihre Liegen mit Handtüchern für sich reservierten. Schnell schwang ich mir mein Badetuch um die Hüften, trocknete mich notdürftig ab und nahm den Aufzug in die zweite Etage.

An der Tür von Ira stoppte ich, klopfte und trat ungefragt ein. Anscheinend hatte Phoenix genug gelitten. Ira und Bianca kuschelten sich schlafend an seinen muskulösen Körper, während auch er in den tiefsten Träumen lag. Sie hatten es nicht einmal geschafft, eine Decke über ihre nackten Körper zu ziehen.

»Guten Morgen zusammen!«, rief ich und trocknete mit dem Handtuch meine Haare.

Als wäre eine Schiffssirene neben ihren Ohren losgegangen, schreckten die drei hoch, Ira fiel beinahe aus dem Bett.

»Ich hoffe, ihr konntet schön schlafen. Aufgrund neuer Informationen müssen wir unseren Dienst heute früher beginnen. Ich möchte, dass wir uns in einer halben Stunde in Uniform am Frühstücksbuffet treffen. Phoenix, bitte informier Marc.«

»Verdammt, Isabelle. Was ist hier los?«, wollte Ira wissen.

»In einer halben Stunde ...«, wiederholte ich und ging.

Eine letzte Chance

»In letzter Zeit stehst du auf diese Egotrips, oder?« Ira klang beleidigt.

»Das hatte nichts mit euch zu tun. Ich wusste nicht, ob die Kontaktperson auftaucht, wenn wir gemeinsam dort erschienen wären. Deshalb bin ich allein gegangen.«

Marc und Phoenix sahen müde aus, trotzdem musste ich sie fordern: »Also, meine Damen und Herren, ich brauche eure Vorschläge: Wo ist das Wasser eingesperrt?«

Die Vier blickten sich ratlos an.

»Das Wasser eingesperrt?«, fragte Marc verständnislos.

Ich nickte. »Maddox soll sich dort aufhalten, wo das Wasser eingesperrt ist. Ich habe diese Neuigkeit von einem Informanten.«

»In Aquarien zum Beispiel«, sagte Bianca und wandte sich an Phoenix, dabei strich sie über seinen Arm. »Wo ist das nächste *Seaworld*?«

»In Amerika gibt es drei Stück«, erklärte er. »Eins in Orlando, eins in San Antonio und das dritte ist zweihundert Meilen südlich von San Diego.«

»Halte ich für unwahrscheinlich«, warf Marc sofort ein. »Der Sohn des Teufels würde keine Armee aufbauen, um dann einen Meeres-Themenpark weit von seinem Hauptquartier aufzusuchen. Außerdem gab es einfach zu viele Sichtungen in Los Angeles. Es muss also hier in der Nähe sein.«

Ich nahm einen Schluck und stimmte Marc dann zu. »Gut, was noch? Wo ist Wasser noch eingesperrt und was ist hier in der Nähe?«

Plötzlich herrschte Stille am Tisch. Wir alle waren in unseren Gedanken versunken, bis Marc schließlich mit der flachen Hand auf die Platte schlug. »Wasserreservoirs und Stauseen.«

Ich schloss die Augen. Natürlich, das war es. Dieser junge Reaper konnte also nicht nur hübsch aussehen und surfen, sondern hatte auch was im Köpfchen. Ich musste mir eingestehen, dass ich smarte Jungs besonders sexy fand.

»Wie viele gibt es hier in der Gegend?«

Sofort holte er sein Handy heraus. »Das in Frage kommende Areal umfasst Dutzende Seen und etliche Reservoirs. Hätte sich deine Kontaktperson nicht ein wenig klarer ausdrücken können?«

Vor meinem geistigen Auge spielte sich das Gespräch erneut ab. »Ich wünschte, er hätte es, aber mit den Angaben müssen wir jetzt arbeiten. Phoenix, bitte erstelle einen Prioritäten-Plan, nach dem wir die Punkte absuchen können. Marc, bitte häng dich ans Telefon und versuche, Unterstützung vom Zirkel West zu bekommen.«

»Was sollen wir machen?«, wollten meine Freundinnen wissen.

»Ihr versucht, de la Crox zu erreichen. Berichtet ihr von den Geschehnissen, vielleicht kann sie uns bis heute Abend noch ein paar Kräfte schicken.«

Verwundert stützte sich Ira auf dem Tisch ab und lehnte sich zu mir. »Willst *du* das nicht lieber machen?«

»Ich möchte sie derzeit nicht sprechen. In einer Stunde treffen wir uns bei den Autos, dann beginnt unsere Suche.«

Die Reaper standen sofort auf, mit etwas Verzögerung erhob sich auch Bianca, Ira blieb noch etliche Sekunden länger sitzen, den Blick nicht von mir nehmend. Erst, als ich meine Augen von ihr abwandte und zum Strand sah, machte sie den ersten Schritt in Richtung Hotel. »Mit dir stimmt doch irgendetwas nicht«, hörte ich sie noch sagen.

Wenn sie wüsste, wie recht sie damit hatte …

***

Die Nacht war bereits angebrochen und wir hatten nicht einmal die Hälfte der Punkte auf Phoenix Liste abgesucht. Dieser Tag hielt nur Tiefschläge für mich bereit und das in jeglicher Hinsicht. Phoenix berichtete uns, dass bei allen Zirkeln weltweit die Hölle losgebrochen sei. Als ob alle Vampire, Dämonen und das ganze andere Pack gleichzeitig losschlagen wollte, gab es Angriffe und Sichtungen rund um den Globus. Jede Hexe und jeder Reaper, die alt genug waren, ein paar Zaubersprüche zu sprechen oder ein Gewehr zu tragen, waren auf der Straße.

Als Marc außer Atem unsere Gruppe davon in Kenntnis setzte, wurde mir speiübel. Junge Mädchen waren auf der anderen Seite des Kontinents gerade damit beschäftigt, Vampire unschädlich zu machen und ich jagte einer Spur hinterher, die vielleicht gar nicht existierte. Vielleicht war es auch nur ein Ablenkungsmanöver, um von der wahren Bedrohung abzulenken. Egal, was sich gerade im Verborgenen tat, es war groß, würde heute Nacht passieren und musste aufgehalten werden – um jeden Preis. Jeder Zirkel auf diesem Planeten brauchte gerade seine Mitarbeiter, wir waren also auf uns allein gestellt.

Ich hatte die kleine Gruppe den ganzen Tag suchen lassen. Ira und Bianca nahmen mit Phoenix die westlichen Seen unter die Lupe, Marc und ich übernahmen die Reservoirs in den östlichen Nationalparks. Und obwohl die Luft so drückend war, dass die weiße Bluse an meiner Haut klebte und mir der Schweiß den Nacken herunterlief, wollte ich mich einfach nicht geschlagen geben. Leider waren unsere Bemühungen umsonst.

»Bist du sicher, dass es heute passiert?«, wollte Marc wissen, während er sein Gewehr im Anschlag hielt und ein Erdloch kontrollierte. »Immerhin wäre es doch möglich, dass sie unseren Blick nur vom Wesentlichen ablenken wollen.«

»Es passiert heute. Wenn die Dunkelheit einbricht, feiern wir Hexen unsere Walpurgisnacht. Glaub mir, Maddox hat sich nicht ohne Grund dieses Datum ausgesucht.«

Wehmütig betrachtete ich die untergehende Sonne. Uns fehlten einfach Zeit, Ressourcen und Manpower. Da hatten wir einen hochgerüsteten, technologisch überlegenen Zirkel und eine bis aufs Messer bewaffnete Armee und mussten jeden Fleck in diesen Parks mit nur fünf Leuten absuchen. Wärmebildkameras waren nutzlos und selbst Helikopter konnten wir in dem dichten Gestrüpp nicht einsetzen. Es war eine Sisyphusarbeit, an deren Ende kein guter Ausklang für uns stand.

»Hier ist nichts, lass uns zum Auto gehen und den nächsten See auf der Karte absuchen.«

Marc wischte sich die Schweißperlen von der Stirn. Seine blonden Haare klebten im Gesicht, jedoch war sein Wille ungebrochen. Mit schweren Schritten ging er vor. »Vielleicht könntest du deine Kontaktperson noch einmal bemühen?«

Ich schüttelte den Kopf. »Das ist sinnlos, sie sind weg und werden auch nicht mehr wiederkehren.«

»Was ist mit deiner Ziehmutter, de la Crox. Kann sie uns Hilfe schicken?«

»Du weißt davon?« In der herannahenden Finsternis erkannte ich gerade noch so, wie er mit den Schultern zuckte.

»Ira und Bianca haben mir davon erzählt.«

»Sie wird uns nicht helfen können. Neben dieser Spur gibt es noch ein Dutzend anderer, die vermeintlich zu Maddox führen. Alle Hexen sind im Einsatz, die Reaper stehen unter Dauerfeuer. Bei uns wird es nicht anders aussehen, als hier.«

Als wir beim Wagen ankamen, stockten meine Schritte. Plötzlich fühlte es sich an, als würde auf meinen Schultern eine zentnerschwere Last liegen. Ich konnte einfach nicht mehr. Mir war bewusst, dass ich versagen würde. Und alles war meine Schuld. Maddox hatte mich ausgenutzt, den Dolch gestohlen und in wenigen Stunden schon würde er wer-weiß-was beschwören. Es gab noch so viele Verstecke, unendlich viele Möglichkeiten und wir waren so wenige. Ich hatte versagt und das auf ganzer Linie.

Meine Kraft schwand mit jedem weiteren Atemzug. Eine Träne verließ mein Auge. Ich konnte sie nicht zurückhalten. Schluchzend lehnte ich mich gegen den Stamm eines Baums und glitt auf die Knie.

»Isabelle, was hast du?« Marc stürzte sofort an meine Seite, hielt meine Hand und streichelte mein Gesicht.

»Wir werden verlieren, Marc. Ich weiß, dass irgendetwas Großes bevorsteht ... etwas Schreckliches. Und ich bin mir nicht sicher, ob wir dagegen ankämpfen können.«

Obwohl ich sein Gesicht nicht sah, wusste ich, dass er lächelte. »Wir schaffen das, Isabelle. Ich kenne dich zwar nur ein paar Tage, aber ich weiß, du bist eine tolle Frau, intelligent und eine großartige Hexe. Es wäre doch gelacht, wenn du deinem Ex-Freund nicht ein paar auf die Fresse geben könntest.«

Jetzt musste ich lächeln. Marc nahm mein Gesicht in seine Hände und küsste zärtlich meine Lippen. Ich fühlte mich plötzlich zu dem Mann so sehr hingezogen, dass ich für einen Moment die Gefahr vergaß.

»Du kannst mich für verrückt halten«, flüsterte Marc in mein Ohr. »Aber wenn die ganze Sache hier vorbei ist, würde ich dich gern mal auf ein richtiges Date einladen. Ich finde dich nämlich ziemlich klasse ...«

Seine Offenheit schlug mich fast um. Endlich mal ein Mann, der seine Gefühle formulieren konnte.

»Wenn die ganze Sache hier vorbei ist, muss ich wieder nach New York.«

Er half mir hoch und wischte meine Tränen mit seinem Ärmel ab. »Ich hab gehört, dass der Big Apple eine tolle Stadt sein soll. Ich hätte nichts gegen einen Tapetenwechsel.«

»Du willst nach New York ziehen? Meinetwegen?«

»Warum nicht? Immerhin ...« Blitzartig blickte Marc sich um.

»Was ist?«

»Hast du das nicht gehört?«

Sofort lauschte auch ich in die Dunkelheit. Tatsächlich – da war ein Geräusch. Als ob man ein großes Stück Holz ganz langsam durchs Wasser ziehen würde. Marc lud sein Gewehr durch und richtete die Taschenlampe ins Gestrüpp. Gemeinsam machten wir einige Schritte in die Richtung, aus der die Laute kamen. Wie aus dem Nichts schoss ein riesiger, schuppiger Schwanz uns entgegen und traf Marc am Kopf. Ein Schuss löste sich und hallte in der Nacht, während der Reaper zu Boden fiel.

Als ich zwischen dem Dickicht im Lichtkegel ein allzu bekanntes Gesicht ausmachte, stockte mir beinahe der Atem.

»Creepy!«

Auch seine Augen verengten sich. Der dickliche Mann mit dem verschwitzten Gesicht verwandelte sich zur Schlange und kroch hastig davon. Meine Zähne mahlten aufeinander, als ich dem Schlangendämon hinterherhetzte. Dieses scheußliche

Wesen war also auch hier. Ich hätte es mir denken können. Dieser schmierige Drogenkurier aus meiner Heimatstadt hatte bereits Nikolai gedient und nun war er hier, um auch den anderen Söhnen des Teufels seine Aufwartung zu machen.

»Töte ihn nicht«, schrie ich Marc entgegen. »Wir brauchen ihn lebend. Und sag den anderen Bescheid.«

Von hinten hörte ich Marc Befehle in das Funkgerät brüllen, während ich im Kopf die Formel für einen Eisstrahl durchging. Augenblicklich flackerte meine Hand in einem düsteren Blau. Ich brauchte nur ein freies Schussfeld, damit ich Creepy das Eis durch den Körper bohren konnte. Doch der Kurier war in seiner dämonischen Gestalt verdammt schnell. Keine zwanzig Meter vor mir sah ich die metergroße Schlange, wie sie mit kräftigen Bewegungen Boden gut machte. Als die Bäume langsam weniger wurden, offenbarte er mir für einen Moment seine schuppige Haut. Sofort schleuderte ich den Eiskristall auf das Ungetüm. Ein Zischen glitt durch die Finsternis, verfehlte sein Ziel nur haarscharf und landete krachend in einem Baum. Sekunden später passierte ich den Stamm, in dem noch immer die schimmernde Spitze steckte.

Ich sprang über Wurzeln und rannte so schnell durch den Wald, wie meine Beine es nur zuließen. Doch Creepy gewann einen immer größer werdenden Vorsprung. Auch Marc war hervorragend in Form. Der Reaper hatte zu mir aufgeschlossen und schoss im Laufschritt auf den Dämon. Die Projektile krachten ins Holz, nur eins traf die Schlange. Ein spitzer Schrei durchbrach die Nacht, dann änderte das Tier die Richtung. Creepy erreichte einen Fluss und ließ seinen Körper ins Wasser gleiten. Nur Sekunden später erreichten Marc und ich das Ufer. Der Reaper schoss ein paar Mal ins Wasser, ohne ein Ziel zu haben. Auch ich warf einen Feuerball, in der Hoffnung, irgendetwas zu erwischen. Doch bis auf ein paar aufgeschreckte Vögel, konnten wir kein Geräusch ausmachen. Wir standen bereits bis zu den Knien im Wasser, als wir stoppten.

»Wo führt dieser Fluss hin?«, platzte es völlig außer Atem aus mir heraus.

»In das Encino Reservoir, nicht weit von hier – einem Staudamm, der Los Angeles mit Strom versorgt. Es wäre eine unserer letzten Stationen gewesen.«

»Creepy ist ein Feigling. Er wird sofort zu seinem Meister kriechen und ihm berichten. Sind wir mit dem Auto schneller?«

»Wenn wir uns beeilen.«

Marc rannte mit der Taschenlampe voraus und fand mühelos den Weg zurück zum Wagen. Auf dem Weg verständigte er die andere Gruppe und auch den Zirkel. Sie würden Leute schicken, sobald diese verfügbar waren. Mit quietschenden Reifen fuhr er los und schoss über die Straßen, die sich windend durch die Wälder schlängelten. Dabei legte er eine fast schlafwandlerische Sicherheit an den Tag. Mit dem Handrücken fuhr Marc sich über die Stirn, eine dicke Wunde prangte auf seiner rechten Schläfe und färbte seinen Kragen rot.

»Woher weißt du, dass er nicht auf halber Strecke kehrtmacht und einfach wieder in den Wäldern verschwindet?«

Ich musste mich festhalten, so schnell, wie Marc durch das Dickicht schoss. »Ich kenne Creepy. Früher war er einer unserer Informanten. Diese Schlange hat säckeweise Drogen den Hudson heraufgeschmuggelt, und zwar tief in seinem Bauch verborgen. So konnte er sich jeglichen Kontrollen entziehen. Wir ließen ihn mit einem Teil der Beute gewähren, weil er uns jahrelang gute Informationen über noch größeren Abschaum geliefert hatte. Doch sobald es hart auf hart kommt, sucht er den Weg zu seinem Auftraggeber.«

»Okay«, war das Einzige, was Marc hervorpresste, als er das Lenkrad herumwirbelte.

»Glaub mir, dieser Stausee ist perfekt für Maddox Zwecke. Wir sind auf dem richtigen Weg.«

Einige Minuten später erreichten wir das Gelände. Für den Bruchteil einer Sekunde ließ ich meinen Blick über das wundervolle Panorama gleiten, dann rannten Marc und ich zur Mündung des Sees. Wieder formte ich einen Eiskristall und spähte ins dunkle Wasser.

»Er muss hier vorbeikommen«, flüsterte Marc und hielt sein Gewehr fest an sich gedrückt.

Konzentriert starrten wir nach vorn, bis wir Motorengeräusche wahrnahmen. Neben unserem Auto kam die andere Gruppe zum Stehen und rannte auf uns zu.

»Creepy ist angeschossen, er muss hier wieder rauskommen«, sagte ich leise und hielt die anderen an, sich zu ducken. »Ihr dürft ihn nicht töten, wir brauchen ihn.«

Ira und Bianca nickten, auch in ihren Händen flammte blaue Magie auf, während Phoenix sich zu Marc gesellte und durch sein Zielfernrohr spähte.

»Hast du gerade Creepy gesagt?«, flüsterte Ira leise an mich gewandt. »Mit dem haben wir ja noch eine Rechnung offen. Schon wegen Lemi.«

Mein Kaninchen hatte ich beinahe vergessen. Allein weil Creepy ihn zum Mittag verspeisen wollte, wären tausend Tode nicht genug für den Dämon.

»Ruhig jetzt«, zischte Marc. »Da ist etwas.«

Etwa fünfzig Meter vor uns kam er aus der Böschung und hetzte sofort in den Wald. Schüsse krachten in der Nacht und Eiskristalle flogen ihm hinterher, jedoch traf nicht ein Projektil seinen Körper. Er war einfach viel zu schnell und wir konnten nicht vollends auf seinen Körper zielen. Zu fünft rannten wir ins Wasser, kamen auf der anderen Seite nass wieder heraus und sprinteten ihm hinterher. Der Mond stand mittlerweile am sternenklaren Himmel und leuchtete das Ufer aus, als wir zu einem Komplex gelangten, der wie ein altes Spannwerk aussah. Gleich neben dem Staudamm lag ein Flachbau. Noch gerade so erkannten wir, wie Creepy durch ein offenes Tor in eine kleine Lagerhalle glitt.

»Hinterher, sonst warnt er Maddox«, schrie ich und warf

noch einen Kristall auf die Schwanzspitze des Dämons. Sie traf zwar, wieder folgte ein Schrei, jedoch war Creepy schließlich im Tor verschwunden. Endlich erreichten wir die Halle. Die Reaper gingen voraus und leuchteten den Komplex aus.

»Wo ist er?«, wollte Ira wissen.

Ein dumpfes Knallen beantwortete ihre Frage. Er musste seine menschliche Gestalt wieder angenommen haben und war durch eine Stahltür ins Innere des Gebäudes verschwunden. Nur Sekunden nachdem die Tür ins Schloss gefallen war, krachte auch das Tor auf den Boden. Marc und Phoenix rüttelten an der Stahltür, diese gab jedoch keinen Zentimeter nach. Dann wurde das Licht eingeschaltet. Meine Augen brauchten einen Moment, um sich an die neuen Verhältnisse zu gewöhnen. Als ein zischendes Geräusch an unsere Ohren drang und aus Rohren an der Decke süßliches Gas strömte, wurde mir auf fatale Weise bewusst, dass wir in der Falle saßen.

»Schützt die Atemwege und findet einen Weg hier raus!«

Mit aller Macht formte ich eine Druckwelle und schleuderte sie gegen das Tor. Obwohl der Aufprall so laut war, dass er ein Fiepen in meinen Ohren hinterließ, bewegte es sich nicht.

»Es muss mit magischer Essenz verstärkt worden sein«, schrie Bianca und begann bereits zu husten. Maddox hatte wirklich an alles gedacht.

»Dann müssen halt andere Waffen her«, brüllte Marc.

Die Reaper gingen ein paar Meter zurück und verschossen ihr gesamtes Magazin auf die Stahltür, durch die Creepy verschwunden war. Dutzende Einschusslöcher zierten den Stahl, doch die Tür ließ sich immer noch nicht öffnen. So sehr ich meinen Mund auch schützte, immer mehr Gas strömte durch meine Atemwege. Mein Blick verschwamm, Ira und Bianca hielten sich röchelnd an den Wänden fest. Ich musste sie hier rausbringen, egal zu welchem Preis. Meine Benommenheit zwang mich auf die Knie. Den Weg zur Stahltür legte ich kriechend zurück. Meine Muskeln versagten mehr und mehr ihren Dienst. Mit letzter Kraft nahm ich den metallischen Türknopf in meine Hand und wiederholte im Geiste alle Entriegelungszauber, die ich jemals gelernt hatte. Ich rüttelte am kalten Metall, donnerte mit der Faust gegen die Tür, doch sie ließ sich nicht öffnen. Auch hier hatte Maddox vorgesorgt. Langsam rutschte meine Hand ab. Mein Körper hatte keine Energie mehr, ich lag flach auf dem Boden und konnte nur mit größter Mühe meine Augen offen halten. Ira und Bianca schliefen bereits, Phoenix konnte ich nicht mehr ausmachen. Nur Marcs Augen waren noch geöffnet. Durch den Schleier der Ohnmacht sah es so aus, als würde er die Hand nach mir ausstrecken. Dann verlor sich mein Verstand in Dunkelheit und ich fiel in ein tiefes Loch.

Höllische Küsse

Ich war noch nicht ganz wach und tauchte durch Verlangen und Glück, genoss diese Augenblicke, wenn man langsam emporsteigt aus dem irrealen Meer seiner Träume und der Schleier über den Verstand sich lüftet. Ich hoffte, diesen Moment festhalten zu können, ihn zu konservieren. Ein kleiner Moment, in dem ich die Dunkelheit um mich herum genoss. Alles war warm und kuschelig. Dieser Raum hatte den Hauch eines Refugiums, wo nur ich und Marc Zugang hatten. Seine Hand ruhte auf meinem Busen, ging mit meiner Atmung mit. Es waren nur leichte Bewegungen um meine Nippel, nur dosierte Zärtlichkeiten, die sie sofort hart werden ließen, doch das reichte bereits aus, um einen Funken der Leidenschaft in mir zu erwecken. Kreisend spielten seine Finger mit meinen Brustwarzen, mal mit mehr, mal mit weniger Druck. Ich genoss es, nicht zu wissen, ob ich im Traum oder wirklich im Hier und Jetzt ruhte. Ich hatte keine Ahnung, wie spät es war, mitten in der Nacht bestimmt, und doch hatte Zeit für mich jetzt keine Bedeutung.

Die Müdigkeit hatte sich nun vollends über meine Sinne gelegt. Ich war noch nicht ganz in dieser Welt und versank erneut in einen Traum. Zufrieden pustete ich mir eine Strähne aus dem Gesicht und wollte mich an Marc kuscheln. Doch etwas hielt mich zurück. Als würde ich meinen Körper nicht völlig bewegen können, als würde mich etwas zurückhalten. War dies wirklich ein Traum?

Durch den Schleier aus Schwäche spürte ich die erhitzte Haut von Marc. Seine Finger wanderten die Innenseite meiner Arme entlang und streichelten zärtlich über mein Handgelenk. Dann rutschte ich wieder ab in die Traumwelt und ließ mich von meinem Unterbewusstsein führen. In meinem Traum spürte ich einen Druck an meiner Hand. Kaum merklich, als würde jemand mit einer Feder über sie streicheln. Ein lustvolles Knurren entglitt mir. Dann streichelten die Hände wieder über die Innenseite meiner Arme, fuhren langsam über mein Schlüsselbein herauf, bis der hauchdünne Druck auch auf mein anderes Handgelenk ausgeübt wurde. Seine Finger schienen nun überall zu sein. In ruhigen Kreisen strichen sie über meinen Bauch, meine Seiten und die Beckenknochen. Es war ein wunderschöner Traum, in dem ich gefangen war. Die Hände glitten weiter herab, streichelten über meine Schamlippe, bis sie meinen Kitzler erreichten. Die Lust hatte mich nun völlig gepackt. Ich wollte mich winden, meine Taille ein paar Zentimeter hervorpressen. Doch schon wieder hielt mich etwas zurück. Ich konnte nicht sagen, was es war. Ein kurzer Moment der Beklommenheit vermischte sich mit hilfloser Geilheit zu einem ganz besonderen Gefühl. Dies musste ein Traum sein, hier konnte mir nichts passieren. Ich konnte mich komplett fallen lassen.

Ich wollte mir mit meiner Hand selbst Erleichterung verschaffen, mich völlig meinen Vorstellungen hingeben. Doch auch sie versagte ihren Dienst. Dann spürte ich feurige Lippen an meinem Hals. Automatisch drückte ich mich ein wenig fester nach hinten und drehte meinen Kopf, damit mein Traum noch ein wenig intensiver küssen könnte. Minutenlang genoss ich diese Liebkosungen. Einige Geräusche drangen an mein Ohr, die ich zu ignorieren versuchte. Finger lagen über meinen Lippen, öffneten sie und etwas Hartes wurde in meinen Mund geschoben. Ich wollte mich wehren, meinen Körper bewegen, doch in diesem Traum schien ich keine Macht zu haben. Willenlos lag ich hier, geschwächt durch den Schleier aus Müdigkeit. Gleichzeitig spürte ich die Feuchtigkeit zwischen meinen Beinen. Angeheizt von meiner eigenen Phantasie ließ ich mich weiter fallen, immer tiefer in die Dunkelheit. Ich wollte sehen, wie dieser Traum weiterging, wollte wissen, wie er für mich endete. Meine langen Haare wurden nach hinten gezogen, die Intensität der Küsse nahm noch einmal zu und mit ihnen der Druck auf meine intimste Stelle. Es schien eine Ewigkeit zu dauern, bis er endlich in mich eindrang. Ich wollte meine Beine öffnen, sie für ihn spreizen, doch ich konnte es nicht, die Trance hatte mich in ihrem Kokon aus Begierde eingeschlossen. Seine Eichel drückte mich förmlich auseinander, dehnte die engen Scheidenwände. Ein tiefes Stöhnen entrang sich meiner Kehle, als er vollends in mich glitt. Ich war so feucht, so geil und gleichzeitig so hilflos. Dies konnte kein Traum sein.

Langsam erwachte ich und mein Wunsch wurde zur Realität. Ich lag gefesselt auf einem Tisch. Nein, einem Altar. Ein Knebel erstickte jeden Laut zwischen meinen Lippen, während ich fester auf das Holz gepresst wurde. Erst wollte ich mich wehren, spürte den Druck auf meinen Gelenken, doch die Fesseln hielten mich im Zaum. Schon nach wenigen Sekunden brach mein Widerstand und er konnte mit mir machen, was er wollte. Marc legte seine Hand um meinen Hals, drückte sie zu und machte mich zu seinem Spielzeug. Ich wurde von einem kurzen Moment der Panik erfasst, war komplett außer Gefecht gesetzt. Er drang nun so tief in mich ein, dass ich mich nicht zu bewegen traute. Blut rauschte wie ein reißender Fluss durch meinen Körper, die Dunkelheit um mich herum schien sich zu ballen und mittendrin war ich. Alle viere von mir gestreckt. Gefesselt. Geknebelt. Und ihm völlig ausgeliefert.

Seine Brust lag brennend auf der meinen. Er presste mir die Luft weg und drückte mich ins Kissen. Meine Sinne spielten verrückt. Ich wollte gar nicht kommen, jedoch rollte der Orgasmus wie eine Lawine über mich. Es tobte in mir. Jeder Muskel meines Körpers war nun gespannt. Innerlich schrie ich, äußerlich war ich zu schwach um mich weiter zu wehren. Ich ließ es einfach geschehen. Der Sauerstoffmangel, das Gas, die Schwäche, das alles verstärkte meinen Höhepunkt nur noch. Meine Augen verdrehten sich und alles in mir zuckte, als wir gemeinsam kamen und ich nach wenigen Sekunden völlig zufrieden wieder in den Traum abglitt.

Durch die milchige Wand aus Drogen und Benommenheit hörte ich die Geräusche nun lauter. Als würde mein Verstand jetzt erst zu arbeiten beginnen, wurden aus den Lauten schließlich Silben und aus ihnen Wörter. Jemand rief meinen Namen. Ich kannte die Stimme – ich kannte sie nur allzu gut. Mit aller Macht verdrängte ich die Müdigkeit und schlug die Augen erneut auf. Dann sah ich ihn.

Maddox war ebenso gefesselt wie ich. Auch seine Beine und Arme waren auseinander gestreckt, jedoch an der anderen Seite des Raums. Erschöpft ließ ich meinen Blick gleiten. Phoenix und Marc mussten ebenfalls gerade erst aus der Trance erwacht sein. Fixiert hingen die Reaper links von mir, hinter dicken Eisenstäben. Meine Schwestern hatten dieselbe Fesselung über sich ergehen lassen müssen, sie waren auf der linken Seite. Doch wenn Marc gefesselt war, wer hatte mir gerade so viel Vergnügen bereitet?

»Guten Abend, Isabelle.«

Erst dachte ich, dass das Betäubungsgas einen Streich mit mir spielte. Sekunden später erkannte ich Batts Gesicht. Breit grinsend zog er seine schwarzen, eng anliegenden Shorts an, richtete das Hemd und ließ sich Zeit, als er den Nadelstreifenanzug überwarf.

»Ich hoffe, dass dir unser zweites Mal besser gefallen hat«, flüsterte er nur für mich hörbar. »Obwohl ich sagen muss, dass ich bei unserer ersten Begegnung auch eine Menge Spaß hatte.«

Das konnte nicht sein! Ich musste immer noch träumen. Verzweifelt rüttelte ich an den Ketten, die meinen Körper auf den Altar spannten.

Batts lachte auf. Dabei wirkte seine Haut noch eine Nuance dunkler. Das kurze, pechschwarze Haar stand in alle Richtungen ab und auch die Tattoos schienen zu brennen. »Komm nicht auf die dumme Idee, gegen diese Fesseln mit Magie anzugehen, junge Hexe.« Gemächlich trat er an mich heran, knöpfte meine Bluse zu und zog meinen Rock wieder richtig. »Ich habe viel Geld dafür bezahlt, dass sie in magischer Essenz getränkt werden. Keine Hexe kann diese Ketten zerstören.« Er blickte nach rechts. »Und Reaper schon einmal gar nicht. Selbst mit aller irdischen Magie, die eine Hexe sechsten Grades aufbieten könnte, würdest du diese Ketten nicht sprengen.«

»Lass sie in Ruhe, Bartolomé!« Maddox' Gesicht war rot vor Zorn. Die geschwungene Narbe stach aus seinem Antlitz hervor, als hätte er sie gerade erst verpasst bekommen. Dabei zierten unzählige blaue Flecken und Wunden seine Haut, seine Lippe war aufgeplatzt und blutete jetzt noch. Erst jetzt erkannte ich den Dolch der Walpurga, der auf einem Tisch in der Mitte von uns lag. Nicht nur mein Körper schien auf Droge zu sein, auch mein Verstand konnte keinen klaren Gedanken mehr fassen.

»Mach mich los, Batts, damit ich Maddox mit meinen bloßen Händen töten kann!«

Der Dämon klatschte in die Hände. »Oh, das wäre allerdings noch besser, als das, was ich vorhabe. Aber leider müssen wir jetzt meinem Plan folgen. Immerhin habe ich so viel Vorbereitung hineingesteckt.«

Erst jetzt war ich vollends wach. Hastig sah ich mich um. Dutzende Vampire und Dämonen lungerten im Raum herum. Wir schienen der Mittelpunkt dieses bunten Treibens zu sein. Selbst Creepy erkannte ich in der hintersten Ecke, mit einem dicken Verband um Fuß und Arm. Ich wünschte, dass ich den Eiskristall ein wenig höher gezogen hätte, dann hätte dieser schmierige Dämon jetzt nicht hier gestanden.

»Isabelle, was ist los?« Iras Stimme warf mich aus meinen Gedanken. Noch ziemlich betäubt, blickte auch sie sich um und rüttelten an den Ketten.

»Keine Ahnung, aber wenn ich es herausfinde, erfahrt ihr es als erstes.«

Amüsiert, als wäre das alles für ihn ein großes Theaterspiel, drehte sich Batts zu den Hexen. Dabei schwang er seinen Zeigefinger, als würde er seinen Plan an eine imaginäre Tafel schreiben. »Vielleicht kann ich da weiterhelfen. Unser guter Maddox war so freundlich, mir den Dolch der Walpurga zu beschaffen. Dann musste ich euch nur noch in die Falle locken und Voilà, hier sind wir nun.«

Als ich in Maddox Gesicht sah, hätte ich ihn allein mit einem Blick töten können. Mit großen Augen sah er mich an.

»Warum?«, schrie ich ihm voller Zorn entgegen. »Warum hast du mich verraten und diesem Dämon geholfen?«

»Verzeih mir. Ich hatte keine andere Wahl«, antwortete Maddox mit schmerzvollem Ton. »Sie haben meine Mutter.« Seine Worte trafen mich wie ein Blitzschlag. »Sie haben meine Mutter, Isabelle. Ich musste es tun, sie hätten sie sonst getötet. Es tut mir so leid.« Dann zog sein Blick zu Batts. »Und wenn ich hier herauskomme, dann schicke ich dich eigenhändig zurück in die Hölle.«

Doch dieser schüttelte belustigt den Kopf. »Wo sind denn deine Manieren, Brüderchen? Hat Vater dir die denn nicht mit seiner Peitsche eingeprügelt? Ein paar Jahre auf der Erde und du hast alles vergessen. Tragisch so etwas.«

Endlich verstand ich. Mit offenem Mund starrte ich den Dämon an. »Du bist es wirklich. Bartolomé, der Dieb, ein Sohn des Teufels.«

Er trat näher an mich heran, schloss seinen Anzug und deutete eine Verbeugung an. »Zu ihren Diensten, Miss Ashcroft.« Als hätte er alle Zeit der Welt, schnippte er mit den Fingern. Ein Vampir kam daraufhin angerannt und reichte ihm ein Glas Rotwein, welches er genießerisch im Licht schwenkte. »Eigentlich war es gar nicht so schwierig, euch in die Falle zu locken. Immerhin hatte ich genug Zeit.«

»Dafür wirst du ...«

»Dafür werde ich *was,* Hexe?« Er blickte auf den Boden, nahm einen kräftigen Schluck und fixierte mich anschließend wieder. »Mein Brüderchen hat das Geheimnis seiner Mutter gut behütet. Es brauchte viel Überzeugungskraft gegenüber unzähligen Menschen und Dämonen, bis ich sie endlich in meiner Gewalt hatte. Als ich ihm dies auf meine unwiderstehliche Art mitteilte, gehorchte er wie ein Hündchen. Zumindest fast.« Mit dem Glas in der Hand ging er zu Maddox und verpasste ihm einen Schlag in die Magengrube. »In Mexiko hatte ich alles so wundervoll für dich aufgebaut. Dabei hatte ich nicht damit gerechnet, dass er vorher Schluss macht, um dich zu schützen.«

»Wieso bist geflogen?«, keuchte Maddox. »Ich dachte, es wäre die einzige Möglichkeit, damit du die Reise nicht antrittst. Ich konnte dir einfach nichts sagen.«

Bartolomé klatschte anerkennend in die Hände. »Aber du, mein kleiner, süßer Engel, hast dir deine Mädels geschnappt und bist trotzdem in den Urlaub geflogen. Von da an lief alles wieder nach Plan.«

Ein weiteres Mal drangen seine Sätze nur schwerlich an meine Ohren. Wie konnte das passieren? Im Kopf ging ich die Reise durch. »Der Überfall war fingiert«, flüsterte ich. »Das gerade frisch bezogene Gebäude, die wenigen Wachen, der problemlose Einbruch in die Villa ...«

»Alles Teil des Plans«, erklärte Batts. »Ich habe euch die ganze Zeit beobachtet, wusste, dass du der Versuchung nicht widerstehen konntest und mich aufsuchen würdest. Oder glaubst du etwa, dass ich es zugelassen hätte, dass ihr so nahe an mich herankommt. Jetzt konnte ich dich auf die richtige Fährte schicken. Da du natürlich deinen Maddox retten wolltest, bist du auch brav gekommen. Und da ihr sogar im richtigen Gebiet gesucht habt, musste ich nur noch dafür sorgen, dass ihr hierher kommt. Aber da hat Creepy ja geholfen.«

Der Schlangendämon verbeugte sich tief. »Stets zu Diensten, Meister.«

Bartolomé beugte sich zu mir. Seine Stimme war so leise, dass nur ich sie hören konnte. »Unter uns gesagt – diese Schlangen sind schon widerwärtige Kreaturen, aber bei einigen Sachen äußerst hilfreich.«

»Wieso hast du uns nicht getötet, als du die Gelegenheit dazu hattest?«, schoss es aus Bianca hervor.

»Eine kluge Frage!« Es war fast so, als jubilierte Batts. Mit der Hand berührte er die Gitterstäbe, nahm noch einen Schluck und blickte dann wieder mich an. »Nach der Sache mit Nikolai hat Vater beschlossen, euch nervigen Hexen und seinem abtrünnigen Sohn eine kleine Lektion zu erteilen. Es sollte alles hier stattfinden, damit du, Isabelle, deinen Geliebten leiden siehst und damit er dabei zusieht, wie ich dich töte. Ganz einfach also.«

»Wenn du sie anrührst, dann ballere ich mein ganzes Magazin in dich.« Bis jetzt war Marc still gewesen, doch ich hatte ihn noch nie so hasserfüllt gehört.

Batts schnippte. Sofort waren zwei Vampire zur Stelle, die mehrmals in Marcs Bauch schlugen.

»Es ist genug!«, schrie ich aus Leibeskräften.

Endlich hörten sie auf. In meinem Leben hatte ich mich selten so schlecht gefühlt. Maddox hatte mich nicht verraten.

Er wollte mich schützen. Und während ich so blind war und meine Rache wollte, lief ich in die Fänge von Bartolomé.

»Um das Ganze zu komplettieren, brauche ich nur noch den Dolch. In ihm ist all meine Macht versammelt. Heute vor Hunderten von Jahren rammte mir Walpurga diesen in den Leib. Und gleich ist die Stunde gekommen, wo ich meine Macht zurückerlangen werden.« Er stellte das Glas auf den Tisch, nahm den Dolch an sich und baute sich neben Maddox auf. »Doch zum großen Finale fehlt noch eine Kleinigkeit.« Wieder ein Schnippen. Diesmal kam ein Vampir mit einem Tablett, auf dem eine Spritze drapiert war. »Das Blut meines Bruders ...«

Ohne Vorsicht rammte Bartolomé Maddox die Nadel in den Hals. Mir wurde beinahe schlecht, als ich mit ansehen musste, wie die Ampulle sich langsam mit Maddox' Blut füllte.

»Drei Brüder verweilen noch auf der Erde. Maddox und mein Blut habe ich nun, dass von Baal werde ich bald bekommen. Es fehlt also nur noch das von Nikolai und den werden wir beizeiten wieder auf die Erde bringen, damit er seinen Teil leisten kann. Und dann ...«

»... stürzt du die Welt ins Chaos.« Maddox' Blick glühte. »Willst du das wirklich? Eine zweite Hölle auf Erden?«

Für einen Moment schien Bartolomé zu überlegen. Dann brach er in Lachen aus und spielte mit der Ampulle mit Maddox' Blut.

»Natürlich will ich das! Immerhin würde ich an der Seite meines Vaters herrschen und seien wir ganz ehrlich: So ein wenig Weltbeherrscher zu sein, würden wir doch alle gern wollen, oder?«

In mir brodelte es. Ich kochte vor Wut und wollte nichts anderes, als ihn zu töten. »Du bist krank!«

Beinahe verwundert sah Bartolomé mich an. »Natürlich bin ich krank. Weißt du nicht, wer mein Vater ist?« Kopfschüttelnd blickte er auf die Uhr. »Es ist nun soweit.« Federnd ging er zum Tisch, nahm den Dolch und warf Creepy die Ampulle zu, woraufhin dieser sofort verschwand. Bartolomés Stimme flatterte vor Euphorie und Wahn. »Die Magie ist in dieser Nacht am größten. Nur kurz muss ich mir mit der Klinge in die Brust stechen und ich besitze wieder alle Macht, damit man mich erneut den Dieb nennt.«

Scheinbar bester Laune pfiff Bartolomé ein Lied, knöpfte sich das Jackett auf, faltete es und legte den Stoff auf den Tisch. Dann folgte sein weißes Hemd. Bartolomé erhob den Dolch. Die verzierte Klinge blitzte im fahlen Schein der Lampen. Und ich konnte nichts machen, um ihn davon abzuhalten.

»Bartolomé, nein!«, schrie Maddox und wand sich unter den Fesseln, sein Blick lag auf mir. Auch Marc blickte mich sehnsüchtig an und versuchte loszukommen. Ira und Bianca konzentrierten sich und versuchten einen Entriegelungszauber nach dem anderen. Nichts half, um sie von den Ketten zu lösen.

Bartolomé atmete mehrmals tief durch, die Muskeln unter seiner Haut spielten und ich hatte den Eindruck, als würden sich seine Tattoos bewegen. Dann blickte er zu mir.

»Willkommen in der Hölle.«

Schallendes Gelächter war im Raum zu hören. Die Vampire applaudierten, schrien, johlten vor Freude. Sie waren kaum mehr zurückzuhalten. Diese Lagerhalle verwandelte sich in einen Hexenkessel.

Nein, dies konnte nicht das Ende sein. Es musste eine Lösung geben. Eine nicht gekannte Wut stieg in mir auf. Meine Haut begann zu fackeln, elektrische Stöße pumpten durch meinen Körper. Ich konnte nicht mehr sagen, ob ich schrie oder still war, meine Muskeln begannen zu zittern und alles um mich herum drehte sich. Trotzdem war ich noch nie in meinem Leben so fokussiert gewesen. Die Ketten an meinen Gelenken begannen zu schmerzen. Obwohl es im Raum windstill war, flogen meine Haare wild umher. Ich hatte das Gefühl, als würde ich von einer brennenden Aura umgeben sein. Plötzlich spürte ich diese Kraft … diese unendliche Kraft, die durch meine Adern strömte. Alle Augenpaare waren auf mich gerichtet. Das Johlen hörte auf und wurde von einem gellenden Schrei aus meinem Mund abgelöst. Ich nahm alle Macht zusammen und drückte mich nach vorn. Mit jeder Sekunde gewann ich mehr Raum. Ich atmete nicht mehr, dachte nicht mehr nach, als die Ketten um meine Gelenke zersprangen und ich auf den Boden fiel. Sofort fixierte ich Bartolomé. Meine Zähne presste ich dabei so fest aufeinander, dass sie beinahe schon schmerzten.

»Wie ist das möglich?«, hörte ich ihn voller Angst sagen, als er mit dem Dolch zurückfiel. Eine Druckwelle reichte aus, um ihn an die nächste Wand zu schleudern. Die Klinge landete auf dem Boden.

Er war nur wenige Sekunden geschockt, dann rappelte er sich auf und zeigte mit dem Finger auf mich. In seinen Augen brannte das Feuer der Hölle.

»Tötet sie!«

Dem ersten Vampir trat ich so fest in die Weichteile, dass er sofort zusammensackte. Schnell formten meine Hände einen Feuerball, den ich auf zwei herannahende Geschöpfte der Nacht warf und dabei zusah, wie sie kreischend zu Staub zerfielen. Eine kurze Rolle über den Boden genügte, um zu dem Dolch zu gelangen. Ich wandte mich sofort nach rechts, drückte mit Magie die Gitterstäbe zur Seite und durchtrennte mit dem Dolch die Fesseln meiner Schwestern. Ira und Bianca nickten mir kurz zu. In dieser Klinge musste wirklich unendlich viel Macht gesammelt sein. Der Dolch durchschnitt die Ketten wie Butter. Sofort begannen die beiden damit, mir die Vampire vom Hals zu halten. Doch die Blutsauger waren weit in der Überzahl und schossen auf mich los. Ein Schlag traf mich am Kopf, einen anderen Hieb spürte ich in den Nieren. Ich taumelte, konnte gerade so noch Maddox Fesseln lösen und auch die anderen Gitterstäbe verbiegen. Gerade, als ich

Marc und Phoenix Ketten sprengen wollte, spürte ich einen Schlag auf meinem Hinterkopf. Zuckende Sterne tanzten vor meinen Augen und meine Knie wollten das Gewicht meines Körpers nicht mehr tragen. Ich sackte zu Boden. Fünf, sechs Vampire schlugen nun auf mich ein. Ich spürte die Reißzähne der Geschöpfe an meinen Armen und Beinen, während sie mir die Kehle zudrückten. Gerade als ein Vampir mich auf den Rücken gedreht hatte, um mir den finalen Schlag zu verpassen, hörte ich Maddox Stimme. Er war wie eine Naturgewalt, als er eine Kreatur nach der anderen von mir herunterriss. Endlich konnte ich die Ketten der beiden Reaper zerschneiden.

»Geht es dir gut?«, wollte Marc wissen.

Ich nickte ihm nur zu und suchte das Handgemenge ab, während die beiden Jungs sich auf die herannahenden Blutsauger stürzten. Feuerbälle flogen umher, mir war schwindelig von den Schlägen und Blut benetzte mein Gesicht, als ich endlich Bartolomé erspähte. Geschützt von zwei Vampiren versuchte er, sich aus dem Staub zu machen. Sofort rannte ich in seine Richtung und durchtrennte auf dem Weg einem Vampir den Hals. In der Staubwolke ging ich mit hasserfüllter Miene weiter.

»Bartolomé, wir haben eine Rechnung zu begleichen!« Ich war wie in Trance. Ein nicht gekanntes Gefühl stieg in mir auf. Hass – so viel Hass vereinte sich plötzlich in mir. Von den vielen Feuerbällen stieg mittlerweile Rauch auf. Es roch nach Schwefel und heißer Asche, als ich die Treppen nahm und dem Sohn des Teufels folgte. Kurz bevor ich ihn erreichen konnte, schlug er die eiserne Tür vor meinen Augen zu.

»NEIN!«, schrie ich und rüttelte an der Tür. Er durfte mir einfach nicht entwischen. Ich war so von Zorn getragen, dass meine Knöchel um den Knauf bereits weiß anliefen. Wieder explodierte ich vor Hass. Diese unbegreifliche Kraft, die durch meine Adern floss, schien mit jedem Atemzug stärker zu werden. Ich fühlte mich mächtig, viel zu mächtig für eine Hexe meines Grades. Die Druckwelle schoss fast wie von selbst aus meinen Händen. Obwohl auch hier magische Barrieren unsere Flucht verhindern sollten, gab das Metall schließlich nach. Kreischend schoss ich eine zweite Welle hinterher und die Tür flog aus den Angeln. Endlich stand ich im nächsten Raum und konnte gerade noch so beobachten, wie Bartolomé das Gebäude verließ. Atemlos hetzte ich ihm hinterher.

Der Staudamm lag in finsterster Nacht. Der Mond spiegelte sich im ruhigen Wasser, als ich drei Kreaturen über den kleinen Weg über den Damm laufen sah. Aus dem Spurt schoss ich einen Feuerball auf den letzten Vampir. Er schrie und ging sofort in Flammen auf. Jetzt konnte ich meinen Weg fortsetzen.

Auf der linken Seite lag das ruhige Nass des Sees, auf der rechten fiel das Wasser in die Tiefe. Ich balancierte über den Damm, Bartolomé hinterher. Dieser blickte sich kurz um und schickte mir seinen Leibwächter auf den Hals. Doch meine Macht und die Wut kannten in dieser Nacht keine Grenzen. Ich benötigte nur wenige Sekunden, um den Vampir brennen zu lassen. Dann beobachtete ich, wie er vom Damm herunterfiel und bevor er das rauschende Wasser erreichte, sich in der Luft auflöste. Schwer atmend blieb Bartolomé stehen und blickte mir in die Augen. Sein Oberkörper war nackt, eine Platzwunde prangte auf seiner Stirn und bedeckte das Halstattoo mit Blut.

»Was bist du, Hexe?«, spie er mir entgegen. »Diese Fesseln kann eine wie du nicht lösen. Das ist ausgeschlossen. Welche widerwärtige Kreatur verbirgt sich in dir?«

Noch immer blitzte der Dolch in meiner Hand, als ich die wenigen Meter auf ihn zuschritt. Zu gern hätte ich ihm eine Antwort gegeben, doch ich wusste es einfach selbst nicht.

»Ist das von Belang?« Kurz blickte ich mich um. Das Gebäude stand in Flammen, noch immer konnte ich die Schreie der Vampire vernehmen. Innerlich betete ich, dass meine Schwestern und die Reaper es heil herausschafften.

»Sag mir, Sohn des Teufels – ist es möglich, dass ihr Nikolai wieder auf die Erde holt? Und wo ist Baal, sein ältester Spross?«

Die Sicherheit kehrte zu seiner Stimme zurück. »Fragen über Fragen, kleine Hexe. Aber die Antwort werde ich dir schuldig bleiben.«

»Antworte mir!«, schrie ich und formte einen Eiskristall. »Ergib dich, Bartolomé, und ich werde dich nicht töten!«

Er lachte auf. »Sondern der weisen und gastfreundlichen Obhut eurer Reaper übergeben? Nein, danke!« Bartolomé blickte nach rechts auf die ruhige See. Dann nach links, auf den tobenden Wasserfall. »Es ist Zeit, die Sache zu beenden, findest du nicht?«

Sein Gesicht war eine Maske aus Hass, als er auf mich zuschoss. Ohne Probleme konnte ich seinem rechten Haken ausweichen und ihm einen Schlag in die Magengrube verpassen, woraufhin er zusammensackte. Dann rammte ich mein Knie in sein Gesicht und Bartolomé lag blutend am Boden. Der Eiskristall in meiner Hand erlosch. Er war ohne Macht, ein einfacher Mann, der es nicht einmal im Ansatz mit mir aufnehmen konnte.

»Du hast keine Kräfte mehr, Sohn des Teufels. Die sind alle hier versammelt«, sagte ich und hielt den Dolch in die Höhe.

Anscheinend war er verrückt geworden. Ein krankes Lachen drang an meine Ohren, er krümmte sich, hustete dabei Blut und schaffte es schließlich auf die Knie. »Das brauche ich auch gar nicht. Ich habe etwas viel besseres. Das Blut deines Geliebten Maddox.« Seine Lippen wandelten sich zu einem Schmollmund, als wollte er mich verhöhnen. Bei seinen Worten lief es mir kalt den Rücken herab. Creepy war mit Maddox Blut bestimmt schon über alle Berge und der einzige, der wusste, wo er zu finden war, kniete hier vor mir.

»Lass dich von mir verhaften, Bartolomé.«

Doch der Sohn des Teufels musterte mich von oben bis unten. »Du bist eine Missgeburt, so muss es sein. Ich weiß nicht, was du bist oder warum du zu so einer Macht fähig bist, aber das ist auch egal. Genieß deinen kleinen Sieg, Hexe.«

Nach diesen Worten lehnte er sich grinsend nach links. Sofort sprang ich auf ihn zu, wollte auch ihn mit dem Höllenfeuer um meinen Hals zurück dahin schicken, wo er hingehört, doch meine Hand griff ins Leere. Sein Körper wurde von der Dunkelheit geschluckt und fiel in den tosenden Wasserfall. Sein Lachen hörte ich noch lange.

Finstere Vorboten

Noch einige Sekunden starrte ich hinab in die Dunkelheit. Hinabzuspringen wäre Selbstmord gewesen. Ich zweifelte, ob Bartolomé es überlebt hatte. Bestimmt nicht. Er war in den Wassermassen umgekommen.

Vom Ufer her schrien meine Mitstreiter meinen Namen. Im kargen Mondlicht konnte ich sie alle ausmachen. Mir fiel ein Stein vom Herzen. Doch ich antwortete nicht.

Weit dringlichere Probleme warfen ihre Schatten voraus. Bartolomé war nicht dumm. Bestimmt hatte er sein Blut an einem sicheren Ort gelagert, sodass sie trotzdem noch zu dem Unaussprechlichen in der Lage waren. Und warum pochte mein Herz, als würde Lava durch meine Venen fließen? Warum diese Macht, diese unendliche Kraft? Wie war das alles möglich? Gedankenverloren strich ich über das Höllenfeuer Amulett.

»Isabelle!« Es war Maddox, der als erster auf den schmalen Grat des Staudamms stieg und meine Hand berührte. »Wo ist er?«

»Hinuntergesprungen«, sagte ich kühl. »Wie geht es deiner Mutter?«

»Wir haben sie befreien können. Sie ist in Sicherheit.«

»Gut«, antwortete ich kurz angebunden.

Maddox nahm meine Hand. Wir blickten uns tief in die Augen.

»Isabelle, es tut mir so leid. Ich wusste einfach nicht mehr, was ich machen sollte. Ich konnte ja nicht ahnen, dass du wirklich nach Mexiko fliegst.« Unsere Lippen trennten nur wenige Zentimeter. »Ich habe dich vermisst. Aber in meiner Seele waren deine Augen so präsent, dass ich mich darin verlieren konnte, obwohl du Hunderte Kilometer entfernt warst.«

Dann versuchte er, mich zu küssen. Es war aus einem inneren Gefühl heraus, dass ich mich zur Seite drehte und seine Lippen auf meiner Wange landeten. Es war einfach zu viel passiert und ich brauchte Zeit zum Nachdenken.

Langsam ließ ich seine Hand los. »Du weißt, dass du einen ganz besonderen Platz in meinem Herzen hast. Doch ich muss das Ganze erst einmal verdauen. Gib mir einfach ein wenig Zeit.« Von meinen eigenen Gefühlen erschlagen, schritt ich langsam vom Staudamm herab. In der Dunkelheit, an einen Baum gelehnt, erkannte ich Marc. Ein Auge war zugeschwollen, ein Arm mit Bisswunden übersät.

Meine Stimme zitterte, als ich seine Hand nahm. »Marc, ich ...«

»Du musst nichts sagen«, flüsterte er scheinbar tief verletzt. »Ich habe alles beobachtet und nur gedacht ... tut mir leid, ich weiß auch nicht, was ich gedacht habe. Vielleicht habe ich mich einfach ins falsche Mädchen verknallt. Liebe auf den ersten Blick oder so einen Quatsch.« Er machte eine Pause, blickte zu Maddox. »Ich hätte mich echt gefreut, dich mal zum Essen einzuladen.«

»Das heißt nicht, dass wir das nicht noch machen können. Nur nicht jetzt. Ich muss erst einmal mit meinen Gefühlen klarkommen. Es tut mir für euch beide leid. Aber ich glaube, es ist nicht gut für mich, wenn ich derzeit einen Freund habe. Es passieren einfach zu viele bescheuerte Dinge.«

Marc nickte und strich sich über das blau geschlagene Gesicht. »Klar, der Weltuntergang und so weiter.«

»Genau, die Apokalypse und all ihre Vorboten.«

Wir beide lächelten tapfer.

Langsam lehnte ich mich nach vorn und gab ihm einen Kuss auf die Wange.

»Ich werde dich anrufen, versprochen.«

Tief in meinen Gedanken ließ ich ihn allein. Dann erkannte ich die Wagen des Zirkels, die sich schnell näherten. Innerhalb von wenigen Sekunden war alles voll mit Hexen und Reapern. Heilerinnen wollten sich meine Wunden ansehen, doch ich winkte ab. Die Flammen des Gebäudes erhellten mein Gesicht, als ich zu meinen Schwestern trat. Auch sie waren stark verwundert. Ira und Bianca packten mich am Arm und zogen mich vom Pulk weg. Wir gingen zum Ufer und beobachteten die Spiegelung des Mondes im Wasser.

»Kannst du mir mal erklären, was gerade mit dir los war?«, wollte Ira wissen, hielt mein Gesicht fest und kam ganz nahe an mich heran. Sie überprüfte meine Augen, als ob sie darin etwas suchen würde.

»Ich habe keine Ahnung. Auf einmal war da diese Macht und gleichzeitig dieser Hass, als würde mein Körper einen Kampf ausfechten, der mich auffrisst. Sah es so schlimm aus?«

»Deine Augen«, wisperte Bianca und kam ganz nahe an mich heran. »Sie haben rot geglüht! Das ist nicht normal, Isabelle. Selbst für eine Hexe nicht.« Ihre Stimme war voller Sorge.

»Vielleicht habe ich einen höheren Grad erreicht?«

Ira war fast außer sich und fuchtelte wild mit den Armen. »Einen höheren Grad? Verdammt, du hast ein paar übersprungen!« Auch bei ihr klang Angst mit. »Diese Ketten kann keine Hexe sprengen und besonders nicht eben mal durchschneiden. Für kurze Zeit warst du nicht nur eine Hexe sechsten Grades, sondern weit darüber ... vielleicht zu weit. Was du da eben getan hast, ist selbst in unserer Welt unmöglich.«

Jetzt verfestigte sich auch in meinem Hals ein Kloß. Noch einmal sah ich meinen Freundinnen in die Augen, dann umarmten sie mich.

»Egal was kommt, wir schaffen das.«

Nach diesen Worten waren wir von Heilerinnen und Reapern umringt und meine beiden Schwestern wurden von ihnen fürsorglich untersucht. Gerade so schaffte ich es, mich abzusetzen.

Ich stand allein vor dem See, blickte auf die Wasseroberfläche und hatte schreckliche Angst. Die nächsten Monate würden hart werden – sehr hart. War es wirklich möglich, dass der Teufel selbst auf die Erde stieg? Sein ältester Sohn Baal war hier, das konnte ich spüren und irgendetwas sagte mir, dass es auch nicht das letzte Mal war, dass ich Bartolomé gesehen hatte. Die Zirkel weltweit mussten jetzt in Alarmbereitschaft sein. Dazu stand ich zwischen zwei Männern und wusste nicht, was ich machen sollte. Meine Gefühle spielten verrückt und auch auf meinen Verstand konnte ich mich nicht mehr verlassen. Glühende Augen, unendliche Macht, zu viel Kraft für eine kleine Hexe, wie ich eine war. Irgendetwas war mit mir geschehen.

Was hatte Flux gesagt?

Mein Blut, das Feuer in meinen Augen, das meine Herkunft nicht verleugnen lässt ...

Es war Zeit, die dicken Staubschichten meiner Vergangenheit wegzuputzen und sich diesen Schatten endlich zu stellen.

Weitere erotische Geschichten:

Sharon York

HexenLust 1

Die Hexen beschützen die Menschheit vor Vampiren, Dämonen & Magiern.

Doch der Sohn des Teufels will diesen Pakt zerstören und die Herrschaft an sich reißen.

Isabelle führt die Hexen in einen Kampf um Herrschaft, Lust & Liebe.

Mit magischem Verlangen, feuriger Leidenschaft & verteufelt gutem Sex versuchen die Hexen, den Teufel zu besiegen ...

Denise Harris

SexLust

Kennen Sie diese Situation:
Ihr Partner ist perfekt,
aber Sie begehren einen anderen?

Sie betrügt ihn
und er betrügt sie -
trotzdem ist sie
extrem eifersüchtig ...

Es entbrennt ein
Wirbel an Konflikten!

Lisa Rome

Der NachBar

Eine Ehe ohne Lust,
Orgasmus & Leidenschaft!

Und dann kommt er ...

Er gibt ihr das, was ihr fehlt:
Er macht sie hemmungslos,
er macht sie willenlos &
er macht sie geil!

Weitere erotische Geschichten:

Trinity Taylor

Ich will dich ganz & gar

Lassen Sie sich von der Wollust mitreißen und fühlen Sie das Verlangen der neuen erotischen Geschichten:

Gefesselt auf dem Rücksitz,
auf der Party im Hinterzimmer,
»ferngesteuert« vom neuen Kollegen
oder in der Kunstausstellung ...

»Scharfe Literatur! - Bei Trinity Taylor geht es immer sofort zur Sache, und das in den unterschiedlichsten Situationen und Varianten.« BZ, die Zeitung in Berlin

Maria Bertani

Aurelia - Nymphe der Lust

Das unschuldige Mädchen Aurelia darf bei dem Meistermaler Romero in die Lehre der Farben gehen.

Doch zunächst muss sie sich
die Gunst des Meisters verdienen und als Nackt-Modell posieren.

Dabei eröffnet sich ihr
eine Welt voller Gelüste und
erotischer Abenteuer.

Henry Nolan

KillerHure

Eine Hure aus Passion, ein smarter Agent
und ein tödlicher Auftrag ...

Sie verführt ihre Opfer mit Sex, Schönheit und Raffinesse.

Tauchen Sie ein in eine Welt voller Intrigen, Adrenalin, Erotik, Liebe und unerwarteter Wendungen.

»Man genießt, leidet und fiebert mit der Hauptfigur! Großartig!« Trinity Taylor

Weitere erotische Geschichten:

Helen Carter
AnwaltsHure

Eine Hure aus Leidenschaft,
ein charismatischer Anwalt und
ein egozentrischer Sohn ...

... entführen den Leser in die Welt
der englischen Upper Class,
in das moderne London des Adels,
des Reichtums und der scheinbar
grenzenlosen sexuellen Gier.

Lucy Palmer
Mach mich scharf!

Begeben Sie sich auf eine sinnliche Reise voller
erotischer Begegnungen, sexuellem Verlangen und
ungeahnter Sehnsüchte ...

Ob mit dem Chef im SM-Studio,
heimlich mit einem Vampir,
mit zwei Studenten auf der Dachterrasse oder
unbewusst mit einem Dämon ...

»Lucy Palmer schreibt einfach super erotische,
romantische und lustvolle Geschichten, die sehr
viel Lust auf mehr machen.« Trinity Taylor

Susan Jones
Der Assistent

Susan Jones entführt, fesselt und berauscht!

Die Chefin liebt ihren Job
und ihren Assistenten.
Sie kann nicht ohne ihn,
doch er kann ohne sie ...

Eine große Firma
Eine hörige Chefin
Ein perfekter Assistent